KB074128

조선평민열전

조선
평민
열전

평민의 눈으로 바라본 또다른 조선

허경진 편역

알마

朝

鮮

平

民

列

傳

# 개정판에 부쳐서

　서촌의 옛모습을 살리려는 분들이 조선 후기 위항인들이 모여 살았던 인왕산 자락에 위항문학관을 준비한다는 소식을 듣고《조선평민열전》개정판을 내게 되었다.《이향견문록》에서는 〈대동여지도〉를 제작한 김정호를 서화가들과 함께 권8에 편집했지만 최근 연구에서 김정호를 방각본 출판업자로 인정했기에 이번 개정판에서는 목활자로 다양한 서당 교재들을 출판했던 장혼, 책장수 조신선과 함께 '출판'이라는 항목을 설정해 편집했다.

　평민서당 교재를 출판하고 인왕산 서당에서 오랫동안 많은 제자를 가르쳤던 장혼, 서른 살 무렵에《청구도》필사본을 제작하기 시작해서 환갑 무렵에《대동여지도》목판본을 간행하여 국가기관만이 아니라 일반인들도 누구나 쉽게 길을 알아볼 수 있도록 대량으로 지도를 찍어낸 김정호, 한양의 골목골목을 돌아다니며 주인이 더이상 읽지 않는 책을 구해다가 필요한 사람들에게 팔아 지식유통망을 넓혔던 조신선 등이 바로 조선 후기에 평민문화를 확산시켰던 주역들이다.

시인, 화가, 의원, 역관 등의 직업 분류 이외에 처사, 충렬, 효자, 열녀 등의 목차 분류가 전근대적인 유교사회의 사대부문화를 보여준다는 지적도 있었지만《희조질사》의 첫 번째 인물이 처사 한순계,《호산외기》에서는 효자 박태성,《이향견문록》에서도 처사 한순계였고, 장지연의《일사유사》는 아예 제목 자체가 일사逸士, 즉 잊힌 선비의 이야기였다. 뒷골목인 위항에 살면서도 사대부 못지않게 올바르게 살려고 애썼던 위항인들의 자세를 엿볼 수 있다.

남다르게 살았던 평민들의 이야기가 어찌 이것뿐이랴만 종이책의 한계 속에서 가능하면 많은 분야, 많은 사람들의 이야기를 담으려 했다. 위항문학관이 완성되면 조선 후기 다양한 분야에서 활동했던 수많은 전문 지식인들의 이야기와 자료를 보여주려고 한다. 이 책을 읽고 아쉬운 독자들께서는 머지않아 개관할 인왕산 서촌 위항문학관을 찾아주시기 바란다.

2014년 7월
허경진

# 19세기 평민시대에 엮인 평민전기에 대하여

## 평민한문학의 시대

조선왕조는 창업 초기부터 신분질서를 새롭게 편성했다. 주자학 명분론에 입각해 천인賤人 신분을 가려낸 뒤로 양인良人 신분 내에서도 분화현상이 두드러졌다. 이는 정권을 장악한 사대부층이 주자학 지배 사회의 이상을 실현하기 위한 정비사업이기도 했지만, 한정된 벼슬자리에 대비해 양반 신분의 수적 증가를 억제하려는 의도가 담긴 일이기도 했다.

양반층은 자체 내 경쟁을 줄이기 위해 자기 도태 작업을 꾸준히 진행시켰다. 그래서 왕조 초기에는 다른 벼슬과 별 차이가 없던 의醫·역譯·산算·율律·악樂·관상觀象·혜민惠民·도화圖畵 등의 기술직이 격하되었다. 이러한 직업에 종사하던 사람들이 서울 중심부에 집단으로 살았으므로 중인中人이라고 불리게 되었다.

아버지가 양반이라도 어머니가 양반이 아니면 제대로 양반 행세를 할 수 없었다. 이들 서얼庶孼은 문과를 볼 수 없었고 아버지 덕에 벼슬을 얻더라도 승진에 한계가 있었다. 이들이 얻을 수 있는 벼슬은 대개 기술 직이었고 차츰 양반에서 도태되었기에 중인들과 아울러서 중서中庶라고 불리기도 했다. 그러나 서얼들은 아버지가 양반이었기에 스스로 중인 보다는 높다고 여겼다. 아버지가 고관이었거나 많은 유산을 물려준 경 우엔 더욱 그러했다. 중인들이 벼슬을 하기는 했지만 대개 통치를 위한 자리가 아니라 기술만 제공하는 낮은 자리였다. 결국은 양반 사대부의 지배를 돕기 위해 이용되었을 뿐이며 지배를 받는 처지라는 점에서는 상인常人과 마찬가지였다. 조선조 신분체제를 흔히 양반·중인·상인·천 인의 네 계층으로 나누지만, 이들을 다시 지배계급과 피지배계급으로 묶어본다면 양반 사대부와 평민으로 크게 양분할 수 있다.

임진왜란이 일어나자 집권층은 달아나기에 바빴고 반대로 평민은 의 병을 일으켜서 제 고장을 지켰다. 평소에 무섭게 군림하던 집권층의 무 능력과 허세가 드러나고 상대적으로 눌려 지내던 평민의 저력이 부각 되기 시작했다. 당파 싸움이 오래 계속되면서 몰락한 양반이 많아졌는 가 하면 한쪽에선 청나라와의 무역을 통해 많은 재산을 모은 역관들이 늘어났다. 양반만 사회 주체 세력이던 시대가 지나고 평민 또한 여러 방 면에서 두각을 나타내기 시작했다.

양반에게는 학문을 닦아서 과거를 거쳐 벼슬아치로 출세하거나 아니 면 들어앉아 제자를 키우는 두 가지 길뿐이었다. 반면 평민은 여러 분야의 실무와 기예를 담당했기에 활약한 인물들의 모습 또한 다양했다.

처음에는 관청 실무를 맡기기 위해 평민에게 간단한 글자나 가르쳤지만, 여유가 생기고 실력이 축적된 평민들은 더 많은 지식을 배우고 싶어했다. 자기들끼리 모여서 배우고 가르쳤으며 문서나 장부 작성에 그치지 않고 한시까지 지었다. 민요나 불러야 제격이었던 평민이 양반의 전유물인 한시마저 향유했던 것이다. 그것도 양반처럼 입신출세를 위한 과거공부의 일환으로써 글을 배우고 시를 지은 것이 아니라 과거공부와 전혀 관계없이 자신을 표현하고 싶어서 시를 지었다. 양반이 문학을 하나의 도구라고 생각했다면 평민은 그보다 훨씬 순수한 목적에서 시를 즐겼던 셈이다.

그러한 평민의 시작품들이 몇십 년 쌓이면서 많은 분량이 되자 후배 시인들이 선배들의 업적을 정리해 출판해주었다. 평민시인들은 대부분 가난해서 개인 문집을 출판할 수 없었다. 그래서 후배 시인들이 돈을 모아 1737년에 《소대풍요昭代風謠》라는 이름의 시선을 엮어냈다. 9권 2책의 이 시선에는 평민시인 162명의 시가 실려 있다. 그로부터 한 갑자甲子가 지난 1797년에는 천수경千壽慶이 《풍요속선風謠續選》 7권 3책을 간행했는데 333명 723수의 시가 실렸다. 그로부터 또 60년 뒤인 1857년에는 《풍요삼선風謠三選》 7권 3책이 엮였고 326명의 시가 실렸다. 그로부터 60년 뒤인 1917년에도 《풍요사선風謠四選》의 편집이 기획되었지만 갑오경장 이후 계급이 타파되었다는 이유로 중단되었다.

이처럼 수많은 평민시인들이 자기 삶을 한문학의 형식으로 표출하는 한편으로, 남다르게 살았던 평민들의 삶을 전傳 형식으로 서술해 남기는 움직임 또한 일어났다. 그 가운데는 주인공의 제자나 유족에게 부탁을 받고 지어주거나 죽은 이와의 친분 때문에 지어준 경우도 있고, 만나본 적은 없지만 그 생애가 감동적이어서 스스로 지어준 경우도 있다. 전기의 작가로는 같은 처지의 평민이 많았지만 재상이 스스로 지어준 예도 있었다. 그렇게 해서 평민전기의 시대가 시작되었다.


## 전傳의 형태와 문체

한 인물의 행적을 서술한 '전'은 사마천의《사기史記》열전列傳에 이르러서 본격적으로 지어졌다. 傳이라는 이름은 '그 사적을 적어서 후세에 전한다'는 뜻이다. 사마천은《사기》열전을 지으면서 남다른 삶을 살았던 주인공의 일대기를 참되게 기록했다. 그러나 그가 기록한 전기는 어디까지나 역사를 기술하는 과정상의 방편이었기에 서양의 위인전이나 영웅전과는 형태가 달랐다.

역사 기록은 가장 비상한 것만을 가장 간명한 언어로 다룬다. 더구나 사마천이 살던 시기에는 아직 종이가 없어서 역사 기록을 대나무 쪽에다 먹으로 써서 남겨야 했으므로 그 표현은 군더더기를 다 제거하고 간결해질 수밖에 없었다. 사마천의 열전을 배운 뒷날의 중국과 한국 전기들은 그러한 영향을 받았다. 서양에서는 영웅 한 사람을 중심으로 한 장편 전기가 주류를 이뤘지만, 동양에서는 한 시대 역사의 작은 부분이었기에 간결체의 단편 전기가 대종을 이룬 것이다. 따라서 주인공의 행적 또한 가장 비상했던 사실만 가장 간명한 문체로 서술했다.

전기란 원칙적으로는 이미 한평생을 살다가 죽은 인물을 기록하는 것이기에 독자에게 그 주인공이 생애를 마감하는 죽음의 모습까지 전해줘야만 한다. 그러나 열전은 어디까지나 역사 기록상의 전기인 까닭에 평범한 사적은 싣지 않는 법이다. 따라서 주인공의 말년에 두드러진 사적이 없거나 그 최후가 비상한 사건이 아니라면 말년의 모습이나 죽음까지 생략할 수 있다. 즉 열전은 한 사람의 생애 처음부터 끝까지가 아니라 전해야 할 사건만 간결한 문체로 기록하는 구성이다. 이러한 《사기》 열전은 사건을 시간 순서에 따라 다루는 편년체編年體 역사가 아니라 기전체紀傳體 역사다. 인물 본위의 최초 역사 기술인 동시에 인간 탐구의 서적이기도 한 것이다.

사관史官이 왕명에 의해 열전을 지은 의도가 권선징악에 있었다면, 문인들이 사사롭게 지은 전은 열전에 실리지 못했기에 널리 알려지지는 않았지만 뛰어나거나 가치 있는 사람의 행적을 드러내 이름을 후세에 전하는 데 그 의도가 있었다. 사관은 지배층의 가치관(충忠·효孝·열烈·의義)을 실현하는 인물을 표창해 그러한 인간형을 보편화하고 그에 반대되는 인물 유형을 깎아내려 현존질서를 유지하려고 열전을 지었다. 그러나 사전私傳에서는 집권층에 의한 제약이 없기 때문에 작가에 따라서는 지배층에 의해 부정된 인간형에 대해서도 동정하거나 지지할 수 있었다. 단종 복위운동을 하다 발각돼 세조에게 참혹한 죽음을 당했던 사육신을 추모하며 〈육신전六臣傳〉을 지었던 남효온南孝溫이 대표적인 본보기다.

잘 갖춰진 문집을 보면 그 인물의 행장이나 연보 또는 묘비명까지 자세히 기록되어 있는데도 따로 전을 싣는 경우가 있다. 특히 묘비명과 전은 내용이 더욱 가까워서 문장이 중복되는 경우가 많다. 그런데도 굳이 전을 다시 짓는 까닭은 사실의 기록이면서도 작가의 상상력을 통해 주인공의 성격이나 인간성이 더욱 부각되기 때문이다. 짧은 지면 안에서 그 인물의 남다른 삶을 표현하는 것이 전의 생명이다.


## 평민전기가 나오기까지

한국 한문학에서 가장 오래된 전은 최치원崔致遠이나 혁련정赫連挺이 지은 고승들의 전이다. 그 뒤로《삼국사기三國史記》열전이 지어졌고《삼국유사三國遺事》에도 많은 인물의 기록이 전해지며, 13세기에는《해동고승전海東高僧傳》이 지어졌다. 그러나《삼국사기》열전을 제외한 다른 전들은 민중에게 불교를 전도하려는 목적의식이 강했기 때문에 그 표현이 사실에 충실하기보다는 이적 중심으로 되어 있다.

문인들이 사사롭게 전을 짓기 시작한 것은 14세기부터다. 즉 불교를 배척하고 나선 신흥사대부들이 자기들의 개인적 평가에 따라 남다르게 이 세상을 살다 간 인물들을 주인공으로 전을 지었다. 자신들의 의지를 그런 식으로 표현한 것이다.

그 뒤로《고려사高麗史》열전이나 〈육신전〉이 지어졌지만 여전히 위대한 인물이 주인공이었다. 그러다 16세기로 접어들면서 입전立傳 대상자가 확대되어 평민인 효자, 효녀의 전들이 지어졌다. 그러나 '효'라는 가치관

자체가 조선조 지배층의 통치질서를 합리화시켜주는 명분이었기에 사실은 그러한 효자전, 효녀전들이 평민을 위해서만 지어졌던 것은 아니다. 오히려 지배층을 위해서, 교육받지 못한 평민들도 효를 위해선 다른 가치들을 희생시킨다는 본보기를 들기 위해서 지어졌던 것이다.

한편 허균<sup>許筠</sup>이 지은 전들은 단순히 역사적 기록물인 전기가 아니었다. 자아와 현실 사이의 거리를 직접 몸으로 느낀 그였기에, 남다른 재주를 지녔지만 자기처럼 세상에 용납되지 못했던 인물들의 삶을 그리면서 현실의식을 표현했던 것이다. 〈엄처사전嚴處士傳〉의 엄충정, 〈손곡산인전蓀谷山人傳〉의 이달, 〈장산인전張山人傳〉의 장한웅, 〈남궁선생전南宮先生傳〉의 남궁두, 〈장생전蔣生傳〉의 장생처럼 주인공의 신분이 상인常人, 서얼, 의원, 아전, 거지라는 사실에서 입전의 대상을 평민으로만 한정했음을 알 수 있다. 더구나 그들의 남다른 삶을 문학적 상상력으로 형상화했기에 일사소설逸士小說이라는 명칭까지 얻었다. 이 다섯 편의 전은 본격소설로의 발전 과정에서도 중요한 작품들이다.

18세기 후반에 실학자들이나 김려金鑢, 이옥李鈺이 지은 전의 대상자는 허균의 일사에서 한 걸음 더 나아가 시정인市井人들이다. 도시 상업자본이 발달하면서 그만큼 세태가 다양해졌으므로 그들의 삶이 또한 이야깃거리가 된 것이다. 그러한 유형 속에서 전과 야담野談의 구별이 흐려졌다. 김려가 자신이 지은 전들을 엮어서《단량패사丹良稗史》라고 이름 붙인 것을 보면, 그는 자신이 지은 전을 사전史傳도 아니고 소설도 아닌 중간 위치, 즉 야담이나 패관문학稗官文學 정도로 인식했던 것 같다.

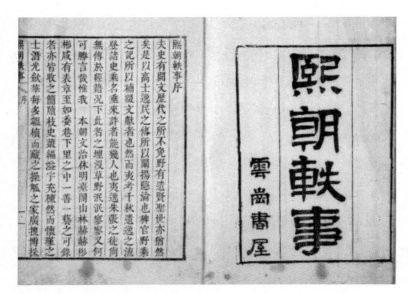

시인 이경민이 1866년에 엮은 《희조질사》.

## 《조선평민열전》의 편집과 구성

평민 출신의 화가 조희룡趙熙龍이 1844년에 지은 평민전기집 《호산외기壺山外記》나 아전 출신의 유재건劉在建이 1862년에 엮은 《이향견문록里鄕見聞錄》, 그들의 친구였던 시인 이경민李慶民이 1866년에 엮은 《희조질사熙朝軼事》 같은 평민전기집은 나중으로 갈수록 자기들이 직접 짓기보다는 야담집에서 많이 인용했다. 그러나 그들 자신의 안목과 기준에 따라 자신들이 직접 보고 들은 사람들을 중심으로 전을 짓거나 인용한 만큼 사실적인 기록에 가까운 글들이라 생각된다. 그래서 《호산외기》 같은 경우는 오늘날 역사학계에서도 하나의 역사책으로 인정할 정도로 가치가 높다.

《이향견문록》 상, 중, 하 표지.

　이 책《조선평민열전》은 이 세 권의 전기집을 중심으로 엮었다. 더러
는 구색을 맞추기 위해 다른 전기집에서도 옮겨 실었다.《이향견문록》에
는 재미있는 기록이 많지만 비현실적이거나 소설적인 상상력이 지나치
게 끼어들었다고 생각되는 전들도 있다. 그런 것은 번역에서 제외했다.

　110명의 인물을 주로 직업에 따라 열여섯 가지 범주로 분류해 실었
는데 의협, 충렬, 효자, 효녀, 열녀 등은 사실상 직업이 아니라 가치관에
따른 분류라고 할 수 있다. 그렇다고 모든 인물을 가치관에 따라 나눌
수도 없었다. 그래서 앞부분은 직업에 따라, 뒷부분은 충·효·열·의라
는 가치관에 따라 분류했다.

　인물 배열은 대체로 시대순으로 했지만 생몰년도가 대부분 확실치 않
아 미심쩍은 부분이 있다. 그런 경우 옛 책의 순서를 참고했다. 출전에 따
라 한 인물이 어떤 책에서는 시인 범주에 나오고 어떤 책에서는 의협 범
주에 나오는 경우도 있었다. 그때는 더 이름을 남긴 쪽으로 실었다.

홍유손, 김시, 안찬, 한순계, 황진이를 제외한 대부분의 인물은 임진왜란 이후에 살았다. 그 뒤 300년 동안의 평민 가운데 남다르게 살았던 사람이 어찌 이들뿐일까마는, 야담으로 전하는 이야기는 많아도 정작 전으로 남은 경우는 적으며 그나마 너무 간략한 경우가 많다. 또한 의도적으로 이번 책에서 제외된 인물들도 있다. 책의 판이 거듭할수록 계속 보충해서 더 볼 만한 책으로 만들고자 한다.

필자는 조선시대 평민들이 지은 한시를 연구하면서 평민한문학이라는 용어를 쓰고 싶어 했다. 그러나 '평민'이라는 용어의 개념 때문에 고심하다가 결국은 《조선위항문학사》라는 이름으로 출판했다. 당시의 애착을 되살려 이 책에서는 평민이라는 용어를 그대로 쓴다. 음악가들의 전은 따로 한 권으로 묶기 위해 이번 작업에서 제외했다. 또한 이 책에 실린 글들은 《호산외기》《이향견문록》《희조질사》를 자료로 삼았으므로 원래 출전과는 문장이 조금 다르다. 편자들이 원전에서 자신들의 편집 의도대로 한두 글자를 빼거나 두세 줄씩 줄였기 때문이다. 논문 자료로 인용할 독자들은 원래 출전을 반드시 참조해야 정확한 자료가 될 것이다.

2002년 11월
허경진

# 차례

【시인】

⊙ 홍유손

홍유손(洪裕孫, 1431~1529)의 자는 여경餘慶이고 호는 소총자篠叢子다. 남양에 사는 아전의 아들로 미친 척하며 숨어 살던 사람이다.

다섯 살에 서울에 오니 여러 고관 사대부들이 신동이라고 칭찬치 않는 이가 없었다. 열두 살에 세조께서 부르시어[1] 별전에서 보고는 시를 짓게 하셨다. 초고도 없이 글을 썼고, 또한 과거 공부에 뜻을 두지도 않았다.

김시습을 따라 노닐었으니, 그가 사귀던 한훤당 김굉필, 추강 남효온, 무풍정茂豊正 이백원李百源, 수천정秀川正[2] 이정은李貞恩, 안정安挺이 모두 그때

----

1  원문에는 광묘光廟, 즉 세조라고 되어 있지만 홍유손이 열두 살 되던 해는 1442년이니 세종 24년이다.《일사유사》를 편찬한 장지연이 착각한 듯하다. 나중에 세조가 즉위하자 공생貢生으로 진사에 합격했다.
2  정正은 왕족에게 주는 정3품 당하관의 작호다. 세자의 증손, 대군의 손자, 왕자군(王子君, 왕의 서자)의 아들이 세습받지 못할 때 정의 작호를 받았다. 이정은은 태종의 손자로 익녕 군의 아들이다.

위항인들의 시를 수집해 1737년에 간행한 《소대풍요》. 목록 첫머리에 홍유손의 이름과 행적이 소개되어 있다.

이름난 선비들이었다.

집이 가난해서 떨어진 옷을 입고 걸어서 영남까지 갔다. 점필재 김종직 선생을 뵈었더니 선생이 시를 지어 주면서 아주 두텁게 마음을 주었다. 지리산에 들어가 책을 읽었다. 나중에 서울로 돌아왔더니, 마침 점필재가 조정에서 높은 벼슬을 하고 있었다. 그러나 만나보니 그가 임금께 아무런 의견도 올리지 못한 것을 알고는 "요즘 풍속이 부처나 노자를 배척하지 않는 것이 아니건만, 그 행동은 하나도 불교와 도교에서 벗어남이 없습니다"라고 말했다.

필재가 기뻐하지 않았다.

유자광이 바야흐로 일을 꾸미면서 그를 만나려고 했지만 만나주지 않았다. 그래서 비방했다는 죄를 씌워 제주도로 유배 보냈다. 중종반정 때 용서를 받고 돌아와 진사에 올랐다. 중종 기축년(1529)에 죽으니 나이 일흔여덟이었다. 제자 김헌윤金憲胤, 윤령尹岭, 김홍윤金弘胤, 이장길李長吉 등이 돈을 모아 양주 불암산에 장사지냈다.

아들 지성至誠이 그 학문을 이어받아, 그에게 배우는 자가 팔십여 명이나 되었다. 창해滄海 허격許格이 일찍이 "우리 선친께서 홍 선생께 배우셨다. 그는 정유왜란 때 의병 수십 명을 모아 금오평金烏坪에서 싸우다 죽었는데, 문인들이 주검을 거두며 보니 얼굴빛이 변하지 않았다고 한다"라고 말했다.

성호 이익은 이렇게 말했다.

"내가 지봉 이수광의《유설類說》[3]과 미수 허목의《기언記言》을 보니 많이 적긴 했지만 알맹이가 빠졌다. 내가 남에게서 그의 감춰졌던 원고를

..............................

3 홍유손은 세조 때 사람이다. 남양의 공생貢生으로서 진사에 올라 김시습과 사귀었다. 그가 지은 시에,

전생에 내가 낳기는 단군임금 무진년이었고
눈으로는 기자임금님을 보니 마한이라 불렀네.
영랑과 함께 삼일포에서 놀았다가
또 봄술을 차고 와서 인간세상에 머무네.

라고 했다. 유손은 나이 일흔여섯에 아내를 얻었다. 여든이 되어서야 비로소 아들을 낳았으니, 이름이 지성이다. 지성 또한 그 아버지의 학문을 이어받았는데, 만력 정유년(1597)에 나이 여든으로 왜적에게 해를 입었다. 부자의 나이를 합하면 일백육십 살이니 또한 이상한 일이다.

_이수광《지봉유설》권17에서

얻어 대략 골라서 기록한다. 그가 평생 김시습, 남효온과 행동을 함께 했건만 후인들이 충신을 찾으면서 김시습, 남효온, 조려, 원호, 이익전, 성담수 육현六賢만 함안서원咸安書院에 모셨다. 오직 홍유손만이 빠진 까닭은 그가 미천한 신분이기 때문이다. 의열義烈이라고 한다면 집안 따위가 무슨 관계 있으랴."

_장지연張志淵《일사유사逸士遺事》

박계강朴繼姜의 호는 시은市隱으로, 시를 잘 짓는다고 이름이 났다. 충암沖庵 김문간공(金文簡公, 김정)과 더불어 시를 주고받으며 세상에 알려졌다.

계강은 집이 부자였지만 글을 배우지 않았는데, 나이 마흔이 되도록 얼굴은 잘생겼지만 낫 놓고 기역 자도 몰랐다. 하루는 길에서 한 종을 만났는데, 그가 편지 하나를 그에게 보여주면서 물었다.

"이 편지를 어디로 보내는 건지요?"

계강은 글자를 알지 못하는 것이 부끄러워 얼버무리면서 제대로 쳐다보지도 못했다. 종은 그를 흘겨보면서 비웃었다. 계강은 부끄러움을 이기지 못해 곧장 집으로 돌아온 뒤에, 문을 닫아걸고 책만 읽었다. 그렇게 몇 년을 하자 문장이 크게 나아졌다. 그래서 당시 사람들이 "사십문장四十文章"이라고 불렀다.

_유재건《이향견문록》

◉ 정치

늑헌<sup>櫟軒</sup> 정치<sup>鄭致</sup>의 자는 가원<sup>可遠</sup>이다. 선조께서 그의 글재주를 듣고
서 특별히 내수사 별좌<sup>別坐</sup>에 임명했다.

　　머리를 깨끗이 감고 높은 곳에 올라
　　부상을 바라보니 상서로운 빛이 열리네.
　　바람이 수정을 흔들고 금기둥이 서자
　　붉은 구름이 떠오르며 아홉 해가[1] 다가오네.
　　淸新薰沐上高臺. 目極扶桑瑞色開.
　　風動玻璨金柱立, 彩雲擎出九烏來.
　　─〈관음사망일출시觀音寺望日出詩〉

　　전세에 내 몸은 스님이었기에

이 세상 명예와 이익을 바람 앞의 등불처럼 본다네.

마음속으로 사랑하는 건 맑은 술이니

어느 하룬들 잊었으랴 나의 벗 백대붕.

한 말 술을 고을과 바꾸는 건 정말 못난 짓이지

석 잔 술로 도를 통하는 게 바로 진리라네.[2]

북망산에 있는 무덤들을 그대는 아시는가

뼈가 부서지고 이끼 덮이면 술 마실 벗도 없다네.

我也前身過去僧, 世間名利視風燈.

中心愛矣靑從事, 何日忘之白大鵬.

一斗換州誠小點, 三杯通道是多能.

邙山有塚君知否, 粉骨生苔無醉朋.

— 〈대주초백만리시對酒招白萬里詩〉

_유재건《이향견문록》

..........................
1  구오九烏란 구일九日을 가리킨다. 옛날에는 해 속에 까마귀가 있다고 믿었으므로, 해를 오
   烏라고 했다.
2  이백의〈월하독작시月下獨酌詩〉에서 "석 잔 술이면 커다란 도에 통하고, 한 말 술이면 자연
   에 합일된다"라고 했다.

● 유희경

유희경(劉希慶, 1545~1636)의 자는 응길應吉이다. 열세 살에 어버이를 잃고는, 흙을 져다가 장사지냈다. 묘를 지키며 떠나지 않았으므로 이웃의 중이 그를 슬퍼해 무덤 옆에다 토막집을 지어주고는 죽을 끓여 그에게 권했다.

어머니를 섬기는 것도 매우 효성스러워 어머니의 병이 오래되자 밤낮으로 그 옆에다 자리를 깔고는 조금도 게을리하지 않았다. 이따금 깔았던 자리를 걷어다 동소문 밖으로 나가 개울가에서 손수 빨아 바윗돌 위에다 말리면서 그 곁에 앉아 책을 읽었다. 보는 사람들이 기이하게 여겼다.

일찍이 동강東岡 남언경南彦經을 따르면서 문공文公의 가례家禮를 전수받았는데, 특히 상제喪制에 밝았다. 전례典禮를 널리 고찰해 고금의 변화를 깊이 캐었으므로 드디어 상을 잘 치른다고 이름이 났다. 국상國喪 때도 준비를 맡은 자들 가운데 그 제도를 제대로 아는 자가 없었으므로 공을 불러다가 처리했다. 사대부 집안에 상이 생겨도 반드시 그를 청해다가 예를 맡겼다.

임진왜란이 일어나자 임금의 수레가 서쪽으로 피난갔다. 공은 눈물을 흘리며 비분강개하고는 의로운 선비들을 불러 모아서 관군을 도와 적을 무찔렀다. 그 일이 선조 임금께 들리자, 교지를 내려 포상하며 이르기를 "그대 희경이 의로움을 떨쳐 왜적 무찌를 것을 뜻 삼았으므로 내가 이를 가상히 여기노라"라고 했다.

당시 나라에 어려운 일이 많아 중국에서 조사詔使가 오게 되었는데, 써야 할 비용은 매우 많았지만 호조戶曹의 국고가 텅 비어서 재상이 근심했다. 공이 백인호白仁豪 등 몇 사람을 불러다[1] 이 일을 계획하게 하라고 청했다. 이들을 모아서 결국 비용을 얻었으므로 이로써 상을 받아 통정대부(通政大夫, 정3품)에 올랐다.

무오년(1618)에 역신逆臣 이이첨이 인목대비를 폐위시키려고 일을 꾸미면서 여러 선비들에게 상소하라고 위협했다. 어기는 자에게는 형벌까지 주었는데 공만이 홀로 상소하지 않았다. 평소에 이이첨과 친숙히 지냈지만 이에 이르러서 절교했다. 집을 나서다 길에서 이이첨을 만났는데, 그가 노하여 꾸짖자 "소인에게 어미가 있어 봉양하기에 바쁩니다. 공의 문하에 나아갈 겨를이 없었습니다"라고 대답했다. 인조반정仁祖反正

---

[1] 사신이 온 해는 기유년(1609)이었으며, 백인호, 김서金叙, 신천룡愼天龍 세 사람을 불러다 의논했다(《촌은집》권2 〈행록〉).

〈도봉서원〉. 18세기 후반 작품(작자 미상, 건국대학교 박물관 소장).

때 이르러 대신들이 그의 절개를 듣고서 특별히 명해 품계를 올렸다. 이 때 비로소 공이 예禮로 여러 사대부 사이에 이름이 났으며, 여러 사람들이 그의 절의節義를 높이 여기고 더욱 공경했다.

의주義州 부윤으로 있던 박엽朴燁이 매우 사나워서 사람 죽이기를 마치 풀 베듯 했다. 공의 아들이 그의 비위를 거슬러서 엽이 장차 죽이려 했는데, 공의 아들이라는 것을 알고는 풀어주었다. 그래서 사람들이 "공의 어진 인품이 능히 엽으로 하여금 그 사나움을 잃게 했다"라고 했다.

공의 사람됨이 조용하고도 욕심이 적었으며 천성이 산수를 사랑했다.

집이 정업원淨業院 아래에 있었는데 그 시냇가에다 돌을 쌓아 대臺를

현재의 도봉서원. 1972년 서울특별시 도봉구 도봉1동에 복원했다.

짓고는 '침류대<sup>枕流臺</sup>'라고 이름 지었다. 곁에다 복사꽃과 버드나무 수십 그루를 심어서 봄이 올 때마다 울긋불긋하게 시내와 골짜기를 비추었다. 공은 당시<sup>唐詩</sup> 한 권과 책상 하나, 술잔 하나를 마련해놓고 그 가운데 앉거나 누워서 하루 종일 시를 읊으며 스스로 즐겼다. 자기의 호는 촌은 <sup>村隱</sup>이라고 지었다.

그가 지은 시는 한가로우면서도 맑아서, 당시<sup>唐詩</sup>에 가까웠다. 사암<sup>思菴</sup> 박순<sup>朴淳</sup> 상공이 매우 칭찬했으며, 공경대부들이 모두 침류대에 나아가 시와 노래를 지어 주고받았다. 다투어 서로 전하며 즐겼으니 세상에서 이른바 《침류대시첩<sup>枕流臺詩帖</sup>》이 바로 그것이다.

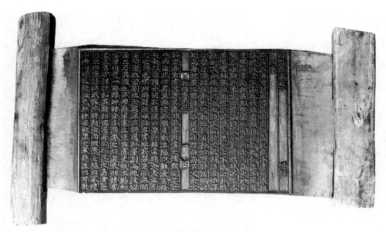

유희경의 문집 《촌은집》의 목판.

영안위永安尉 홍공洪公[2]이 날마다 그를 찾아다녔다. 영안위가 자주 다
닌다는 소문을 듣고 인목왕후가 사람을 시켜 따라가보게 했다. 한 노인
과 큰 소나무 아래에 마주 앉아 있는 모습을 보고는, 그 뒤로 영안위가
유공을 만나러 간다는 소식을 들을 때마다 왕궁의 음식을 하사했다. 나
중에 그 땅은 궁궐로 편입되어 도총부都摠府가 되었다. 소나무는 아직까
지도 있는데, 사람들이 알아보고는 "이 나무는 유 아무개가 심은 것이
다"라고 한다.

공은 나이가 많아진 뒤에도 정신과 기골이 매우 강해서, 사대부들이
금강산으로 놀러가게 되어 길 인도해주기를 부탁하면 늙었다 사양하지

........................

2  홍주원洪柱元. 홍이상洪履祥의 손자이며, 월사 이정구李廷龜의 외손자다. 선조와 인목왕후
   에게서 태어난 첫째 딸 정명공주貞明公主에게 인조 원년(1623) 12월 11일에 장가들었다.

않고 용감하게 나섰다. 일찍이 정암(靜庵, 조광조)의 어진 인품을 사모했으니 도봉서원道峰書院이 세워진 것도 공이 실로 경영한 것이다. 나이 여든이 되어 가의대부(嘉義大夫, 종2품)에 올랐다. 그 뒤에 아들 일민逸民이 등용되어 원종공신原從功臣이 되자 자헌대부(資憲大夫, 정2품) 한성부 판윤에 추증되었다. 공은 숭정崇禎 병자년(1636)에 죽었으니, 나이 아흔둘이었고 아들 다섯이 있었다.

_홍세태洪世泰《유하집柳下集》, 이경민《희조질사》

* 홍세태의《유하집》에는〈유촌은묘지명劉村隱墓誌銘〉이 실려 있는데, 위의 글과 조금 다르다.

⊙ 백대붕

　　백대붕白大鵬은 전함사典艦司[1]의 노비다. 시를 잘 지었으며 술도 잘 마셨
다. 재주가 뛰어나고 성품 또한 굳세어서 열협烈俠의 풍모가 있었다.

　　일찍이 유희경과 함께 노닐었는데, 이 두 사람이 모두 시로 이름이 났
다. 대붕이 일찍이 시를 지었는데,

　　　술에 취해 산수유꽃 꽂고

　　　나 혼자 즐기다가

　　　산에 가득 밝은 달빛 물들자

　　　빈 술병 베고서 누웠네.

　　　길 가던 사람들아 무엇 하던 놈인가

..........................

1 군함과 선박을 관리하던 관청. 수운水運과 해운海運도 맡아봤다.

묻지를 마소.

티끌 세상에서 세어진 머리

전함사의 노비놈이라오.

醉揷茱萸獨自娛. 滿山明月枕空壺.

傍人莫問何爲者, 白首風塵典艦奴.


    그 호탕하고도 굽히지 않으려는 뜻이 이와 같았다. 만력 초엽(1590)에 통신사 허성許筬[2]을 따라 일본에 갔으며, 임진왜란 때 순변사巡邊使 이일李鎰을 따라 상주에서 싸우다 죽었다. 그때 이일은 달아났지만 그를 따르던 사람들은 모두 절의를 지켜 죽었으므로, 매우 후한 상을 받았다. 그러나 유독 대붕만은 거기에 끼지 못했으므로 사람들이 모두 안타까워했다.

_윤행임尹行恁《석재고碩齋稿》, 이경민《희조질사》

..........................

2 1548~1612. 자는 공언功彦, 호는 악록岳麓. 초당 허엽許曄의 큰아들이며, 하곡荷谷 허봉許篈, 교산蛟山 허균許筠, 난설헌 허초희許楚姬 등이 그의 동생이다. 아버지를 포함한 이들 다섯이 모두 문장에 뛰어나서 오문장가五文章家라고 불렸다. 1590년에 정사 황윤길, 부사 김성일이 도요토미 히데요시의 속셈을 살피러 일본에 갔을 때 서장관書狀官으로 발탁되어 그들의 침략 의도를 간파하고 정확히 보고했다. 나중에 이조판서에까지 올랐으며, 선조가 죽을 때 영창대군의 앞날을 부탁한 일곱 신하 가운데 한 사람이다. 성품이 곧았으며 옳다고 생각한 일을 끝까지 관철시켰다.

⊙ 최기남

최기남(崔奇男, 1586~1669)의 자는 영숙英叔인데, 대대로 서울에 살았
다. 어렸을 때 집이 매우 가난해서 동양위東陽尉 신익성申翊聖[1]의 궁노宮奴
가 되었다가 그로 인해 현헌玄軒 신흠申欽 상공께 인정을 받게 되었다.

현옹이 그의 시를 보고 매우 칭찬했으므로 이로 말미암아 사대부들
사이에 그 이름이 퍼졌다. 이름난 사람과 뛰어난 선비들이 많이 그와 사
귀니 시를 잘 짓는다는 이름이 온 세상 사람들 입에 오르내렸다.

동양위가 일찍이 그의 시를 평하기를 "고체古體는 육조六朝의 시와 아주

........................

1 1588~1644. 신흠(1566~1628)의 아들. 열두 살 때 선조의 셋째 딸인 정숙옹주에게 장가들
어 동양위에 피봉되었다. 병자호란 때는 남한산성에서 임금을 모시고 끝까지 지킬 것을 주
장하다가 척화파로 몰려 최명길, 김상헌 등과 함께 청나라 심양으로 잡혀가기도 했다. 시를
좋아했으므로 많은 시인들의 그의 집에 드나들었으며, 《낙전당집樂全堂集》 15권 7책을 남
겼다.

비슷하고 가행歌行은 당나라 여러 시인들의 경지에 드나들며 율시는 장
경長慶[2] 이전의 말을 본받았다" 했다. 또 그의 시집 서문에다 쓰기를 "학
문을 한 것은 선禪에 가깝고 시를 지은 것은 당唐에 가까우니, 반드시 오
묘한 경지에 들어감으로써 신통한 이해를 할 수 있었던 것이다. 아아, 슬
프다. 이 사람의 시를 힘으로 빼앗을 수 있다면, 고귀하고 권세 있는 유력
자들에게 빼앗긴 바 된 지 벌써 오래였을 것이다. 조물주께서 그의 가난
하고도 미천함을 슬퍼하여 시로서 이름나게 하신 것인가?"라고 했다.

일찍이 백헌白軒 이경석李景奭 상공에게도 깊이 인정받아, 백옹이 그의
시집 서문에 쓰기를 "무릇 그의 학문은 경전을 널리 종합한 것인데, 특
히《주역》에서 터득한 바가 있어 직접 베끼고 즐겨 보았다. 글숲에서도
근원을 찾고 오묘한 곳을 캐어, 고체는《문선文選》을 따르고 율시는 두보
를 주로 배웠으니, 바른 소리와 맑은 운이 낭랑해서 외울 만했다" 했으
니, 당시 여러 문인들의 칭찬이 이와 같았다.

행명涬溟 윤순지尹順之가 일본에 사신으로 갔는데, 기남이 백의白衣로 따
라가서 주고받은 시가 매우 많았다. 그가 있는 곳에 일본인들이 시를 얻
으려고 밀려들었다. 그들을 맞아 사양하지 않고 모두 지어 주었으며, 선
물을 가져온 것이 있으면 물리치고 받지 않았다.

그때 부사로 갔던 용주龍洲 조경趙絅 또한 문장으로써 일본인들에게 존
경받았는데 기남에게,

..........................
2 당나라 목종穆宗 때의 연호(821~824). 백거이白居易와 원진元稹의 시를 장경체라고 했다.

그대의 시를 사랑하노니 몹시도 정화로워

당나라 시인 고적, 잠삼, 왕유, 맹호연의 경지를 드나드네.

愛君詩格極精華, 出入高岑王孟家.


라는 시를 지어 주었으니, 그 추어주는 것이 이와 같았다.

　기남은 성품이 고요하고 명예와 이익을 기뻐하지 않아 산업을 힘쓰지 않았다. 오직 책과 역사로써만 스스로 즐겼으므로 집안이 매우 가난했다. 아내가 죽었지만 다시 장가들지 않았다.

　병자·정묘호란을 만나 호서지방으로 피난가 지내면서 산과 연못 사이로 떠돌아다녔다. 나그네의 답답한 심정을 한 편의 시로 지어 씻어내곤 했다. 몇 권짜리 시집이 있는데 이름은 《구곡집龜谷集》(4권 2책)이다. 일찍이 〈졸옹전拙翁傳〉을 지었다.

　"세상에 졸옹이라는 자가 있는데, 어떠한 사람인지 알 수가 없다. 농사도 장사도 일삼지 않는데다 아무런 이름도 없다. 음식은 거친 현미요, 거처는 쑥대집이고, 외출할 때도 걸어다녔다. 보는 이마다 비웃지 않는 이가 없었지만 오만한 빛을 띠고 즐거워했으며, 얼굴과 모습, 말씨와 몸가짐까지 남들과는 아주 달랐다. 저것에 달통하면 이것에 궁색하고 저것이 형통하면 이것이 어려워지니, 재주와 덕이 같지 않아서 그러한가, 아니면 타고난 천명이 두텁거나 엷어서 그러한가?

　이 사람은 번화한 것을 싫어하고 고요한 것을 좋아하는 성품이어서 깊숙한 곳에 머물며 혼자 지냈다. 책이나 읽으며 혼자 즐기다가 마음에 드는 부분을 찾으면 너무 기뻐서 걱정도 잊었다. 흥이 나면 문득 숲 속으로

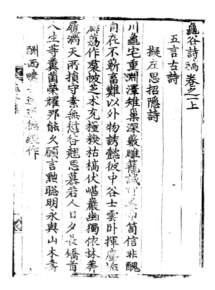

혼자 가서 시를 읊으며 거닐었다.

어쩌다 사람이 많이 모인 곳에 끼게 되면 마치 바보처럼 입을 다물어, 옳고 그른 주장을 남들과 주고받으려 하지 않았다. 많은 사람들이 달려드는 것은 부끄러워 다투려 하지 않았고, 많은 사람들이 내버리는 것은 분수를 지키며 편안히 여겼다.

같은 시대에 낙헌장인樂軒丈人이란 사람이 있었는데, 이 사람과 가깝게 사귀었다. 세상 사람들을 따라다니며 놀지 않고 이 가난한 집만 찾아가서 깊은 겸손을 스스로 길렀다. 그러다 얼마 안 되어 낙헌이 먼저 죽으니 함께 노닐 사람이 아무도 없었다.

문을 닫아걸고 혼자 들어앉아서 때때로 옛 사람의 책을 펼쳐 보거나 혹은 짧은 시를 읊으며 스스로 자기의 마음을 달랬다. 나이 예순셋에 병으로 누워서 자기의 죽음을 슬퍼하는 시를 도연명 시에 화답해 세 장 지었다. 1장은 이렇다(2장, 3장 줄임).

조화에 따라 죽음으로 돌아가니
육십 평생을 어찌 짧다 하랴.
스승과 벗들을 잃게 되고
이름 남길 만큼 좋은 일 못한 것만 한스러워라.
혼백은 흩어져서 어디로 가나,
무덤 앞 나무에선 바람이 울부짖겠지.
세상 사는 동안 아름다운 시 못 남겼으니,
그 누가 곡하며 내 죽음 슬퍼하랴.
아내와 자식놈들이야 운다고 하겠지만
어두운 땅속에서 내 어찌 들으랴.
귀한 자의 영화도 돌아보지 않았거든
천한 자의 치욕을 내 어찌 알랴.
푸른 산 흰 구름 속에 돌아가 누우면
부족함도 없으리라.

나이 일흔한 살에 또 병이 심해져서 스스로 제문을 지었다. 그 대략은 이렇다.

자연으로 돌아가 마치는 것은 대역大易의 지극한 이치요, 삶으로 나왔다가 죽음으로 들어가는 것은 현원玄元의 오묘한 뜻이로다. 옴이 있고 감이 있는 것은 저승과 이승의 필연이요, 하루 낮이 있고 하루 밤이 있는 것은 어둠과 밝음의 당연한 이치다. 이승으로 왔다고 어찌 기쁘며, 저승으로 간다고 어찌 슬프리요? 아내와 자식들이 가슴을 치며 통곡하는 것은 참으로 고달프기나 하지 이로움이 없고, 벗과 손님들이 조문한다고 찾아오는 것도 헛되이 울부짖기나 하는 일이니 따라 하지 말지라. 죽음을 타고 돌아감에 천지를 여관으로 삼았고, 세상을 벗어나 그 혼이 들리움에 육신을 허수아비[3]처럼 여겼도다.

오호라! 나무판 하나 속에 몸을 움츠리고, 일만 가지 세상 인연과도 끊어졌구나. 나무들은 가을바람에 울부짖고, 골짜기는 샘솟는 소리에 울리네. 그대에게 단술을 따라 바치고, 지전을 살라 혼을 부르는도다. 아무것도 남지 않고 이미 스러졌으니, 아득하기만 할 뿐 대답이 없구나. 소나무, 잣나무 가득한 산에 한 무더기 흙무덤만 새로 솟았구려.

자기의 죽음을 소재로 한 만시挽詩과 제문이 모두 늙어가면서 자신의 신세를 슬퍼한 가운데 나왔다. 하늘과 땅 사이에 홀로 서서 하늘을 우러르고 땅을 굽어보며 거닐었다. 세상에 알아주는 사람 없건만 초개 같은 미물이 여러 임금의 거룩한 교화에 한껏 젖어, 나이 일흔넷이 되도록 몸에 아무런 병도 없이 한가롭게 지내다 세상을 마쳤다.

...........................

3 원문에 나오는 표현은 추구芻狗. 짚으로 만든 개다. 제사 때는 긴요하게 쓰지만 제사가 끝나면 필요 없어져 내다버린다.

지혜를 교묘히 써서 남보다 앞서며 좋은 기회를 이용해 남들을 깔보다가 형벌에 빠져 죽은 자와 견준다면 누구의 생애가 낫겠는가? 이 사람은 평생 동안 '졸(拙, 못나고 무딤)'로써 자기를 지켜, 분수를 넘어서는 것이라면 비록 터럭 하나라도 놀라고 두려워서 피했다. 그러므로 귀신에게서 꾸지람이 없었고 사람에게서도 비난이 없이, 맑은 세상의 한가로운 사람으로 살았다. '졸'의 때에 맞는 쓰임이 크도다."

현종 초에 실록감인원實錄監印員이 되어 《효종실록》 교정에 참여했는데, 나이 벌써 일흔이 넘었다. 기남이 선조 병술년(1586)에 태어나 나이 여든이 되어 죽으니, 가난해서 염殮을 하고 관을 살 수가 없었다. 여러 제자들이 돈을 내어 염하고 장사지냈으며, 그가 남긴 문집을 간행해 세상에 전했다.

_장지연 《일사유사》

창애蒼厓 최대립崔大立의 자는 수부秀夫이고, 또다른 호는 균담筠潭이다. 어머니를 지극히 효성스럽게 섬겼으며, 당시에 시를 잘 짓는다고 이름 났다.

> 흰 눈이 솔문을 둘러싸고
> 천 봉우리에 외로운 종소리가 맑아라.
> 늙은 스님은 나이가 여든인데
> 밤새도록 전수받은 불법을 이야기하네.
> 白雪擁松扃, 千峰孤磬澄.
> 老僧年八十, 終夜話傳燈.
> ─〈숙극락암시宿極樂庵詩〉

최대립의 시가 실린 《육가잡영》. 정남수, 최기남, 남응침, 정예남, 김효일, 최대립 여섯 명 평민시인의 한시가 실렸다.

조그만 선방은 십 홀밖에 되지 않는데

불법이 칠조에게서 전해졌다네.

재계한 마음은 물처럼 항시 맑고

깨달은 불성은 달처럼 늘 둥글어라.

문은 천 봉우리를 마주보며 닫혀 있고

몸에는 장삼이 한 자락 걸쳐 있네.

하찮은 벼슬이 나를 얽어맸으니

어느 해가 되어야 불법을 물을 수 있으려나.

十笏禪房小, 燈從七祖傳.

齋心水恒淨, 覺性月長圓.

門對千峰掩. 身披一衲穿.

微官是吾累, 問法定何年.

―〈기법웅선사시寄法雄禪師詩〉

_유재건《이향견문록》

⊙ 석희박과 아들 만재

　남천南川 석희박石希璞의 자는 자성子成이다. 지천 최공(최명길), 백헌 이
공(이경석), 죽당 신공(신유)을 따라 노닐었는데, 이들 모두와 주고받은
시들이 있다. 그는 또한 효행으로도 세상에 이름났다.

　그의 아들 만재萬載의 자는 계수季叟이고 호는 두촌豆村이다. 그 또한 시
를 잘 지어 당시에 이름났다.

　그의 손자 지흘之屹이 2대의 시를 모아서 세고世稿를 엮었는데, 만정
당晩靜堂 서상국徐相國이 서문을 지었다.

　"《남천두촌고南川豆村稿》는 석생石生 부자가 지은 것으로, 이들 부자의
예업藝業의 근원과 계승이 모두 이 시집 안에 있다. 말이 아름다우면서도
소리가 맑으며 운치 있게 잘 그려냈으니 읽어볼 만하다. 석생 부자는 위
항에 있으면서도 힘을 다해 시를 배웠으니, 문장만 전문으로 익힌 선비
와 고하를 다투더라도 누가 더 나은지 헤아리기가 어렵다. 그 재주와 지

취미趣의 아름다움이 어찌 시속의 범상한 무리들을 뛰어넘지 않겠는가. 그 아들은 나의 집을 자주 찾아왔었는데, 나도 그의 조촐한 성품을 좋아해 친하게 사귀었다. 그러나 그가 시에 조예가 깊은 것은 몰랐기에 그가 예전에 지은 시들을 물어보지 못했던 것이 한스럽다.

이제 여러분이 그의 시에 대해 평하고 칭찬한 것을 보니 석생 부자의 의기와 풍운이 단지 이 시에만 온축된 것은 아니다. 마땅히 덕이 높은 선배의 문하에 보내 두루 읽어보게 하는 것이 좋겠다."

_유재건《이향견문록》

⊙ 임준원

서울의 민속은 남북이 다르다. 종로 남쪽부터 남산까지가 남부다. 장
사꾼과 부자들이 많이 산다. 이익을 좋아하고 인색하면서도, 수레와 집
은 서로 사치를 다툰다.

백련봉 서쪽부터 필운대까지가 북부다. 대체로 가난하고 얻어먹는
사람들이 살았다. 그러나 의협스러운 무리들이 자주 있어 의기로 사귀
어 노닐고 베풀어주기를 좋아했다. 흔쾌히 허락하고 남의 어려움을 잘
도왔으며 근심을 함께했다. 시인 문장가들이 계절을 따라 노닐며 자연
속의 즐거움을 맘껏 누렸다. 마음이 내키면 시를 읊었는데 많이 짓는 것
을 자랑하고 곱게 짓기를 다투었다. 풍속이 그러했던 것이다.

임준원林俊元은 자가 자소子昭인데, 대대로 서울 북촌에 살았다. 사람됨
이 뛰어났으며 기백이 있었다. 신선 같은 모습에다 말솜씨까지 좋았다.
젊었을 때 구곡龜谷 최공(최기남, 崔奇男)의 문하에서 글을 배웠는데, 시를

겸재 정선이 그린 필운대 그림.

매우 잘 짓는다는 칭찬을 들었다.

　그러나 집이 가난한 데다 늙은 어버이가 있었으므로 마침내 뜻을 굽히고 내수사內需司의 서리가 되었다. 임용되어 부를 일으키니 재산이 수천 냥이나 모였다. 그러자 "내겐 이만하면 넉넉하다"라고 탄식하더니

이항복이 쓴 필운대 글씨가 붉게 칠해져 있다.

곧장 아전 일을 내어놓고는 집에서 지냈다. 문학과 역사책을 읽으며 스스로 즐겼다. 날마다 그를 따르는 무리들이 많이 모여들었는데 그 가운데는 유찬홍庾纘洪, 홍세태洪世泰, 최대립崔大立, 최승태崔承太, 김충렬金忠烈, 김부현金富賢 같은 사람들이 있었다.

유공의 호는 춘곡春谷인데, 바둑을 잘 두었다. 홍공의 호는 창랑滄浪인데, 시를 잘 지었다. 이 두 사람의 명성이 모두 당시에 으뜸이었다.

유공은 술을 좋아해 한꺼번에 몇 말씩 마셨다. 홍공은 집이 가난해서 양식거리도 없었다. 준원은 유공을 자기 집에 머물게 하고서 좋은 술을 마련해두고 양껏 마시게 했다. 또한 홍공에게는 여러 차례 재물을 주선해주어 양식이 떨어지는 경우가 안 생기도록 해주었다.

좋은 날이나 아름다운 경치를 만날 때마다 여러 사람을 불러 모았다.

시를 짓기도 하고 술을 마시기도 하며 매우 즐겁게 놀다가 흩어졌다. 이러한 일이 늘 있었으므로 서울에서 재주가 좀 있다고 이름난 사람이 그 모임에 끼지 못하면 부끄럽게 여겼다.

준원은 이미 재산이 넉넉해졌고 의로운 일을 좋아했으므로 남에게 베풀기를 좋아했다. 그러면서도 언제나 성에 안 차는 것처럼 여겼다. 친척이나 친구 가운데 가난해서 혼인과 장례를 치르지 못하는 사람들은 반드시 준원에게 왔다. 그래서 평소에도 그의 집을 드나들며 마치 자식들처럼 그를 모시고 공손히 대하는 자들이 또한 몇 십 명이나 되었다.

준원이 일찍이 육조六曹 거리 앞을 걸어서 지나가는데 어떤 여자가 관리에게 구박을 받고 있었다. 또 불량배 하나가 그 뒤를 따라가며 욕을 해대는데 그 여자는 매우 슬프게 울기만 했다. 준원이 그 까닭을 묻고는 불량배에게 "그까짓 얼마 안 되는 빚 때문에 여자를 이토록 욕보일 수 있단 말이냐?"라고 꾸짖었다. 그 자리에서 빚을 갚아주고는 차용증을 찢어버린 뒤 곧 가버렸다. 여자가 쫓아가면서 물었다.

"공께서는 어떠한 분이시며, 어디에 사시는지요?"

준원이 대답했다.

"예법에 남녀는 길이 다르다고 했소. 그런데 어찌 내 이름을 묻는 게요?"

여자가 자꾸 물었지만 준원은 끝내 알려주지 않았다. 이때부터 준원의 이름이 여염간에 날렸다. 그의 성격을 사모하고 얼굴 보기를 원하는 자들의 발걸음이 그 집에 모여들었다.

구곡 최공이 병들어 죽었는데 상을 치를 수가 없었다. 제자들이 모여

들어 상을 치르려고 했지만 관 값을 내어 도울 만한 사람이 없었다. 그때 준원은 사신을 따라 중국에 가 있었으므로 그 자리에 있던 사람들이 탄식하며 말했다.

"아아! 임자소林子昭가 이곳에 있었더라면, 어찌 제 선생이 죽었는데 관도 없게 했겠는가?"

그 말을 마치기도 전에 문밖에서 어떤 사람이 관 만들 재목을 싣고 왔다. 물어보았더니 자소가 보낸 사람이었다.

자소가 중국에 갈 때 최공이 늙고 병든 것이 걱정되어 집안 사람에게 주의를 주었던 것이다. 이로부터 사람들은 자소의 높은 의리와 사려 깊은 처사에 더욱 감복했다.

자소가 죽자 조문객들은 마치 부모라도 죽은 것처럼 곡했다. 그를 늘 우러르며 도움 받던 사람들은 "나는 어떻게 살란 말이오?" 했다.

한 늙은 과부가 스스로 와서 바느질을 돕겠다고 청했다. 상복을 만들어놓곤 가버렸는데 예전에 길에서 구해준 여자였다.

_정내교鄭來僑《완암집浣巖集》, 이경민《희조질사》

이득원(李得元, 1639~1682)의 자는 사춘士春이고 호는 죽재竹齋다. 그의
사위 고시언이《죽재유사竹齋遺事》에서 이렇게 기록했다.

"공은 위항인인데, 가난하면서도 직업이 없었다. 그래서 먼 지방으로
떠돌아다니다 보니 세상 사람들이 깊이 알아주지를 못했다. 일찍이 창
랑옹(홍세태)이 그의 사람됨과 시에 대해 칭찬하는 말을 들었는데, '사
람됨이 옥설玉雪 같은 풍채에다 어디에도 얽매이지 않는 기백과 절조가
있으며 효성과 우애도 뛰어나다. 시가 청초하고도 아름다워 만당晩唐의
풍조가 있다. 글씨도 정묘해서 2왕二王[1]을 본받았다'라고 했다.

그는 젊었을 때 구곡도인(최기남)의 제자[2]가 되었는데 서헌 임준원,

--------

1 명필인 왕희지王羲之와 왕헌지王獻之 부자를 가리킨다.
2 원문은 후파候芭. 후파는 한나라 사람인데, 양웅揚雄에게《태현경》과《법언》을 배웠다. 스
  승이 세상을 떠나자 무덤을 만들고 3년 동안 심상心喪을 입었다.

춘곡 유찬홍 등과 모두 마음을 열어놓고 가깝게 사귀었다. (그 가운데서
도) 내가 특히 속으로 좋아해 평소에 하루도 따라다니지 않은 날이 없
었다.

그의 집은 온돌에 불이 없을 정도로 가난했으며 바닥에 방석도 없이
무릎을 맞대고 앉았다. 그러나 해가 저물 때까지 고금지사古今之事를 열심
히 이야기하다 보면 날이 저무는 것도 모를 정도로 재미있어, 사람으로
하여금 춥고 피곤한 것조차 까마득히 잊어버리게 했다.

공은 겉치레나 명예를 멀리했으며 이익을 가지고 남과 다투지 않았
다. 마침 누이 집이 작서변雀鼠變[3]을 당하게 되자 친절하게 힘껏 도와주
었다. 그래서 남들에게 미움과 원한을 사게 되었고 자주 중상을 받게 되
었다. 이 일로 해서 서울에 사는 것이 싫어져 (지방으로) 나가 영남 감영
에서 조시랑趙侍郎을 보좌했는데 잘한다고 이름이 났다. 이때부터 관찰
사들로부터 부름을 받아 한 해가 다하도록 집 안에 방바닥이 따뜻해질
틈이 없을 정도였다. 그러다가 집으로 돌아오게 되자 다시 한낱 산인散人
이 되었다. (아무런 살림이 없어) 사방의 벽만 썰렁했고, 쌀 씻거나 밥 짓
는 일도 자주 걸렀다. 그런데도 그는 태연자약하게 시 읊기를 그치지 않
았다.

공은 숭정 기묘년(1639)에 태어나 겨우 마흔넷밖에 살지 못했으며 아
들은 없이 딸만 셋을 두었다. 큰딸은 임씨 집안에 시집갔는데 일찍 과부
가 되었다. 살림이 가난한데도 힘껏 바느질로써 부모를 봉양했다. 부모

---

3 재판 때문에 재앙 입는 것을 가리킨다.

가 돌아가신 뒤에는 그 제사를 받들었다. 서헌(임준원)이 세상을 떠났을 때는 '우리 아버지가 어려웠을 때 많이 도와주었다'고 해서 힘을 다해 장례를 치러주었다. 제물을 차리고 곡했는데 마치 친척처럼 슬퍼했다. 그래서 창랑옹이 탄식하며 말했다.

'효성스럽구나, 이 여인이여, 선비가 되지 못한 것이 한스럽도다.'

춘남春南이 임씨 아내의 전傳을 지어 그 덕을 기렸다. 임씨 아내가 죽자 박씨에게 시집간 둘째 딸이 또한 제사를 받들고 묘를 돌보았는데, 지금까지도 계속하고 있다.

공이 세상을 떠난 지 16년 되던 해에 내가 그 집 (셋째) 사위가 되었는데, 다른 일을 물을 겨를도 없이 (공의) 유고부터 먼저 급하게 찾았다. 서옹(임준원)에게서 그 유고를 얻어 창랑옹에게 감수받은 뒤에 몇 편을 뽑아서 한 권으로 엮어, 필사본을 상자 속에 넣어둔 지가 몇 해나 되었다. 나는 늘 '두 딸은 이미 효녀 노릇을 했다. 이제는 뒷날에도 썩어 없어져서는 안 될 이 유고만 남았으니, 이것을 간행하는 것은 나의 책임이다'라고 생각했다.

그러다가 경술년(1730) 여름에 다행히도 창랑옹의 시문집을 간행하는 기회가 있어, 약간의 비용을 들여 활자를 빌려서 간행하게 되었다. 다만 한스러운 것은 힘이 부쳐서 널리 반포하지 못했다는 점인데, 그래도 간행하지 않은 것보다는 낫지 않겠는가."

_고시언高時彦《성재집省齋集》, 이경민《희조질사》

◉ 강취주

강취주姜就周의 자는 여재汝載이고 호는 노주鷺洲다. 젊었을 때 동네 협
객이 되어 건달 노릇을 하다가 끝내 다리가 부러져 폐인이 되었다. 늘그
막에야 시를 배워 사대부들과 노닐며 즐겼다. 집안에서 털옷을 바느질
해 살림했는데, 사람됨이 비분강개했다. 의기를 좋아하고 풍류가 있었
다. 한쪽 발로 나무 지팡이를 짚고 뛰어다니므로, 조동강趙東岡[1]이 '노주'
라고 호를 지어주었다.

평소에는 책을 읽지 않았지만 그가 시를 지으면 스스로 천기天機를
얻은 구절들이 보였다. 자못 맑고도 고고한 울림이 있었다. 한번은 홍
순연洪舜衍과 함께 근자운根字韻으로 시를 지었는데, 강취주가 먼저 시를
읊었다.

...........................

1 동강은 조상우(趙相遇, 1640~1718)의 호다. 숙종 때 형조, 이조, 예조판서를 지냈다.

적선은 표일해 시로 맞설 자 없고

동방삭의 우스갯소리에는 말의 근원이 없네.

謫仙飄逸詩無敵, 方朔談諧語不根.


　홍순연도 당시에 시를 잘 짓는다고 이름났지만 그에게 무릎을 꿇고 항복했다. 그는 사람들을 잘 가르쳤으므로 그에게 배우는 자가 아주 많았다. 조풍원趙豐原과 조동계趙東溪[2]도 일찍이 그에게 배웠다.

_장지연《진휘속고震彙續攷》, 유재건《이향견문록》

............................
2　풍원은 조현명(趙顯命, 1690~1752)의 봉호고, 동계는 조귀명(趙龜命, 1693~1737)의 호다.

⊙ 홍세태


홍세태(洪世泰, 1653~1725)의 자는 도장道長이다. 처음 젖니를 갈 때부터 벌써 말을 잘했으며, 말을 했다 하면 사람을 놀라게 했다. 조금 자라면서 경서와 역사, 제자백가를 읽었는데 꿰뚫지 않은 책이 없었으며, 특히 시에 마음을 쏟았다. 그의 정이 이르는 곳마다 오묘한 깨달음이 스며들었으며 어떤 환경에 부닥칠 때마다 글을 지으면 천기天機가 흘러나왔다. 그 음조音調과 기격氣格이 당나라의 여러 정통 시인들보다도 뛰어났다. 식암息菴 김공[1]이 보고 감탄하며 "고적高適이나 잠삼岑參의 유다"라고 칭찬했다. 사람들이 많이 모일 때마다 칭찬이 입에서 떠나지를 않았다. 공이 가난에 지쳐 죽게까지 되자, 마치 주가朱家[2]가 옛날에 그랬던 것처

..............................

1  김석주(金錫胄, 1634~1684). 영의정 김육金堉의 손자. 진사에 장원하고 문과에도 장원급
   제했다. 대제학에다 어영대장을 겸했으며, 영의정 허적許積의 서자 허견許堅의 역적모의를
   사전에 알아채고 상소하여 공을 세웠다. 청성부원군에 봉해지고 우의정까지 올랐다.

럼 힘을 내어 구제해주었다. 공은 자기를 알아주는 것이 감격스러워서
더욱 힘써 글을 읽었다. 고금의 책을 깊고 널리 캐어내 자기가 뜻한 바
를 갈고 닦았다. 그 지식의 축적이 두터워질수록 지어지는 글이 더욱 새
로워졌다.

농암 김창협, 삼연 김창흡 두 선생이 그와 더불어 시를 주고받았는데
그에게 진심으로 감복해서 "그대야말로 마음대로 지껄여도 글이 되는
사람이구려"라고 칭찬했다.

숙종 임금 임술년(1682)에 통신사를 따라서 일본에 갔다. 섬나라 오
랑캐들이 종이나 비단을 가지고 와서 시와 글씨를 얻어 갔다. 그가 지나
가는 곳마다 그들이 담처럼 죽 늘어서면, 그는 말에 기대선 채로 마치
비바람이라도 치는 것처럼 써갈겨댔다. 그의 글을 얻은 자들은 모두 깊
이 간직해 보배로 삼았는데, 심지어는 문에다 그의 모습을 그리는 자까
지 있었다.

늘그막에 백련봉白蓮峰 아래에 집을 짓고 유하정柳下亭이라 이름 지었
다. 좌우엔 등잔대와 책이 있어 그 가운데서 시를 읊었지만 살림살이라
곤 아무것도 없이 썰렁했다. 아내와 자식들이 굶주렸지만 그는 마음에
두지 않았다.

내가 처음 유하정에서 공을 뵈었을 때 공의 나이가 벌써 쉰이었다. 수

........................

2 한漢나라 사람. 의협심이 있고 손님 치르기를 좋아했다. 집안에 재주 있는 선비 백여 명을
  길렀으며 일하는 사람들은 헤아릴 수도 없었다. 일찍이 계포季布의 액운을 몰래 벗겨주었
  지만 계포가 출세하자 끝내 만나지 않았다. 그때 사람들이 그를 어질다고 여겨서 그와 사귀
  기를 바랐다.

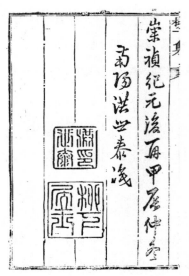

홍세태의 문집 《유하집》. 서문을 홍세태의 글씨로 판각했다.

일본에 통신사 수행원으로 갔을 때 호행원 별종 스님에게 홍세태가 지어준 시다.

염과 머리털이 희끗희끗한 데다 얼굴빛은 발그레해서 마치 신선을 바라보는 듯했다. 이 해에 온 중국 사신은 글을 잘하는 자였는데 의주에까지 와서 우리나라 사람의 시를 보여달라고 청했다. 조정에서는 누구의 시를 가려 뽑을 건지 어려움에 닥쳤는데 당시 재상이 공을 추천했다. 임금께서도 "내 이미 그의 이름을 들었노라" 하셔서 곧 시를 지으라고 명하여 보냈다. 얼마 안 되어 이문학관吏文學官에 뽑혔다가 승문원承文院 제술관으로 승진했다. 임기가 아직 끝나기 전에 모친상을 당했다. 상을 다 치른 뒤에 다시 승문원에 벼슬했으며 통례원通禮院3 인의引儀4, 서부주부西部主簿5 겸 찬수랑纂修郎으로 옮겨서 우리나라의 시 고르는 일을 맡았다.

임금이 화공에게 명하여 서호십경西湖十景을 그리게 하고는 국구國舅 김경은金慶恩 공에게 글을 내려 "홍세태가 시로써 세상에 이름났으니 여기에다 열 편의 시를 지어 바치게 하는 게 좋겠소" 했다.

공은 붓을 잡자마자 시를 다 지어 바쳤다. 곧 송라松羅 찰방察訪에 임명되었지만 부임하지 않았다. 또 의영고義盈庫 주부主簿에 임명되었지만 탄핵을 받고 파면되었다.

늙어갈수록 더욱 가난해져 살 수가 없었다. 재상이 추천해 울산 감목관監牧官이 되었다. 그곳에 가선 공무 틈틈이 산과 바다를 떠돌아다닐 수 있었으므로 그 시가 더욱 호방하고도 자유스러웠다. 벼슬을 마치고 돌

---

3 조회나 제사에 관한 의식을 맡은 관아.
4 종6품 문관 벼슬.
5 종친부에서 훈련원에 이르기까지 34개 관아에 소속된 종6품의 실무직 벼슬이다. 내의원이나 전의감, 혜민서에서 중요한 실무자였기에 나중에는 한약방을 차린 사람도 주부라고 불렸다.

홍세태의 산수화가 일본에 남아 있다.

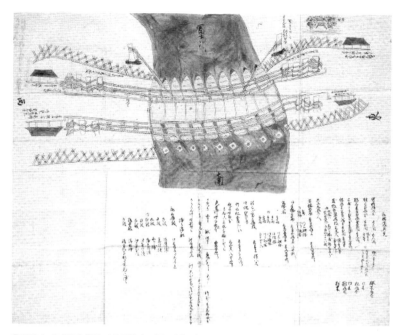

홍세태가 따라갔던 천화 2년 통신사 기록. 강을 건널 때는 배다리로 건넜다.

아온 뒤엔 몸이 쇠한 데다 병까지 깊어져서 모든 일이 귀찮아지고 즐겁지가 않았다. 문을 닫아걸고 깊이 들어앉아서 나들이를 하지 않았다. 상자 속에 있던 원고들을 찾아서 손수 편집을 하고는 평생의 뜻을 서술해그 아내 이씨에게 맡기며 말했다.

"잘 간직하여 간행할 때를 기다리소."

얼마 안 되어 죽었으니 나이 일흔셋이었다. 공이 죽은 여섯 해 만에 사위 조창회趙昌會와 제자 김정우金鼎禹가 돈을 모아 유고집을 간행하고자 의논하니 모두 열네 권이었다.

_정내교《완암집》, 이경민《희조질사》

⊙ 김 만최

 

 

김택보金澤甫의 이름은 만최(萬最, 1660~1735)다. 집안이 예전에는 벼
슬하던 신분이었지만 후대로 내려오면서 미천해졌다. 그 윗대 할아버
지와 아버지는 의원醫員을 직업으로 삼았다. 그도 어려서 아버지를 잃고
가난했으므로 가업을 이어서 의술을 배웠다. 그러나 뜻에 맞지 않아 집
어 치웠다. 그래서 악소년들과 사귀며 개백정 노릇을 하여 맛있는 음식
을 얻어다 어머니를 봉양했다.

그의 성격은 거칠고 건방졌으며 매인 데가 없었다. 술을 좋아했는데
이따금 기세를 부려 사람을 쳤다. 상처를 입는 사람들이 많아지자 고향
마을에서 그를 걱정했다. 하루는 백정들과 놀러 갔는데 한 동료가 풍자
해 말했다.

"자네는 의사義士일세. 다음에 잡히게 되더라도 나까지 끌어들이진
말게."

그는 즉시 깨닫고 눈물을 흘리며 그 동료에게 사죄했다. 그러곤 태도를 바꾸어 책을 읽었는데 하루에도 수천 마디씩 외웠다. 베옷에 가죽띠를 하고 온화하게 처사의 행동을 했다.

내 나이 열여덟 때 삼청정사三淸精舍에서 그를 만났다. 키는 여덟 자에다 수염이 아름다웠다. 이야기를 끝없이 펼치는 것을 보아 그가 어질고도 호탕한 사람임을 알 수 있었다. 그는 나를 한번 보더니 매우 기뻐하면서 친구라고 불렀으며 나이를 따지지 않고 사귀었다. 당시 그의 문장이 크게 나아져서 이미 뛰어나다고 이름이 났지만, 세상 사람들은 아는 사람 모르는 사람 할 것 없이 그를 문인이라 보지 않고 반드시 협사俠士라고 불렀다. 그가 젊은 시절의 기백이 아직 다 없어지지 않았으므로, 말이나 의논 또는 시 가운데 연燕나라, 조趙나라의 선비들처럼 비분강개하는 뜻이 많이 나타났다.[1]

그는 40여 년을 떠돌아다녔으므로 가난이 더욱 심해졌다. 살림살이라곤 하나도 없이 썰렁한 집에서 아내와 자식들은 굶주림과 추위에 시달렸다. 그런데도 남에게 급한 사정이 생긴 걸 보면 남들보다 뒤늦을세라 걱정하며 달려갔다. 남들과 사귈 때는 청탁淸濁을 묻지 않았다. 뜻에 맞으면 천하고 더러운 사람일수록 더욱 공경했다. 그래서 그를 사랑하고 사모하는 사람들이 매우 많았다.

그는 늘그막에 백련봉白蓮峰 아래에다 집을 짓고, 스스로 호를 남곡거

---

1 춘추전국시대 연나라, 조나라에는 세상 돌아가는 것을 근심하여, 비장한 노래를 지어 부르며 개탄하는 선비들이 많았다.

사<sup>嵐谷居士</sup>라고 했다. 손수 채마밭에 모종 내고 버드나무도 심었다. 날마다 그 아래에서 거닐며 스스로 즐겼다. 술병을 들고 찾아오는 사람이 있으면 그를 붙잡고 함께 마셨다. 한껏 취해 즐거워지면 솔숲에서 머리를 풀어헤치고 넓적다리를 치면서 노래를 불렀다. 몇 말을 마셔도 취하지 않으면 큰 사발로 마셨다. 꿀꺽꿀꺽 들어붓는 모습이 마치 고래가 마시는 것 같아서 보는 사람들이 장하게 여겼다. 어느 날 병에 걸려 갑자기 죽었는데 그때 나이 일흔여섯이었다.

그가 지은 시는 맑고도 옛스러워서 한漢·위魏·육조六朝의 기풍이 많았다. 삼연(三淵, 김창흡) 선생과 유하(柳下, 홍세태) 옹이 매우 칭찬하면서 쉽게 얻을 수 없는 시인이라고 말했다. 아, 그의 기백과 재주를 옛사람에게서 찾아본다면 석연년石延年, 진계상陳季常 정도가 될 것이다. 그는 세속에 영합할 뜻이 없었고, 세상에도 그를 알아주는 사람이 없었다. 그러나 후세에 그의 시를 보는 사람은 또한 그의 사람됨을 그려볼 수 있을 것이다.

_정내교《완암집》, 이경민《희조질사》

⊙ 정내교

근세의 시인을 들라면 창랑 홍세태 같은 이가 바로 그런 사람이다. 도장(道長, 홍세태의 자)의 뒤를 이어 또한 완암<sup>院巖</sup> 정윤경<sup>鄭潤卿</sup>이 있었으니 이름은 내교(來橋, 1681~1757)다. 당시의 학사 대부들이 그와 가깝게 사귀며 집으로 데려와 그 자제들을 가르치게 했다.

그는 사람됨이 말끔해서 마치 여윈 학 같았다. 그의 얼굴을 바라보면 그가 시인이라는 것을 알 수 있었다. 그러나 매우 가난해서 집에는 바람벽만 썰렁하니 둘려 있었다.

시사<sup>詩社</sup>의 여러 벗들은 술이 생길 때마다 반드시 그를 불렀다. 그는 실컷 들이마셔 자기 주량을 다 채웠다. 흐더분히 취한 뒤에라야 비로소 운을 냈는데, 높직이 걸터앉아 남보다 먼저 읊었다.

그가 지은 시는 호탕하고도 넓어서 시인의 태도가 있었다. 비분강개한 성조의 시가 많아서 마치 연<sup>燕</sup>·조<sup>趙</sup>에서 축<sup>筑</sup>을 두들기던 선비들<sup>1</sup>과

정내교의 문집 《완암집》.

위아래를 다투는 듯했다. 대개 그 시의 연원은 도장에게서 나왔으며 천기天機를 얻은 것이 많다. 그 가슴속에 참으로 외물外物에 끌림이 있어 시를 좋아하지 않고 전공하지 않았더라도, 그가 성취한 것이 능히 이와 같았던 것이다.

　윤경은 오직 시에만 솜씨가 있었던 것이 아니다. 그의 문장도 굽어보고 올려다보며 꺾고 돌이키기를 잘하여 작가의 풍치가 자못 있었다. 그의 글을 논하는 사람들이 이따금 "문장이 시보다 낫다"라고 말하기도 하지만, 나는 윤경의 시와 문장이 한가지로 천기에서 나왔다고 생각한

......................

1 고점리高漸離는 축을 두들기고, 형가荊軻는 그에 맞추어 시장바닥에서 노래 불렀다(사마천, 〈자객열전〉, 《사기》).

다. 어찌 반드시 낫고 못한 점을 따지겠는가.

윤경은 거문고 가락도 널리 알았으며 또한 장가長歌 부르기를 좋아했는데, 모두 묘한 경지에 이르렀다. 술이 알맞게 취하면 스스로 거문고를 뜯으며 거기에 맞춰 노래 불렀다. 아득히 빠져들면 누가 거문고를 타고 누가 노래를 부르는지도 거의 잊을 정도였다. 듣는 사람에게 평하게 하여 "하나는 잘하고 하나는 못한다" 했다간 반드시 윤경에게 웃음거리가 되었다. 세상에서 윤경의 시와 문장을 논하는 것 또한 이와 같았다.

내가 윤경과 사귄 것은 스물 남짓부터였다. 내가 승문원의 우두머리가 되었을 때 윤경이 마침 제술관의 녹을 받고 있었다. 윤경이 눈병 때문에 사직하려고 하여 내가 "윤경은 지금의 장적張籍이니 마음만은 눈멀지 않은 자일세. 눈을 감고 입으로만 부른대도 승문원의 일은 다 할 수 있을 걸세"라고 말렸으나 끝내 허락하지 않았다. 어쩌다 관청 일로 나를 찾아오면 시종에게 명해 그를 부축하고 마루에 오르게 했다. 그에게 시를 지었는가 물으면 윤경은 낭랑하게 외워주었다. 마음에 드는 구절에 이르면 모자가 벗겨지는 것도 깨닫지 못하고서 미친 듯 부르짖었다. 나는 그래서 윤경이 늙고 병들었지만 그 기운은 쇠약하지 않은 것을 알았다.

윤경이 죽자 학사 홍낙명洪樂命이 그 시와 문장을 가려 뽑고 판서 홍봉한洪鳳漢이 재물을 내어 그의 문집을 장차 세상에 간행하려고 한다.

_이천보《완암집》서, 이경민《희조질사》

⊙ 정민교

아우 민교(敏橋, 1697~1731)의 자는 계통季通이다. 얼굴이 희고 눈썹은
마치 그린 듯했다. 열댓 살이 되면서 경전과 역사책들을 스스로 깨우쳤
는데, 번거롭게 찾거나 묻지 않았다. 과거 공부를 하여 스물아홉에야 비
로소 성균관에 들었다. 그러나 그는 "이 정도로야 어찌 우리 부모님을
영화롭게 하고 내 뜻을 펼 수 있으랴?"라고 탄식하며, 더욱 힘써 문과에
급제할 계획을 세웠다.

그가 지은 시와 문장들이 글을 제대로 알아보는 사람들에게 자주 칭
찬 들었다. 양반집 자제들이 다투어 그와 사귀려들었고, 시정에 묻혔지
만 재주와 뜻을 품은 자들이 그를 사모하며 따랐다. 폐백을 들고 찾아오
는 제자들이 또한 수십 명이나 되었다.

판서 윤공尹公이 평양감사가 되어 나갈 때 그로 하여금 해세海稅를 받
게 했다. 그러나 마침 흉년이 들었다. 그는 어부들이 다 떨어진 옷을 걸

치고 울며 비는 모습을 보고는 마음속으로 슬프게 여겼다. 그래서 하나도 따지지 않고 빈 자루만 늘어뜨린 채 돌아왔다. 사사로운 이권은 절대로 구하지 않았으며 잘못된 일이 생기면 반드시 나서서 다투었다.

어머님의 상을 당했을 때 그는 나와 함께 여막廬幕[1]에서 지냈다. 채소도 제대로 먹지 않아 오랫동안 병에 걸려 있었지만, 아무리 춥거나 더워도 머리와 허리에 두른 삼 띠를 벗지 않았다.

살림이 더욱 어려워지자 결국 가족을 이끌고 호숫가로 이사를 갔다. 그곳 풍토를 즐겨하여 그 거처를 자기의 호로 삼아 한천자寒泉子라고 했다.

풍원군豊原君 조공趙公이 경상감사가 되었을 때 그를 말에다 태워 데리고 갔다. 방을 주어 손님으로 모시며 자기의 두 아들을 가르치게 했는데, 마치 여씨 집안에서 친지에게 한 것처럼 대해주었다. 틈이 나면 보루를 마주보며 서로 시를 주고받았는데 그 시가 쌓여서 책을 이루었다.

조공이 그를 알아주고 대우하는 태도가 나날이 깊어가 서로 자기들의 신분을 잊을 정도까지 되었다. 그러나 그는 평소에 속병이 있었던 데다가 남쪽 지방의 풍토에도 익숙지 못해서 드디어 다시는 일어나지 못했다.

그는 사람됨이 호탕해 조그만 일에 얽매이지 않았고 성품이 너그럽고도 솔직했다. 비위를 맞추거나 조심스런 행동으로 남에게 사랑을 받으려 하지 않았다. 그래서 어떤 사람들은 그를 거만스럽게 여기고 헐뜯기도 했다. 그러나 그의 효성과 우애는 지극했으니 천성에서 나온 행동이다.

...........................

1 무덤 가까이에 지어놓고 상제가 무덤을 돌보며 머물던 초막.

寒泉遺稿卷一

昌山鄭敏僑季通著

詩

夜與李大叔同賦

百蟲催獨下　病子若烏心　老樹寒多響　秋雲夜故陰
物華霜後變　懷抱酒中深　會意若能在　同歲簫底吟

會心亭除夕

千竿雪初霽　簫簫寒更深　虛堂不見月　此夜難爲心
作客捊經歲　思家空費吟　杯樽豈有興　劇謾多斟

竹軒與主人共賦

愛子園林勝　蕭然此中嬈　苔頻有兩佳　木不嬾風
山行即事

靜處方知樂　紛來會見通　平生詩酒在　與我日相同

遠逕綠石壁　微路入蒼藤　一臺深如海　雙峯儼若朋
窓松有氣堂　水岸多栽獨　自移時立　溪雲稍稍興

宿竹軒與主翁共賦　秋字

喜退西圃宿　兩牧頻來病客　交高摟蹊錯落芭蕉
出小牖盧明　河漢流憂世竹　翁惜老　有心年必亦
悲秋坐令　百感中宵集窓砌寒蟲鳴不休

又得詩字

정민교의 문집《한천유고》.

　　고문古文에 있어선 비록 정수를 얻지 못했지만 마음을 다하고 힘을 다하여, 천기天機가 발하고 사리詞理가 아울러 갖춰졌다. 그의 고시古詩와 근체시는 무르녹고도 밝아서, 향산香山과 검남劍南 사이에 푹 젖어들었다. 스스로 일가를 이루었다 해도 손색이 없을 것이다.

　　그가 누린 나이는 겨우 서른다섯이었고, 딸 하나가 있지만 아직 어리다. 아내 변씨가 능히 슬픔을 절제하면서 억지로 밥을 먹고는, 제상에 올릴 음식들을 손수 보살폈다. 나에게 그의 유고를 거둬 정리해달라고 부탁한 지가 벌써 오래되었건만, 아직도 이루지를 못해 계수에게 미안스럽다.

_정내교《완암집》, 이경민《희조질사》

⊙ 김순간

　시한재是閑齋 김순간金順侃의 자는 화중和中인데, 타고난 바탕이 온아한
데다 용모도 깔끔했다. 힘써 절약하고 검소하게 살았으며 명예나 화려
함을 한 번도 좋아하지 않았다. 시나 문장을 지으면서 아름답게 꾸미지
않았고 뜻만 통하면 그만이었다. 문집 두 권이 있다.

　글씨를 잘 써서 오묘한 경지에 이르렀는데 늙어갈수록 필력이 더욱
굳세어졌다. 한가한 날 마음에 드는 곳을 만나기만 하면 곧 술자리를 베
풀고 가슴을 열어놓고 맘껏 즐겼다.

_유재건《이향견문록》

⊙ 최윤창

　　동계東溪 최윤창崔潤昌의 자는 회지晦之인데, 타고난 성품이 온아했다.
기량이 넓고 커서 남들과 잘 어울렸으며 사람을 멀리하지 않았다. 비변
사의 아전으로 임명되었는데, 스스로 몸가짐을 깨끗이 하고 조심하여
삼십여 년[1]을 하루같이 지냈다. 늘그막에 궁위장宮衛將에 임명되었다.

　　집에 있을 때는 한가히 지내며 글을 지었다. 시나 문장을 지을 때 아
로새기거나 꾸미는 것을 일삼지 않았다. 뜻만 잘 통하면 그만이었다. 시
한재 김순간, 송애 이효원, 미산 마성린과 친하게 사귀면서 날마다 시를
주고받았다. 지은 글로는《동계집》세 권이 있는데 그의 집에 간직되어
있다.

_유재건《이향견문록》

..........................

1　원문은 삼기三紀. 기紀는 12년이다.

엄계흥<sup>嚴啓興</sup>의 자는 숙일<sup>叔一</sup>이고 호는 국산<sup>菊山</sup>이다. 옛사람의 책을 읽고 옛사람의 도를 행했다. 진암<sup>晉庵</sup> 이천보(李天輔, 1698~1761)와 문학을 통해 사귀었는데, 진암이 일찍이 말하기를 "스승으로 삼을 사람이지 벗으로만 사귈 수는 없다" 하면서, 자기 아들 문원<sup>文源</sup>으로 하여금 그에게 글을 배우게 했다. 그의 아들은 벼슬이 판서에 이르렀는데도 제자의 예를 공손히 행했다.

그는 나이 예순여섯에 집에서 세상을 떠났다. (이상국의 아들인) 판서가 그의 장례를 치르며 (제자의) 예를 다했다. (문집으로는) 《국산집》이 있으며 그의 집에 간직되어 있다.

그의 할아버지 의길<sup>義吉</sup>의 호는 춘포<sup>春圃</sup>로 《소대풍요》에 시가 실려 있다. 아버지 한붕<sup>漢朋</sup>의 호는 만향<sup>晚香</sup>이며 글씨를 잘 써서 이름이 중국에까지 알려졌다. 옹정황제(雍正皇帝, 재위 1723~1735)가 (붉은) 비단을 폐

寧越嚴氏三世稿卷之三

賦

菊山﹒﹒叔一 著

夫何蒼鍔之嶒峻截以周圍子鷇谷鑿紆陰阻以

幽廓生楓括與柏子森蔚子薦碗以相錯于時山

埋始捲衆流若東峽之水會同一整恕瀨崩濤之

掀砱崔而驅轟憑子擅于蕃子頃洞砕訇以噴薄

窈窅﹒深不可測子瀅漾﹒為澤又何雲憤博

石屺之品﹒以難月子誼纏慶之來連臺有嶄空似

劳神子忧斧斯之新鑿枝是佢崖埃息貼身如摸捫

黑覽視怳悠真漠搶投戲歎無㒖有若洶湧寬

博心慴聞神龍之宅玆子娑雲雷以上陟有時半額

珠盈跳以吸沫子見人影而慌

鼂子班上下以海飛或駉頭似心不數盖間陰之

軀偏斯境值早魃之將事朴斯太守齋沐搖脂芬為我氏

縣山饒野癬用乃將事朴斯太守齋沐搖脂芬為我氏

源洞用乃將事朴斯太守齋沐揩腊芬為我氏

子靡而己有應如響有孚如覿而己峽天隊嬪月閤

엄계홍의 문집이 실린《영월엄씨세고》.

백으로 내리고 글씨를 쓰게 하여 경화문景化門 현판으로 걸게 했는데, 지금까지도 걸려 있다고 한다. 그의 작은 아버지 한빈漢賓도 시와 예에 조예가 깊어《가례家禮》를 엮었는데, 세상에 행해지고 있다.

이에 찬한다.

"삼대나 아름다움을 이어왔으니 역사에서도 드물게 기록되었던 일이다. 내가 지금 세상에서 엄씨 가문을 만났다."

_조희룡《호산외기》

⊙ 이단전

이단전李亶佃의 자는 운기耘岐다. 신분은 낮지만 재주는 높아서 시를 잘
짓고 글씨를 잘 썼다. 이름이 온 세상에 알려져서 사대부들과 노닐었다.

스스로 호를 필재疋齋라고 했으니 '아래에서 남을 따른다從下從人'는 뜻
으로 붙인 것이다.

그가 시를 지을 때는 시상이 공중으로부터 떨어져 남을 놀라게 할 만
한 것이 아니면 입 밖에 내지 않았다. 두보가 말한 "시구가 남을 놀라게
하지 않고는 죽어도 그치지 않으리라語不驚人死不休"라는 구절은 아득히
먼 뒷날의 단전을 위한 것이다.

〈청금聽琴〉이라는 시의,

골짜기 나뭇잎은 쓸쓸히 떨어지고
시냇가엔 구름이 고요히 일어나네.

겸재 정선이 그린 수성동 그림.

洞葉蕭蕭下, 溪雲寂寂生.

와 같은 구절은 (당나라 시인) 왕유 王維와 위응물 韋應物의 경지에서 좌우를 흘겨보는 수준에 들어섰다고 할 만하다. 〈수성동시 水聲洞詩〉의,

> 지는 해는 남은 힘이 없어서
> 뜬구름이 스스로 얼굴을 변하네.
> 落日無餘力, 浮雲自幻容.

도 아름다운 구절이다. 얼마 안 되어 병으로 죽으니 사람들이 시참 詩讖이라고 했다. 사람 가운데 누군들 죽지 않겠는가만 이처럼 아름다운 구절을 얻었으니 죽은들 또한 무엇을 슬퍼하랴. 이것을 단전의 도 道라고 할 수 있을 것이다.

그는 늘 한 말쯤 들어갈 만한 주머니 하나를 차고 다니다가 남이 지은 좋은 구절을 들으면 문득 그 속에 던져넣었다. 당나라 시인 이장길 李長吉이 비단주머니를 차고 다니다가 좋은 구절을 지으면 그 속에 집어넣던 일과 그 뜻은 같지만 운치는 다르다. 단전은 남을 사랑하고 자신을 사랑하지 않았으니 가슴이 넓고도 시원해서 장길의 무리 두엇쯤은 받아들일 만하다.

_조희룡《호산외기》

⊙ 차좌일

차좌일(車佐一, 1753~1809)의 자는 숙장叔章이고 호는 사명자四名子로, 조상은 연안延安 사람이다. 고려 초엽에 차효전車孝全이 살았는데, (건국 과정에서) 수레를 조달해 군량미를 운송하고 군사들의 식사를 도왔으므로 연안군에 봉해지고 식읍食邑 1,000호를 받았다.

그의 후손 가운데 차원부車原頫가 간의대부諫議大夫로 벼슬에서 물러난 뒤 평산 수운암에 살았는데, 도덕과 문장이 뛰어나 포은 정몽주, 야은 길재와 더불어 이름을 나란히 했다. 세상 사람들이 그를 운암 선생이라고 했다. 그런데 당시에 함부림, 조영규 등의 권세 있는 집안에서 묵은 감정 때문에 그를 죄에 얽어매어 죽이자 온 집안이 화를 당하게 되었다. 세종 때 그의 억울함을 씻어주고 문절文節이라는 시호를 내렸다. 단종도 유신儒臣 박팽년, 성삼문 등에게 명해 〈차씨설원기車氏雪冤記〉를 짓게 했다.

(그의 후손 광운은 교관이었는데)[1] 호는 백운거사고, 그의 아들 식軾의

호는 이재頤齋인데 문과에 급제해 부사 벼슬을 지냈다. 둘 다 문학으로 이름났다. 식은 세 아들을 두었다. 은로殷輅는 어려서부터 지혜로워 글을 잘 지었지만 젊어서 죽었다. 천로天輅는 문과에 급제해 벼슬이 봉상시奉常寺 정正에 이르렀는데, 호는 오산五山이다. 운로雲輅는 문과에 급제해 벼슬이 필선弼善에 이르렀는데, 호는 창주滄洲다.

선조 때 (임진왜란을 당해) 오산공 형제가 격문檄文을 쓰고 노포露布[2]를 써서 시와 문장으로 이름이 천하에 가득했다. 정조 때 이르러《오산집》을 간행하도록 명하고, 그 문집 앞머리에다 어필御筆로 친히 "삼세오문장三世五文章"이라고 썼다. 오산의 아들 전곤轉坤 또한 문과에 급제해 벼슬이 군수에 이르렀는데, 호는 단구丹邱다. 그의 아우 서곤瑞坤은 시를 잘 짓고 그림도 잘 그렸으니, 모두 대대로 가업을 잘 이어받았다. 좌일은 바로 서곤의 5세손이다.

어머니 최 씨가 노고산에서 기도해 임신했는데, 당나라 (시인) 하지장賀知章을 꿈꾸고 그를 낳았다. 그래서 자와 호를 그렇게 지었다.[3] 공은 영조 계유년(1753)에 태어났는데, 겨우 열 살 때부터 남보다 뛰어나게 총명했다. 자란 뒤에는 경사經史에 통달하고 서화書畫에 능했으며 음율도

..........................

1 장지연의 이 기록은 여규형이 지은 〈행장〉을 참조한 것인데, 차원부의 후손 이야기가 몇 줄 빠진 뒤에 차광운의 호부터 인용해 기록했다. 이 번역에서는 문맥을 잇기 위해 차광운에 대한 기록만 몇 자 보완했다.
2 승전을 알리기 위해 포백布帛에 글씨를 써서 장대 끝에 달아 누구든지 볼 수 있게 한 글.
3 하지장의 호가 사명광객四明狂客이므로, 차좌일의 자를 숙장이라 하고 호를 사명자라 한 것이다.

차좌일의 시집 《사명자시집》.

알고 활쏘기도 잘했다. 구류<sup>九流</sup> 백가<sup>百家</sup>에 널리 통하지 않은 것이 없었다. 특히 시를 잘 지어 붓을 들었다 하면 백여 편이라도 지었는데, 대략 생각하지 않고도 물 흘러가듯 거침없이 지었다. 그가 한 편을 지을 때마다 사람들이 다투어 베껴가며 전해 외웠다. 당시의 문단 거장이었던 이계 홍양호, 석재 윤행임, 직암 윤사국, 다산 정약용을 비롯한 여러 분들이 그를 불러들여 자리를 함께하지 않은 적이 없었다.

그러나 그는 자기의 학문이 뛰어난데도 벼슬이 낮다고 생각해 세상을 불평했다. 그래서 가슴속에 있는 활달하고도 높고 크며, 답답하고 실망스런 생각들을 일체 시에다 표현했다. 그는 또한 술을 즐기는 습성이 있었는데, 어떤 사람이 그만 마시라고 권하자 이렇게 시를 지어 답했다.

살아서는 취향백醉鄕伯이 되고

　　죽어서는 수문랑修文郎이 되리라.


　　그와 같은 문장과 식견을 가지고도 불우하게 지내다가 늘그막에야 무과에 급제해 지세포知世浦와 겸이포兼二浦 만호를 지냈다. 이계 홍양호가 평안도관찰사가 되어 진鎭을 지나가다가 그를 불러들여 위로하면서 "그대는 '살아서는 취향백이 되고 죽어서는 수문랑이 되겠다'던 사명자가 아니던가. 내가 근래 임금의 명을 받들어 그대의 선조 오산공의 문집을 교정 보았네. 차씨 가운데 어찌 그리도 문장가가 많은가. 문장을 숭상하는 시대에 태어나 흰머리로 변방의 성을 지키니 어찌 이것이 그대의 본뜻이겠는가. 내가 그대를 알고도 추천할 수가 없으니 부끄럽지 않을 수가 없네"라고 말했다.

　　그 뒤 일이 생겨 벼슬에서 갈려 돌아오게 되자 그때부터는 벼슬길에 뜻을 버렸다. 최북, 천수경, 장혼, 왕태 등 여러 이름난 선비들과 한양성 서쪽에 있는 송석원에서 시사를 맺고, 한가롭게 노닐며 시를 지었다. 육신이 떠돌며 살다 보니 (쌀궤가) 자주 비고 다 떨어진 옷을 꿰매 입었다. 그런데도 마음에 두지 않았다.

　　그는 일찍이 이름난 산이나 큰 도회지에 두루 노닐면서 달밤이 되면 호수에 배를 띄웠는데, 술에 취해 흥이 오르면 왼손으로는 술병을 두드리고 오른손으로는 뱃전을 치면서 노래를 불렀다. 그 노랫소리가 구름 끝까지 꿰뚫었는데, 마치 옆에 아무도 없는 것처럼 행동했다. 그러고는 통곡하면서 "세세생생世世生生에 (다시는) 이 나라 사람으로 태어나지 않기를 바란다"라고 했다.

(그의 후손 병섭과 준연이 나와 잘 알고 지내는)[4] 상학과 함께《사명자시집》일부를 간행해 세상에 전했다.

_장지연《일사유사》

..........................

4 이 부분도 여규형이 지은 〈행장〉에서 몇 줄 뺀 채로 인용했는데, 문맥을 잇기 위해 간단히 보완했다. 괄호 안의 "나"는 여규형을 가리킨다.

⊙ 이양필

이양필(李陽秘, 1755~?)의 자는 백엽伯燁이고 호는 해상자海桑子다. 사람
됨이 민첩하고도 기억력이 뛰어나 전고典故를 많이 알았다. 집안이 가난
해 조보朝報를 베끼는 서리가 되었다.

정조 정사년(1797)에 승정원에 사고가 나서 승지들이 모두 견책을 받
고 파직되었다. 승정원의 서리들 또한 모두 견책을 받고 쫓겨나 승정원
에는 오직 이양필 한 사람만 남게 되었다. 임금이 다른 부서에 입직入直
하고 있던 낭관郎官들에게 승정원 일을 임시로 맡아보라고 명하자, 낭관
들이 모두 (승정원의) 고사故事를 알지 못해 서로 얼굴만 바라보며 어쩔
줄을 몰랐다. (결국은) 양필이 그 일을 대신해서 입으로 부르고 손으로
쓰며 척척 처리했는데, (어명을) 출납하는 일이 성실해 법도에 맞지 않
은 것이 없었다. 언제나 붓을 귀에다 꽂고 다니는 (사관의) 노련한 솜씨
라 하더라도 그렇게는 못했을 것이다.

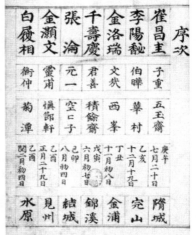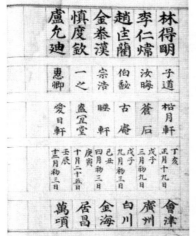

1786년 7월 16일의 옥계사 모임에 참석했던 시인들의 명단 〈서차〉에 이양필의 이름이 두번째로 소개되었다.

한번은 어떤 사람과 함께 한강 북쪽에서 노닐다가 돌아오는 길에 여관에 들었는데, (양필이) 드러누워서 일어나지를 않았다. 같이 갔던 사람이 돌아가자고 말하자 (양필이) 이렇게 말했다.

"내 배 속에 글의 초고가 있는데 아직 끝마무리를 짓지 못했네. 다 지으면 일어나겠네."

그 사람이 말했다.

"집에 돌아가서 끝내면 되지 않나?"

"이 연하煙霞의 기운이 스러지기 전에 지어야지. 집에 돌아가면 아마도 처자들 때문에 망치고 말걸세."

그는 하룻밤을 자면서 오언시 100운을 지었다.

_조희룡《호산외기》, 유재건《이향견문록》

⊙ 김낙서

호고재[好古齋] 김낙서[金洛瑞]의 자는 문초[文初]다. 젊었을 때 방탄해 늘 협기 있는 무리들과 어울리며 신의를 중히 여겼으니, 대개 당시의 북사[北社]과 서대[西臺]의 풍류와 의기가 그러했던 것이다.

하루는 그가 동네 안에서 한가롭게 거닐고 있었는데, 한 노인이 나귀를 타고 와서 물었다.

"이 동네에 김낙서란 분이 계신다던데, 혹시 그분이 아니시오?"

낙서가 말했다.

"왜 물으십니까. 제가 바로 그 사람입니다."

노인이 바삐 손을 잡으며 말했다.

"크신 이름을 잘못 불렀구려."

낙서가 말했다.

"괜찮습니다. 제 이름은 무엇 때문에 물으셨습니까?"

노인이 낮은 목소리로 울먹이며 말했다.

"나는 중촌中村 사람이오. 내게 간절한 소원이 있어서 군자의 허락을 얻으러 왔소."

낙서가 말했다.

"말씀해보십시오."

노인이 한참 머뭇거리다가 말했다.

"내게 딸이 있었는데, 일찍 과부가 되었소. 게다가 불행하게도 젊은 나이로 죽게 되었는데, 임종하면서 내게 이런 부탁을 했소. '보통 사람들이 상을 치르게 되면 상두꾼이란 자들이 상여를 메고 나가는데, 모두 추악하고 흉칙한 자들이에요. 저는 평생 깨끗하게 몸을 지켰는데, 어찌 그런 자들에게 들려 나갈 수 있겠어요? 북쪽 마을에는 의기 많은 남자들이 있어 친지들을 위해서 이런 일을 하는 것쯤이야 하찮게 여긴다고 들은 적이 있어요. 이런 사람을 만날 수만 있다면 유감이 없겠어요.' 나도 그런 말을 들은 적이 있지만 안 될 말이라고 생각했는데, 딸애의 정상이 슬프고 그 뜻이 가련했답니다. 그러다가 그대의 큰 이름을 듣고 오늘 찾아왔소."

낙서가 그러겠다고 결연히 허락했다. 상여가 나가는 날이 되자 (낙서가) 동인 수십 명을 이끌고 찾아갔는데, 노인이 음식을 풍성하게 차려놓고 기다리고 있었다. 낙서가 말했다.

"우리들이 어찌 배불리 먹으려고 왔겠습니까?"

음식을 물리치고 받지 않았다. 술 열댓 병만 가져오게 했다. 시간이 되자 발인해 산에다 편히 장사지내고 돌아왔다. 그가 의기를 높이 여기 위항시인들의 세 번째 시선집인 《풍요삼선》 권2 목록 첫 줄에 김낙서의 이름과 작품 숫자가 실려 있다.

김낙서가 속한 송석원시사(옥계시사) 공동체의 내규라 할 수 있는 〈범례〉에 상여에 관한 규정이 있다.

는 것이 대개 이와 같았다.

낙서는 만년에 태도를 고쳐 학문에 힘썼으며 경전과 역사에도 널리 통하게 되었다. 집안 살림에도 검약하기에 힘썼으며, 행동과 언어가 법도에 꼭 맞았다.

남과 이야기할 때는 그 사람의 처지를 봐가며 권면하기도 하고 경계하기도 했는데, 그 태도가 신실해서 마치 말을 잘 못하는 사람 같았다. 그렇게 하지 않으면 기질을 변화시킬 수 없기 때문이었다.

그는 특히 시를 잘 지어 옥계玉溪와 송석원松石園 사이에서 읊으며 노닐었다. 사람들이 모두 그를 중후한 장자라고 일컬었으며, 지난날에 방탄한 기질이 있었던 것을 알지 못했다.

그가 늘그막에 묘려墓廬를 수리하고서 절구 다섯 수를 지었는데 다음과 같다.

이공이 평천을 사랑하여
간절히 그에게 자손을 맡겼네.
선인께서 지으신 집을
어찌 꽃이나 돌에다 견주랴.
李公愛平泉, 丁寧托其子.
先人所構堂, 豈與花石比.

나른히 취해 방 안에서 노래하는 것을
옛사람 말씀에 무풍巫風[1]이라 했네.

하물며 이 묘소 아래에서야

어찌 교동$^2$처럼 노닐 수 있으랴.

酣歌于堂中, 古訓曰巫風.

況此邱墳下, 遊嬉比狡童.


비바람 가리는데 삼간이면 넉넉하고

소나무 사이로 오솔길 하나가 통하네.

후손들에게 말을 전하노니

여기 오면 이 집을 궁실 보듯 하여라.

風雨二間足, 松揪一逕通.

寄言雲耳後, 來此視同宮.


삼각산 아래에다 묘를 모시고

봄가을로 십 대에 걸쳐 제사를 지냈네.

풍수설은 듣지 말아라,

이곳을 버리고 떠나면 동서로 흩어지리라.

丘墓三山下, 烝嘗十世同.

莫聽風水說, 棄去各西東.

..............................

1 《서경書經》〈이훈伊訓〉에 나오는 말이다. "언제나 궁전에서 춤추고 방에서 노래하는 사람
이 있다면, 이를 무당의 풍속이라고 한다"라고 했다.
2 《시경詩經》〈국풍國風〉 중 '정풍鄭風'의 한 편명. '교활한 자'라는 뜻으로, 남편 또는 애인에
게 버림받은 여인이 그 사내를 원망하는 노래다.

옛사람 말씀에 망나니 자식은

세 번 벌레로 변한다고 했지.

묘려를 먹어치우는 놈도

역시 그중에 한 놈이리라.

古人云悖子, 能變爲三蟲.

有食墓廬者, 亦足參其中.


친구 가운데 글씨를 쓰는 사람이 각기 한 수씩 써서 그에게 주었다.

_《범속기문凡俗記聞》, 유재건《이향견문록》

천수경(千壽慶, 1758~1818)의 자는 군선<sup>君善</sup>이다. 집안이 가난했지만 글 읽기를 좋아했으며 시를 잘 지었다.

옥류천<sup>玉流泉</sup> 위 소나무와 바윗돌 아래에 초가집을 짓고는 스스로 호를 송석도인<sup>松石道人</sup>이라고 했다.

바위벽 위에 송석원<sup>松石園</sup>이라고 새긴 예서<sup>隸書</sup> 글씨는 완당(阮堂, 김정희) 학사가 쓴 것이다.

그는 동인<sup>同人</sup>을 모아 무리를 나눠 시를 지었는데 하루도 그만둔 날이 없었다. 세상에서 시를 아는 사람이라면 젊은이, 늙은이 할 것 없이 송석원 모임에 함께하지 못하는 것을 부끄럽게 여겼다.

다섯 아들이 있었으니 일송<sup>一松</sup>, 이석<sup>二石</sup>, 삼족<sup>三足</sup>, 사과<sup>四過</sup>, 오하<sup>五何</sup>다. '송'과 '석'은 자기의 집으로 이름 지은 것이고, '족'은 세 아들이면 넉넉하단 뜻이다. '과'는 네 아들이 너무 많다는 뜻이고, '하'는 이게 웬

시인  95

이인문이 그린 송석원 그림 〈옥계청유도〉. 바위에 '송석원' 세 글자가 새겨져 있다. 이 일대가 바로 천 수경의 집 송석원이다.

옥류천 건너편 통의동에 살았던 추사 김정희가 써서 보내준 '송석원' 세 글자를 송석원시사 동인들이 바위벽에 새겼다.

천수경이 편집한 《풍요속선》. 속
표지에 '송석원장'이라고 표기되
어 있다.

일이냐는 뜻이다. 그래서 사람들이 웃음거리로 전했다.

세상에 전해지는 《풍요속선風謠續選》은 바로 그가 직접 엮은 것이다. 수
경이 죽자 제자 안시혁安時爀이 그의 초상을 치렀으며, 동인들이 그의 무
덤에다 '시인 천수경의 무덤'이라고 돌로 표했다.

호산거사가 말한다.

"유유한 한세상에 문장으로써 능히 벗들을 모았던 자는 얼마 안 된
다. 지난번에 송석원을 지나다 보니 몇 번이나 주인이 바뀌었는지 모르
겠다. 푸른 소나무와 예스러운 바윗돌 사이에서 시 읊던 자들을 생각해
보니, 지금 몇 사람 남아 있지 않다."

_조희룡 《호산외기》

⊙ 서경창

　학포헌<sup>學圃軒</sup> 서경창(徐慶昌, 1758~1822 이후)의 자는 명중<sup>明重</sup>이다. 비변사의 아전으로 일하면서《종저방<sup>種藷方</sup>》을 주해<sup>許解</sup> 언석<sup>諺釋</sup>한 뒤 팔도에 반포해 흉년에 대비할 자료로 삼게 했다. 신미년(1811)에 평안도에서 홍경래의 난이 일어나자 많은 계획을 세워 군량미를 조달했다. 을해년(1815)에 흉년이 들자 역시 곡식을 지원할 대책을 세워 당시 사람들이 칭찬했다. 일찍이 〈을해탄<sup>乙亥歎</sup>〉 시를 지었다.

　　경기도에서 삼남에 이르기까지
　　백성들 빌려줄 쌀을 쌓아놓은 곳이 없네.
　　구제하여 살려내자고 모두들 계획을 세우건만
　　오직 곡식을 옮기는 길밖에는 없네.
　　동해에 바람과 파도가 심해

북에서 오는 배가 침몰했다고 아뢰건만,

요즘 선비들이 글은 읽지 않고

여러 고을에서 곡식 사 가는 것만 다투어 막는구나.

슬프구나, 이 사도의 백성들은

반나마 개울과 구렁에 굴러 떨어졌네.

畿甸曁二南, 賑貸無蓄積.

濟活公私計, 惟在移其粟.

東海多風濤, 北船報沈溺.

今士不讀書, 列郡爭遏糴.

哀此四道民, 半塡溝與壑.

_유재건《이향견문록》

挽金友守貞

金友守貞大夫人尹氏挽

崔氏丈挽

仲冬一日偶有餘閒書懷

五言律詩 十五首

秋日病中偶占一律敬呈求郡高翁要和天翼

冬夜小集

直中同賦四首

謾吟六首

官樓小飲

一見金剛山

在家次杜詩韻

學圃軒集目錄

詞一首

賦二首
癸亥秋送朴友仲雲赴燕

梅花賦 五斤

甘諧賦

五言古詩 二十首

為君善歎未卜其居

仲夏學圃軒夜話二首

軒夜留飲二首

乙亥歎十首

送友人入燕京

서경창의 문집 《학포헌집》.

⊙ 조수삼

조수삼(趙秀三, 1762~1849)의 자는 지원芝園이고 호는 추재秋齋다. 또다른 이름은 경유景濰이고 자는 자익子翼이며 호는 경원經畹이다.

그는 풍채가 아름다워 신선의 기골이 있었다. 문장력이 넓고도 깊었는데 시에 가장 뛰어났다.

여섯 차례나 중국을 왕래하며 천하의 인물들과 사귀었으니, 그의 시파詩派가 오로지 압록강 동쪽에만 있던 것은 아니었다.

세상 사람들은 추재가 지닌 복이 모두 열 가지라고 하면서, 남들은 그 가운데 하나만 지녀도 평생 만족할 것이라고 말했다. 그 열 가지란 풍도風度, 시문詩文, 공령功令, 의학, 바둑, 서예, 기억력, 담론, 복택, 장수다.

처음 중국에 갔을 때 길에서 강남 사람을 만났는데, 같은 수레를 타고 가면서 중국말을 다 배웠다. 그 뒤론 북경 사람과 말할 때도 필담筆談과 통역의 힘을 빌리지 않았다.

1939년에 신식활자로 간행된 조수삼의 문집 《추재집》 (국립중앙도서관).

일찍이 한 중국 사람과 두텁게 사귀었는데, 몇 년 뒤에 그 사람이 죽었다. 그 아들이 떠돌아다니다가 요동·계주 지방에서 서로 만났다. 지난 일을 생각하며 감회가 새로워 돈자루를 기울여 그에게 주었다.

나이 여든셋에야 사마시司馬試에 급제해 직접 축하하러 찾아온 벼슬아치들이 수십 명이나 되었다. 네 아들이 있었는데 자손이 많았다.

죽을 때의 나이가 여든여덟이었다. 시와 문장 몇 권을 운석雲石 조인영趙寅永 정승이 이제 목판에 새겨 세상에 전하려고 한다.

이에 찬한다.

"이는 하늘에서 귀양 내려온 사람이다. 하늘이 그에게 주신 것은 부富였고 아낀 것은 옥대玉帶와 금어金魚[1]였다."

_조희룡《호산외기》

........................

1 옥대는 옥으로 만든 띠, 금어는 황금으로 물고기처럼 만든 주머니. 옛날 중국에서 벼슬이 있는 사람에게 차도록 했다.

⊙ 왕태

 

 

왕한상(王漢相, 1764~1834)의 또다른 이름은 태太고 자는 보경步庚이며 호는 수리數里다. 고려 왕씨의 후손이다.

집이 가난해서 스스로 살림할 수가 없으므로 나이 스물넷에 술집 김가 할미의 중노미가 되었다. 술잔을 나르는 틈틈이 책을 읽으니 할미가 꾸짖으며 못 읽게 했다. 그러자 책을 품속에 넣고 오가면서도 읽고 또는 물을 끓이는 동안에도 그 불빛에 비추어 속으로 외웠다. 할미도 그의 뜻을 갸륵히 여겨 날마다 초를 한 자루씩 주어 밤에도 책을 읽게 했다. 이로 말미암아 그의 문장이 크게 나아졌다.

그러나 알아주는 사람이 없어서 한 번은 금호문金虎門[1] 밖에서 남의 돈을 받고 군사 노릇을 했다.[2] 이날 밤 달이 밝아서 그는 흙구덩이 속에서

..............................

1 창덕궁에 있는 문. 정문인 돈화문敦化門 서쪽에 있는데, 대신들이 이 문으로 드나들었다.

왕태가 당번을 섰던 창덕궁 금호문.

《상서尚書》한 장을 외웠다. 그 소리가 쇳소리나 돌소리보다도 또렷했다. 마침 학사 윤행임尹行恁이 지나가다가 그 소리를 듣고 기이하게 여겼다. 수레를 멈추고 불러다 보았더니, 덥수룩한 머리에 지저분한 얼굴을 하고 옷까지도 너덜너덜했다. 학사가 자세히 물어보더니 깜짝 놀라면서 "그대가 바로 '강물 맑은 밤, 물안개도 드물어라江淸夜少煙'는 시를 지은 왕한상이 아닌가?"라고 말했다.

들어가 임금을 뵙고 아뢰었더니 곧 부르시어 시를 짓게 했다.

몇 걸음을 걷는 동안에 다 지었으니,

..........................

2  원문은 천경踐更. 병졸로 뽑힌 사람이 돈으로 사람을 얻어 대신 내보내는 제도다.

화창한 바람이 검은 장막에 일어나고

떠오르는 해가 붉은 문을 비추네.

和風生皂幕, 旭日映丹門.


라는 구절이 온 세상에 퍼졌다. 장영<sup>壯營</sup>에 붙여 녹을 받게 했는데, 활이
나 말 타는 솜씨를 시험볼 때마다 시 한 편을 대신 짓게 해 임금께서 보
시곤 했다. 다시 명해 중학생<sup>中學生 3</sup>으로 충원하고 오경<sup>五經</sup>을 강講하게 했
으니 아주 드문 대우였다.

경신년(1788) 뒤에도 여러 차례 강에 응했지만 급제하지 못했다. 무
과에 급제해 조령<sup>鳥嶺</sup> 별장<sup>別將 4</sup>이 되고, 나이 일흔에 죽었다.

_조희룡《호산외기》

---

3 서울 오부五部에 학당을 두어 양반과 서인의 아들들을 국비로 가르쳤다. 나중에는 동, 서,
중, 남 4부학당만 남았다. 학생 정원은 백 명인데, 성적이 뛰어나면 성균관에 진학시키거나
직접 과거에 응시하게도 했다.
4 지방의 산성, 나루, 포구, 작은 섬의 수비를 맡은 종9품 무관.

⊙ 박윤묵

박윤묵(朴允默, 1771~1849)의 자는 사집士執이고 호는 존재存齋로 효자 태성의 증손이다. 책 읽기를 좋아하고 시에 뛰어났으며 아울러 글씨로 도 이름이 났다.

정조 때 규장각을 설치하면서 교정 보는 일에 뽑혔는데 은총을 매우 두텁게 받았다. 사람됨이 깨끗하면서도 곧았다. 글을 짓고 쓰는 일 말고 는 일찍이 세속의 일에 대해서 한마디도 한 적이 없었다.

그는 일찍부터 한 사람과 두터이 사귀었다. 그 사람이 가난해서 양식 거리가 없으면 모자라지 않게 양식을 대주었다. 병이 심하게 나면 몸소 약맛을 봐가며 먹였다. 그가 죽자 장사지내는 절차까지 모자람이 없게 해주었다.

그 사람에게 첩이 있었는데 아름다운데다 자식까지 없었다. 그 여자 가 사람을 시켜 존재에게 말했다.

박윤묵이 근무했던 규장각 그림. 김홍도가 그렸다.

"군자의 덕에 깊이 감사드립니다. 죽어서 결초보은하는 수도 있다지
만 현재의 세상에서 그 만분의 일을 갚는 것보단 못할 것입니다. 원컨대
쓰레받기와 비를 받들어서라도 그 은덕을 갚고 싶습니다."

존재가 정색하면서 물리쳤다.

박윤묵의 손자 박창선이 편집한 《존재시집》.

"만약 당신의 뜻대로 행한다면 나를 어떤 처지로 만들려는 게요? 벗이 죽었는데 그 첩으로 내 첩을 삼는다면 벗이 죽은 걸 다행스럽게 여기고 오늘이 있기를 바랐던 셈이 되는 게요. 평일에 나를 알아주는 사람이라고 대해왔거늘 어찌 나에게 못할 짓을 하게 한단 말이오?"

(그 여자를) 이끌어주는 사람도 없어 갈 곳이 없음을 딱하게 여기고는 다른 사람에게 시집보냈다. 품계가 가선대부(嘉善大夫, 종2품)에 이르렀으며, 무반에 봉해져 평신 첨사平薪僉使가[1] 되었다. 시문집 수십 권이 있다. 나이 여든에 죽었는데 세 아들이 있다.

_조희룡 《호산외기》

..........................

1 평신은 충청남도 서산시 북쪽에 있던 수군의 진이고, 첨사는 첨절제사(종3품)의 준말이다.

◉ 박기열

국은菊隱 박기열朴基說은 자가 이습而習으로, 시와 문장을 잘했고 필법도 뛰어났다. 학서鶴栖 이지화李至和에게서 글을 배웠다.

언젠가 서울에서 할아버지와 손자가 재물을 다투고, 오라비와 누이 가 재산을 가지고 헐뜯다가 송사를 벌인 사건이 일어났다. 판관 김공이 그들에게 형벌 내리는 것을 늦춰달라고 청하면서 인륜의 지중한 도리 를 들어가며 타일렀는데 그 말이 아주 간곡했다. 네 사람이 모두 뼈아프 게 감동해 서로 끌어안고 목놓아 울며 각기 자신에게 죄가 있다고 했다. 이습이 이 이야기를 듣고 기뻐하며 시를 지어 김공을 기렸다.

밝은 세상에는 버려지는 물건이 없고

태평성대에는 모두가 좋은 사람이라네.

착하지 않은 것도 천성이 악해서가 아니라

교화가 두루 미치지 못한 까닭일세.

교화가 차별없이 행해진다면

삼대의 백성이 바로 이 백성들일세.

불쌍히 여기는 마음을 늘 가슴에 새겨두고

형벌을 쓸 때도 다시 망설여야 하건만,

이런 뜻을 아는 사람은 찾아볼 수 없어

억울한 일 있어도 풀지 못하는 이가 많았네.

아아, 우리 한성부 판관이

어버이 사랑하는 마음을 남의 어버이에게까지 미쳐,

한마디 말씀으로 큰 재판을 판결하며

채찍과 회초리를 늘어놓지 않게 했네.

인간세상 도리가 진중함을 간곡하게 말하자

돼지나 물고기 같은 것들도 감화를 입어,

오라비와 누이가 아귀다툼을 면하고

할아비와 손자도 아름다운 인륜을 보존했네.

어젯날 눈 오고 서리 내리던 곳에

이제는 비 오고 이슬 내리는 봄이 왔으니,

어찌 한 집안만의 다행이랴

장차 집집마다 새로워지리라.

나도 이 이야기를 듣고서

감격스러운 눈물이 절로 수건을 적셨네.

상공의 선대를 더듬어 생각해보니

순전한 효성과 우애를 대대로 이어왔네.

충성으로 우리 선왕을 섬기어서

남긴 은택이 아직도 남았는데,

아드님 김공이 그 뜻을 훌륭히 이어받아

벼슬이 낮으면서도 은덕을 골고루 펼쳤네.

백성 사랑하는 마음을 늘 간직하니

첫 벼슬 받은 뒤부터 앞길이 이미 순탄했네.

내 공의 문하에 드나든 지 이미 오래더니

이제 다시 어진 정사를 보아,

기쁨이 지극한 데다 다시 감동 일어나

만나는 사람마다 거듭 말하네.

바라건대 이런 마음을 넓히시어

앉은 자리 곁의 보배로 길이 간직하시고,

남은 경사가 있음을 아신다면

자손도 마땅히 번성하리라.

_유재건《이향견문록》

⊙ 김희령

소은素隱 김희령金羲齡의 자는 백경伯敬이며, (옥계사玉溪社 동인) 호고재 김낙서의 아들이다. 몸가짐이 검약하면서도 가난한 친족들과 사귀며 잘 도와주었는데, (자기의 선행이) 마을에서 자기를 칭찬하는 것에 미치지 못할까봐 걱정했다. 그의 시는 모두 진실했으며 화려한 수식을 일삼지 않았다. 그가 일찍이 이런 시를 지었다.[1]

> 사농공상은 모두 제 할 일이 있는데
> 제 할 일이 있는 까닭은 구할 것이 있기 때문일세.
> 누가 제 할 일을 마음속에 지니고 있으랴
> 마음속에는 제 나름대로 노닐고픈 생각이 있으니,

...........................

1 시의 제목은 〈차정존재次呈存齋〉인데, 존재는 옥계사의 동인이었던 박윤묵의 호다.

지극히 어리석은 자는 돈을 지키려고

우물쭈물거리다 머리가 하얗게 세고,

저 혼자 고상한 척하는 자는 떠돌며

세상일을 마음에 두지 않네.

두 사람 하는 짓이 본디 같건만

옳다 그르다 하면서 서로 탓하네.

그 옛날 복희 신농씨 세상을 생각해보니

만백성이 제 땅에서 평안히 살았었지.

일하고 쉬다가 남은 힘이 있으면

때맞춰 씨 뿌리고 때맞춰 거두었지.

가난한 사람 시체가 도랑을 메우지 않았고

천한 사람도 높은 벼슬아치를 부러워하지 않았네.

어쩌다 어떤 사람이

갑자기 남의 땅 빼앗는 꾀를 내어서,

마침내 천하를 어지럽히고

그 해독이 천추에까지 끼치게 했나.

그만두게나, 어쩔 수 없으니

이제는 누구와 더불어 짝이 되랴.

초가살이를 괴로워하는 것 아니고

낡은 솜옷을 입는 것도 부끄럽지 않아라.

다행히 옛사람의 글을 읽으며

술이나 마시고 걱정을 잊는다면 정말 좋겠네.

김희령이 노닐던 서원 그림. 겸재 정선의 〈서원소정〉.

四民皆有爲, 有爲爲有求.

誰能有爲內, 內自有天游.

至愚者守錢, 陸陸白盡豆.

自高者放浪, 世事意不留.

二者本一致, 是非交相尤.

憶昔羲農世, 萬姓安土區.

作息有餘力, 時種復時收.

貧不塡溝壑, 賤不羨公侯.

如何何如人, 便出兼幷謀.

遂令天下亂, 憯毒流千秋.

己矣無奈何, 今將誰與儔.

非病蓬蓽憲, 不恥縕袍由.

幸賴古人書, 飮酒且志憂.

_유재건《이향견문록》

◉ 유정주

묵재<sup>默齋</sup> 유정주<sup>劉定柱</sup>의 자는 중린<sup>仲麟</sup>으로, 만취헌<sup>晚翠軒</sup> 유광진의 손자다. 어려서부터 총명하고 슬기로웠으며 시상이 맑고도 기발해 남들이 미처 생각하지 못했던 것들을 말했다.

늘 서사<sup>西社</sup>의 여러 시인들과 함께 시를 지어 자하<sup>紫霞</sup> 신시랑<sup>申侍郞</sup>[1]과 학산<sup>鶴山</sup> 윤승선<sup>尹承宣</sup>[2]에게서 평을 받았는데, 중린이 으뜸을 차지한 적이 많았다.

_유재건《이향견문록》

....................................

1 시랑은 참판으로 신위<sup>申緯</sup>는 이조, 병조, 호조의 참판을 두루 거쳤다.
2 승선은 임금의 명을 받드는 벼슬인 승지로 윤제홍<sup>尹濟弘</sup>은 승지 벼슬을 했다.

◉ 고진원

고진원高晉遠의 자는 근재近哉이고 호는 두은斗隱이며 임원유林元瑜[1], 유문산柳文山[2]과 더불어 장혼의 문하에서 노닐었다. 옥 같은 얼굴에 키도 컸는데 말수가 적었다. 젊어서 가난했지만 배우기를 좋아했다. 평소에 책 한 권을 손에 들고 문을 닫아건 채로 조촐하게 앉았는데, 가까운 사람 말고는 찾아오기를 허락하지 않았다.

자기가 먹는 음식은 몹시 아꼈지만 손님이 오면 반드시 술을 차렸다. 아버지를 효성껏 섬겼으며 계모를 더욱 정성껏 섬겨 온갖 물건을 갖춰 받들었다. 그래서 그의 아버지가 남들에게 늘 "노경老境에 걱정이 없다"라고 했다.

.............................

1 원유는 비연시사斐然詩社의 동인이었던 임유林瑜의 자다.
2 문산은 마찬가지로 비연시사의 동인이었던 유기의 자다.

많은 친척들이 그의 도움을 받아 살림을 꾸렸지만 그가 의리 있게 처신했으므로 이간질하는 말이 없었다. 그에게 아우뻘 되는 이들이 수십 명이나 있어서 큰 사람은 그와 나이가 비슷했지만, 하루 종일 모시고 섰으면서도 감히 업신여기지 않았다.

그는 남과 사귀면서 자상하고 성실했으며 자신이 부족한 점에 대해서는 노력했다. 그래서 그를 아는 사람이라면 심취心醉하지 않는 이가 없었다. 아아! 이 어찌 입에 발린 말과 꾸민 낯빛으로 될 수 있으랴.

군은 성품이 강직하고 개결介潔했으나 여윈 데다 병도 많았다. 남이 선하지 못하게 행동하는 것을 보면 마치 자기 몸을 더럽히는 것처럼 여겨 꾸짖는 말을 그치지 않았다. 슬프다. 이것이 그의 목숨을 갉아먹을 징조였던가.

을사년(1845) 여름에 군은 나이가 찼는데도 그때까지 결혼하지 못했던 집안 아우들 대여섯 명의 혼례를 치렀다. 그러고 나서 내게 편지를 보내 병이 들었다고 알리면서 자기가 죽고 난 뒤의 일을 부탁했다. 그러더니 얼마 안 있어 과연 부고가 왔다. 그의 나이 서른아홉이었다.

_장지완張之琬《비연상초斐然箱抄》, 유재건《이향견문록》

⊙ 박응모

박응모朴膺模의 자는 한례漢禮인데, 만취정 박영석의 손자다. 어려서부터 글 읽기를 좋아해서 글을 지으려는 생각이 일찍이 이뤄졌다. 특히 역사책에 익숙하여 글을 지으면 자못 반고班固과 사마천司馬遷의 문장과 같으니 친구들이 모두 중히 여겼다. 그러나 나이 겨우 서른에 요절했다.

일찍이 최치명(崔穉明, 최경흠)이나 유숙도(劉叔度, 유재건) 같은 친구들과 직하사稷下社을 결성해 각기 〈제명록題名錄〉에 서序를 썼는데, 한례가 지은 글이 가장 잘 되었다고 했다. 그 글은 이렇다.

"학교가 쇠퇴하니 가르치고 배우는 일이 왕성치 못하게 되었으며, 가르치고 배우는 일이 왕성치 못하니 친구와 사귀는 도리도 따라서 상실되었다. 내가 일찍이 한숨을 쉬며 곰곰이 생각해봤는데, 이른바 영특하고 지혜로워 스스로 문장을 뽐내는 사람이 한둘이 아니건만, 생각을 서로 알아주고 마음을 서로 허락한 경우는 대개 셋 가운데 둘도 안 된다.

서로 손을 잡고 머리를 맞대고 촘촘히 앉아 술판을 벌리면서도 몸을 새매처럼 뽐내고 봉황새나 호랑이처럼 노려본다. 스스로 야광주보다 낫다 하고 형산의 옥과도 견줄 수 없다고 하면서 좌우로 흘겨보며 자기보다 나은 자가 없다고 하니, 그 뜻이야 참으로 장하지만 친구를 사귀는 도는 그런 것이 아니다.

그러므로 어느 날 털끝만 한 이해에 부딪치면 곧 화를 내고 눈을 부릅뜨며, 때로는 칼을 잡고 일어선다. 그러니 어찌 거듭 탄식하지 않을 수 있으랴. 이것이 직하사와 연창집聯唱集을 만든 이유다. 그러니 문자에 몸을 맡기고 서책에 뜻을 보이되 겸손하고 사양하는 태도로 오르내리며, 고기 안주에 술을 맛보면서 함께 태평한 시대를 즐기되 삼대三代의 끼친 풍속을 사모해야 할 것이다.

문장을 찬란하고 맑게 지으며 문체가 지극한 정을 다하면 또한 기이한 글이 될 것이며, 술잔을 주고받으면서 술 단지와 도마를 금하면 예에 맞게 될 것이다. 토시를 걷어 올리고 꿇어앉아 물건을 집어 올리면 공손한 태도가 될 것이다. 혹 후세 사람들이 이 일을 전하여 크게 베풀고 빛나게 하여 사람들의 이목을 비추게 한다면 족히 영광스러울 것이다. 그러나 수고롭게 기다리는 것이 어찌 이에 그치랴. 반드시 학문을 과업으로 닦으며 쉴 때도 마음에 두어야 할 것이다. 그래야만 경전에 구두를 쳐가며 뜻을 분별하고, 그래야만 학문 있는 장자를 공경하며 그들과 무리지음을 즐거워하고, 그래야만 널리 익히고 스승을 가까이하며, 그래야만 학문을 논하고 벗을 취할 것이다.

그리하여 종류를 분별해 통달하고, 사물에 임하여 미혹되지 않는 경지에 이르며, 참으로 이러한 데로 나올 수 있게 될 것이다. 이렇게 되면 가르치고 배우는 일과 친구를 사귀는 도에서 이미 열 가운데 아홉은 이루게 된다. 어찌 동인들이 잇달아 시를 읊은 것에서 그칠 뿐이랴. 다만 잇달아 시를 읊은 것에서 그칠 뿐이랴."

_유재건《이향견문록》

⊙ 김양원

　김양원金亮元은 이름을 잃어버리고 자字로 불렸다. 젊었을 때는 협기
있게 놀기를 좋아했으며 계집을 사서 술청에 앉아 술도 팔았다. 몸집이
큰 데다 얼굴도 사납게 생겼다. 기생집이나 노름판으로 떠돌아다녔는
데, 서슬이 시퍼래서 사람들이 감히 깔보지 못했다.

　알지 못하게 처사들과 일행이 되어 시에 맛들이더니 지금까지의 버
릇을 꺾고 시인들을 따라 노닐게 되었다. 시로써 이름난 사람이라면 젊
고 늙고 할 것 없이 마치 귀한 손님이라도 만난 것처럼 함부로 대하지
않았다.

　그는 시를 짓는 솜씨가 재빨라서 남이 열을 지으면 자기도 열을 짓고
남이 백을 지으면 자기도 백을 지었다. 남에게 뒤지기를 부끄러워했다.

　또한 그는 구경하러 다니기를 좋아해서 명승지를 두루 돌아다니자고
계집과 약속했다. 계집이 힘써 다니면서도 마치 마음에 모자라는 듯했

으니 그 계집 또한 기이하다. 늘 사람들에게 말하기를 "이 아름다운 경치의 안개와 바람을 다 들이마셔 내 배 속의 비린내를 다 씻어낸 뒤에라야 시가 지어질 것이다"라고 했다.

그가 지은 시,

보슬비에 발 틈으로 풀빛을 보고
사립문에 지팡이 짚고 새소리를 듣네.
細雨垂簾看草色, 柴門倚杖聽禽言.

세월 어렵게 보내며 나무는 늙었고
안개구름이 붙들어 다락은 우뚝해라.
歲月崢嶸山木老, 烟雲扶護石樓高.

같은 구절이야 어찌 술집 사람의 말이라고 하겠는가?

하늘과 땅 사이에 별빛이 점점이고
다락 위아래로 달빛이 층층일세.
天地中間星點點, 樓臺上下月層層.

같은 구절은 도로 평범해졌다. 시사詩社 모임에 갔다가 하루라도 시를 짓지 않으면 문득 노하여 "어찌 시사가 모이는 의미를 저버린단 말이냐?"라고 말했다.

성서시사<sup>城西詩社</sup>의 번성은 대개 양원이 이끌었기 때문인데 지금은 적막해졌다. 내가 일찍이 지어준 시가 있다.

호협한 기골 험악하기도 해서 칼도 많이 쳤으련만
돌 같은 심장이 맑고도 고와 시를 읊는다네.
俠骨峥嶸且擊劍, 石腸淸婉解唫詩.

호산거사<sup>壺山居士</sup>는 이렇게 말한다.

"문인이 술청에 앉아 그릇을 씻던 모습을 위로는 사마상여<sup>司馬相如</sup>로 거슬러 올라가 찾을 수 있고, 아래로는 양원에게서 찾아볼 수 있다. 양원이 어찌 상여겠는가마는 그 뜻이 있는 바를 취했을 뿐이다."

20년 전에 김학연<sup>金學淵</sup>과 함께 흔연관<sup>欣涓館</sup> 화실로 소당(小塘, 이재관 李在寬)을 찾아간 적이 있다. 그때 서로 약속하기를 "양원에겐 알게 하지 말자. 시를 지어 그림 그릴 흥취를 깨뜨릴까 염려되니까"라고 했다. 소당이 시를 못 짓기 때문이었다.

흔연관에 이르렀더니 봉우리 그림자가 뜨락에 와 덮였고 사람의 발자취도 없이 고요했다. 문을 열고 들여다보니 소당이 이웃 중에게 관음상을 그려주고 있었는데 미처 다 끝내지 못했다. 서로 손을 맞잡고 즐거워하면서 좀처럼 얻기 어려운 오늘의 만남을 놀라워했다.

천장사<sup>天藏寺</sup>의 승려 금파<sup>錦波</sup>와 용해<sup>龍海</sup>도 마침 이르렀는데 모두 시를 짓는 승려들이었다. 용해는 묘향산에서 온 지가 겨우 며칠밖에 안 됐다. 여러 명승지들을 두루 얘기하는데, 산속의 안개와 노을이 그의 혀뿌

시인 125

리에서 일어나는 듯했다.

이때 비바람이 몰아치더니 안개가 일어나며 마치 신군神君이 오는 듯 고요해졌다. 갑자기 검은 구름 속에서 "고기 사려" 소리가 들려왔다. 서로 우스갯소리로 말했다.

"아마도 선재동자善才童子가 관음보살의 연못에서 잉어를 훔쳐 와서 우리 인간들을 놀려주나 보네. 그렇지 않고서야 비바람 치는 빈 산속에 고기를 팔러 오는 자가 어찌 있겠나?"

한 사람이 나타났는데 마치 세상 사람들이 그려놓은 철선鐵仙 같았다. 어깨엔 큰 고기 한 마리를 둘러메고 구름을 헤치며 나타나서 수염을 떨치며 한바탕 웃어댔다.

"내가 은하에서 고기를 낚아왔다네."

깜짝 놀라 바라보니 바로 양원이었다. 그가 크게 소리쳤다.

"자네들이 차마 나와 함께 오지 못하겠다니 누군들 참을 수 있겠나?"

그러곤 고기를 삶고 술을 데우며 서로 예전처럼 시 짓기를 재촉했다. 우리 두 사람이 생각나는 대로 응했다. 학연이,

무가¹의 옛시엔 바닷가 달이 차갑고

거연²의 새 그림엔 먼 산이 편편해라.

無可舊詩汀月冷, 巨然新畵遠山平.

..........................

1 당唐나라의 승려. 천선사天仙寺에 머물면서 시를 잘 지었다. 역시 한때 승려였던 가도賈島
와 시를 주고받았다.
2 남당南唐의 승려. 산수화를 잘 그렸다.

라고 읊었고 내가,

안개와 노을 즐기던 사람 늙어 나막신만 남았고
문자를 아는 스님은 묘향산을 지고 오셨네.
煙霞人老餘雙屐, 文字僧來帶妙香.

라고 읊었더니, 소당이 말했다.

"양원이 아니었더라면 이런 좋은 구절이 나올 수 없었겠지."

이 모두가 한때의 아름다운 이야기니 또한 《헌거록軒渠錄》에 들어갈
만하다. 지금 양원의 이야기를 쓰노라니 황천으로 멀리 떨어져 있음을
실감하지 못하겠다.

학연의 이름은 예원禮源이다. 시도 잘 짓고 그림도 잘 그려서 사람들
가운데 뛰어났다. 지금은 죽은 지 십 년이나 지났다. 금파도 벌써 열반
에 들었고, 용해는 아직 살아 있지만 어느 곳을 구름처럼 떠돌아다니는
지 알지 못하겠다. 소당에게는 따로 전기가 있다.

_조희룡 《호산외기》

..........................

* 김양원의 이름은 희태希泰고 호는 소재塑齋다.《풍요삼선》권30에 그의 시가 실려 있다.

⊙ 최경흠

감재悲齋 최경흠崔慶欽의 자는 치명穉明이다. 책 읽기를 좋아해 집에서 책 펼쳐보기를 그만둔 적이 없었다. 그래서 벗들의 아들이나 손자들이 글 배우러 많이 왔으며 그도 가르치고 깨우치기를 게을리하지 않았다.

그는 시와 문장도 잘 지었다. 동지들과 함께 모여 지으려고 시사詩社를 맺었는데 나 또한 끼어들었다. 꽃 피는 아침이나 달 뜨는 저녁마다 늘 모여서 시를 읊었다. 계축년(1853) 봄에도 왕희지의 난정계사蘭亭禊事를 본떠 직하사에 모여 각기 시를 읊고 술을 마시며 즐겼다. 이때 치명이 《풍요속선》을 이어서 엮자는 의견을 꺼냈으며 모두들 "좋다"고 말했다. 즉시 여러 곳에 알려 여러 작품을 모으고 문장대가에게 제대로 된 것인지 물었다.

정사년(1857) 겨울에야 편집이 거의 마무리되자 《풍요삼선風謠三選》이라고 이름 지었다. 곧장 돈을 모아 삼백여 본을 인쇄하고 경산經山 정원

1853년의 〈수계도〉. 유숙이 그렸다.

風謠三選卷之一

崔延祿

延祿字慶綏號芳谷完山人官判官

過申相國宅

絲滿門前柳紅飛檻外花鳥啼春寂寂閏夕陽宅

春日郊行

穿雲出谷杏花飛長笛斜風冒雨歸十里騎牛芳草

路數邨煙起野人㩦

春日閒齋

開齋高枕夕陽斜窮巷誰尋原憲家寂寂柴扉春日

風謠三選卷之一

최경흠이 엮은 평민들의 시선집 《풍요삼선》.

시인 129

용鄭元容, 심암心庵 조두순趙斗淳, 침계梣溪 윤정현尹定鉉의 서문을 받았다. 이러한 모든 일을 치명이 힘써 맡아 했으며 나 또한 힘을 보탰다.

일이 이미 끝난 뒤에도 치명은《소대풍요昭代風謠》가 세상에 드물게 전하는 것을 늘 한스러워하다가 이어서 백여 본을 다시 찍었다. 치명이 중인重印 발문을 지어 책 끝에 다 써붙이니 그때 옛날 일을 알던 이들이 모두 칭찬했다.

_유재건《이향견문록》

최천익崔天翼의 자는 진숙晉叔[1]으로, 흥해興海 사람이다. 집안이 대대로 흥해군의 아전을 지냈는데 그만은 스스로 분발해 선비가 되었다. 그는 진사시에 합격하자 "내 분수에 족하다"라고 하면서 다시는 과거를 보지 않았다.

집에서 삼십 년 동안 글을 가르치다가 예순여덟 살에 세상을 떠났다.

그는 먼 시골의 미천한 처지에서 우뚝 일어서 사방으로 찾아다니며 배웠는데 읽지 않은 책이 없었다. 그의 문장과 학문을 온 도에서 으뜸으로 우러러보게 되었다. 그러나 그는 늘 스스로를 부족하게 여겨 어질고 뛰어난 장자가 있다는 말을 들으면 찾아가 만나보았다.

그는 성품이 꼿꼿하고 기개가 있어 세상을 업신여겼으므로 자기 뜻

1 최천익의 호는 농수農叟다.

에 맞는 사람이 거의 없었다. 그러나 스스로 겸손한 태도로 처신하면서 자기의 재능을 남에게 자랑하지 않았다. 평소 몸가짐이 근엄한 데다 하는 말도 언제나 사리에 맞았으므로 실없는 자들은 감히 그의 앞에 오지도 못했다. 그러므로 그를 아는 사람은 반드시 그의 덕을 먼저 칭찬하고 그의 재주는 그다음으로 여겼다.

청천青泉 신유한申維翰이 연일 현감이 되어서 오자, 그는 자기가 지은 글을 예물로 가지고 가서 찾아뵙고 제자로 삼아달라고 청했다. 유한이 그가 배운 것을 물어보고는 깜짝 놀라면서 "그대는 내가 존경하는 벗으로 대할 사람이네. 내가 어찌 그대의 스승이 될 수 있겠는가?" 했다.

그러고는 임기를 마치고 돌아갈 때 자기의 책을 그에게 보냈다. 그 뒤 이 지방에 오는 수령들은 반드시 그를 맞아들여 만나보았고, 만나보면 반드시 예를 갖춰 대했다. 아무리 교만방자한 자라도 감히 지위나 신분을 따져 그를 업신여기지 못했다. 그가 관아에 드나든 지 수십 년이나 되도록 시비가 한 번도 자신에게 미치지 않았으니, 그 지방 사람들이 이 때문에 그를 더욱 어질게 여겼다.

그는 집안이 화목해 오형제가 한 이불을 덮고 잤으며, 집안 식구들이 늘 굶주려 지내면서도 걱정스런 빛을 보이지 않았다. 사는 집이 낡고 헐어서 고을 사또가 도와서 고쳐주려고 했지만 굳이 사양했다. 그러나 손님이 오면 반드시 술상을 차리게 하고 시를 지었으니 그의 풍류가 사람들을 감동시켰다.

어쩌다 자신과 뜻이 맞는 사람을 만나면 고금의 치란治亂 득실得失과 국방의 형편을 이야기했다. 마치 손바닥을 들여다보듯 분명했으므로 들는 사람들이 지루한 줄을 몰랐다. 무릇 세상사에 뜻을 두지 않은 사람은 아니었다. 늙어가면서 그를 믿고 따르는 사람이 더욱 많아졌고, 이웃 고을에서 서당을 열어 그를 불러들이기도 했다. 그가 세상을 떠나자 상복을 입은 사람이 많았다. 흥해가 외진 고을인데도 지금 이름난 선비가 많은 것은 그의 공로다.

그는 어려서 제멋대로 행동한 적이 많았으며 법도를 지키지 않았다. 그런데도 그의 아버지 준걸俊傑만은 그를 기특하게 여기고 사랑하여 늘 "우리 집안을 일으킬 사람은 바로 너다"라고 말했다. 그를 이곳저곳으로 다니며 배우게 하고, (아전의 임무인) 도필刀筆에 종사하게 하지는 않았다. 그가 자란 뒤에 과연 문장으로 이름이 나자 온 고을 사람들이 "최 아전이 아들을 알아보았다"라고 칭찬했다.

그는 아들이 없었으므로 형의 아들로 후사를 이었다. 그의 제자 여러 사람이 그의 책을 나눠 간직했다. 시집 한 권이 있는데 곧 간행하려고 한다.

안동의 권엄權欙은 좀처럼 남을 인정하지 않았는데, 오랫동안 흥해 군수로 있으면서 그가 어떤 사람인지 깊이 알았다. "세상에 짝을 찾을 수 없다"면서 늘 용전옹龍田翁이라 부르고 이름을 부르지 않았다. 감사에게 말해서 조정에 천거하려고 했지만 끝내 이뤄지지는 못했다. 원주의 원 중거元重擧 또한 그를 높이 칭찬해 "영남 좌도의 위인이다"라고 했다.

나(성대중)는 이 두 사람에게서 그의 이야기를 익히 들었는데, 내가 흥해에 갔을 때 그는 이미 세상을 떠났다. 나는 그의 무덤을 지날 때마다 한참 동안 말을 멈추곤 했다.

_성대중成大中《청성집靑城集》, 유재건《이향견문록》

⊙ 이성중

장와 이성중李聖中의 자는 사집士執이고 초년의 호는 죽와竹窩였다. 무릇 열 번이나 초시初試에 합격했다. 노년에는 어전에서 강講에 응했는데 목소리가 크고 우렁차서 임금이 장하게 여겼다. 그래서 호를 '장와壯窩'로 고쳤다. 시를 잘 지었으며 문집으로《장와집》을 남겼다. 〈고란사시皐蘭寺詩〉[1]를 지었다.

고란사 아래 강물이 아득히 흐르는데
바위에 꽃은 다 지고 긴 세월이 흘렀네.
즐겁던 일은 어느새 천고의 한이 되고

..............................

1 이 시는《풍요속선》권4에 실렸는데, 제목은 〈도백마강모입고란사차벽상운渡白馬江暮入皐蘭寺次壁上韻〉이다.

충신의 말도 나라가 망하는데 아무런 도움 못 되었네.

황폐한 뜨락의 가을 연기는 금탑을 감추고

거친 들판의 저녁 햇살은 쓰러진 돌양을 비추네.

조룡대 물가로 가려 했더니

노승이 지금도 의자왕 이야기를 하네.

皐蘭寺下水茫茫. 落盡巖花歲月長.

樂事翻成千古恨, 忠言無補一朝亡.

秋煙廢苑埋金塔, 夕照荒原臥石羊.

欲向釣龍臺畔去, 老僧猶說義慈王.

_유재건《이향견문록》

⊙ 김규

분진分津 김규金圭의 자는 문중文仲이다. 글 읽기를 좋아해 무릎이 닳아서 구멍이 날 정도였다. 시를 잘 지어 격이 높고도 우아했다.

> 시냇가 집에 청산이 밝아오고
> 서남쪽 숲 위에는 달이 떠 있네.
> 이 닦으려고 샘을 찾아가니
> 구름이 흘러서 석굴에 가득 찼네.
> 溪舍靑山曙, 西南林上月.
> 漱齒到幽泉, 流雲滿石窟.
> ─〈일찍 일어나다〉

> 그윽한 숲 속 옛길을 혼자 오르면서

먼 포구와 푸른 산을 돌아다보네.

구름과 바위 사이에 천년 절이 있건만

풍진세상 하루살이 인간으로 사네.

獨上幽林古道, 回看極浦蒼山.

雲石千年寺在, 風塵一日人閑.

—〈승가사〉

_유재건《이향견문록》

⊙ 정봉

초부 정봉

정초부鄭樵夫의 이름은 봉鳳인데 양근揚根에서 살았다. 거룻배 한 척으로 동호東湖에서 땔나무를 사다가 파는 것이 생업이었다. 그래서 그냥 초부(나무꾼)라고 불렀다. 그가 지은 절구 〈동호東湖〉는 사람들의 입에 오르내린 작품이다.

유연노인悠然老人 김윤명金閏明이 언젠가 말하기를 "(그에게는) 옛날 큰 선비의 풍모가 있다"라고 했다.

그는 용모가 시원하고 수염도 아름다웠으며 마음이 탁 트인 사람이었다. 자손을 법도 있게 가르쳤으며 세속적인 기질이 없었다. 그가 이런 시를 지었다.

맑은 구름 시든 버드나무가 모두 가을 되었고

숲 속 연못엔 하루 종일 물기운이 그윽해라.

물총새가 고길 잡으려다 이따금 맞히지 못해

푸른 연잎으로 돌아가서 단정히 앉아 있네.


문집 한 권이 남아 있다.

_장지완《침우담초沈雨談草》, 유재건《이향견문록》


## 정초부

나무꾼 정씨는 양근 사람인데, 젊었을 때부터 시를 잘 지어 볼 만한 시가 많았다.


시를 읊으며 살다 보니 나무꾼으로 늙었는데

어깨에 가득 진 나무지게에 우수수 가을바람이 스쳐가네.

장안 거리에 동풍이 불어와

새벽에 동문으로 들어서서 둘째 다리를 밟네.

동호의 봄물결이 쪽빛보다 푸른데

흰 물새 두세 마리가 또렷하게 보이네.

뱃노래 한 가락에 어디론가 날아가고

석양의 산빛만 빈 못에 가득해라.


이와 같은 시가 아주 많았지만 그의 전집이 전하지 않으니 한스럽다.

새벽에 동문으로 들어서서 둘째 다리를 밟으니

어깨에 가득 진 나무지게에 가을이 우수수 찾아드네.

동호의 봄물은 예전처럼 푸르건만

늙은 시인 나무꾼 정 씨를 그 누가 알아주랴.

曉踏靑門第二橋. 滿肩秋色動蕭蕭.

東湖春水依然碧, 誰識詩人鄭老樵.

―〈정초부鄭樵夫〉

_조수삼趙秀三 〈추재기이秋齋紀異〉《추재집秋齋集》

⊙ 정이조

어산漁山 정이조丁彛祚의 자는 무륜茂倫이다. 문학으로 세상 사람들에게 사표師表가 되어 그에게 글을 배운 사람이 아주 많았다. 그는 또한 시를 잘 지었는데 거의 다 흩어져 없어졌다. 그의 제자인 존재 박윤묵이 (나머지를) 거둬 모아 (문집) 두 권을 만들었다.

《풍요속선》을 엮을 때 그가 발문을 지어 책 끝에 붙였는데, 아래와 같다.

"당시唐詩의 선집으로 세상에 널리 읽히는 것은 오직 고정례高廷禮가 엮은 《당시품휘唐詩品彙》뿐이다. 그러나 《당시품휘》는 평담한 작품만을 위주로 했고, 기이한 작품은 빠져 있다.

대개 시를 가려 뽑는 사람은 언제나 자기의 성미에 가까운 것을 좋아하기 마련이다. 음식을 가지고 비유하자면, 담백한 맛을 좋아하는 사람은 짠 음식을 버리고, 단맛을 좋아하는 사람은 쓴 음식을 싫어하는 것과 마찬가지다. 아무리 애써서 이것과 저것을 함께 섞어두려고 해도 억지로 할 수는 없다.

이《풍요속선》은 평이하고 담박한 시를 위주로 뽑았지만 기이한 시도 아울러 뽑았다. 경치가 있으면 모두 두드려보았고, 소리를 품었으면 반드시 연주해보았다. 시 자체를 보고 시를 뽑은 것이지, 개인의 기호에 따라 시를 뽑은 것은 아니다.

아아! 이 시선집에 이름이 올라 있는 사람이 300여 명이고 실린 시가 700여 수인데, 자신의 불우한 처지를 슬퍼하고 의식衣食을 걱정한 사람이 거의 셋 가운데 둘이나 된다. 선비가 글을 잘 지으면 곧 궁해지니 어째서 그러한가. 아니면 곤궁해진 뒤에야 글이 잘 지어지는 것인가.

저 어진 분들 가운데는 다행히 유고遺藁가 있는 분도 있고 또는 다행히 자손이 있는 분도 있다. 그러나 불행히 유고가 이미 없어진 분도 있고 자손이 이미 끊어진 분도 있다. 그러니 만약 그들의 시를 간행해 후세 사람에게 그런 시인이 있었음을 알 수 있게 해준다면, 저 뜻을 품고 죽은 사람들이 어찌 어두운 저승에서 눈썹을 치켜뜨며 좋아하지 않으랴.

나는 이런 까닭으로 이 시선집의 간행을 축하하며, 혹시라도 이 시선집에 빠진 작품이 있다면 속편을 엮어줄 것을 후세의 군자들에게 바란다."

_유재건《이향견문록》

◉ 강위

　강위(姜瑋, 1820~1884)의 자는 위옥<sup>葦玉</sup>인데, 호로써 행하기를 추금자<sup>秋琴子</sup>라고 했다. 광주<sup>廣州</sup> 무인의 아들로 젊었을 때 군수 민노행<sup>閔魯行</sup>과 참판 김정희<sup>金正喜</sup> 두 분 사이에서 노닐었다.

　처음에 민공에게 뵈었을 때, 민공이 《대학<sup>大學</sup>》 고본을 꺼내주며 스스로 이해하도록 했다. 추금이 한 달 동안 간절히 생각한 끝에 모두 통달했다. 민공이 깜짝 놀라며 말했다.

　"일 년을 기약했는데, 한 달에 다 했단 말이냐?"

　이에 하늘과 사람의 성명<sup>性命</sup>이나 시문<sup>詩文</sup>의 학문으로부터 병형<sup>兵刑</sup>과 전곡<sup>錢穀</sup>에 이르기까지 공부하지 않은 것이 없었다. 학문이 이뤄지자 뜻을 정하고 멀리 노닐었다. 두 번이나 온 나라를 돌아다녔지만 돈 한 푼 없이 언제나 얻어먹고 다녔다. 열매를 따 먹기도 하고 이슬을 마시기도 했다. 아무도 없는 곳에서 자기도 했다. 그의 발길 닿는 곳이 수만 리나

시인　143

되었다.

철종 말년, 삼남 지방에 민란이 일어났다. 추금은 그때 무주 산속에 머물고 있었는데 난민들이 그를 붙잡아놓고 격문을 쓰라고 했다. 추금이 거절하자 난민들이 노해 그 오막집을 불태웠다. 추금은 탈출해 서울로 돌아왔다.

그때 조정에서는 책문策問을 내어 환곡還穀, 군정軍政, 전정田政의 폐단을 막을 수 있는 사람을 구했다. 잘 알고 지내던 판서 정건조鄭健朝가 부르자 그의 집까지 찾아와서 그 대책을 열심히 권했다. 추금은 군제軍制를 바꾸고 세금을 고르게 해야 된다고 힘껏 논했다. 그 문장이 수만 자나 되었다.[1] 글이 다 지어지자 그가 웃으며 말했다.

"이건 아무 쓸모 없소. 다만 사람들 눈이나 속일 뿐이라오."

술잔을 따라 그 글 위에다 붓더니 불태우고는 달아나버렸다.

지금의 임금(고종) 3년(1886)에 프랑스 사람들이 우리나라가 통상을 허락하지 않는다고 해서 군함으로 강화도에 쳐들어왔다가 패하고 쫓겨난 적이 있었다. 그때 나라에서는 문호를 걸어 닫고 지키는 것만 익숙할 뿐 위아래 사람들이 모두 외국의 정세를 알지 못했다. 서양인들을 무서워할 게 없다고 말하는 사람도 있었다. 추금은 매우 걱정스럽게 생각했다.

마침 정 판서와 교리 이건창李建昌이 서로 잇달아 청나라 북경에 사신

1 이 글이 《고환당존고古歡堂存稿》 권4에 실려 있는 〈의삼정구폐책擬三政救弊策〉이다. 2만 9000여 자에 이르는 긴 논문인데, 중국에서도 간행되었다.

문집에 실린 강위의 초상화.

으로 가게 되었다. 함께 가자고 청하자 추금은 기꺼이 따라갔다. 그곳에
가서는 이름난 사대부들과 두루 사귀었는데 가는 곳마다 술이 무르익
으면 반드시 시를 지었다. 청나라의 이름난 선비들이 모두 그를 기이한
선비라고 입을 모아 칭찬하면서 즐겁게 대해주며 관심을 기울였다. 그
래서 중국과 서양의 요즘 사태를 모두 캐어 들을 수 있었다. 그는 돌아
와서 그대로 기록했다.[2]

　13년(1876)에는 우리나라가 일본과 수호조약을 맺었다.[3] 17년(1880)
에는 김홍집金弘集이 수신사가 되어 일본에 갔다. 따라갈 만한 사람을 구

---

2　강위는 55세 되던 1873년에 정건조를 따라갔고, 1874년에는 이건창을 따라갔다. 1873년
　에 쓴 것이《북유일기北游日記》이며, 이때 기록한《북유담초北游談草》도 있다. 1874년에 기
　록한 것은《북유속담초北游續談草》다.
3　강화도조약의 우리 측 전권대신은 신헌申櫶이었는데, 강위는 막후에서 그를 보좌하며 박규
　수와 연락했다.

했는데 누가 추금을 조정에 추천했으므로 백의종사白衣從事케 했다. 여러 해가 지나면서 외교사건은 더욱 많아졌다. 중국과 서양의 외교관 수레들이 끊임없이 날마다 왔다. 추금은 다시 일본에 갔는데, 곧 청나라 상해로 옮겨가서⁴ 외국의 사정을 살펴봤다. 조정에서도 선공감繕工監 가감역假監役⁵이란 벼슬을 주어 그를 권장했다. 서울로 돌아온 지 얼마 안 되어 죽었는데 나이 예순다섯이었다.

추금의 사람됨은 굳세고 결단력이 있었다. 학문에서도 모두 스스로 터득한 것을 중요하게 여겼지 옛 사람이 이뤄놓은 학설을 따르려고 하지 않았다.

그는 금강산에 놀러 갔을 때 한 방 안에 앉아 며칠씩이나 참선했다. 갑자기 깨달음이 있는 것 같자 자리에서 일어나 춤을 추었다. 그러고는 불교서적을 많이 읽었다. 세상을 마음에 두지 않고 깔보았으며 영화와 치욕 따위도 다 잊어버렸다.

높은 벼슬아치나 고귀한 이들이 사람을 보내어 만나자고 청하면 거짓으로 허락해놓고 그들이 대문에 이르면 몰래 달아났다. 오직 가난하고 미천하지만 뜻을 품은 자와 만나 놀기를 좋아했다. 백정이나 거렁뱅이라도 허리를 굽혀 예를 차렸으며, 실컷 술 마시고 우스갯소리와 시 짓기를 잘했다. 세상 돌아가는 일을 논하기 좋아했는데 위를 쳐다보고 아

.............................

4 1882년에 김옥균과 일본에 갔는데, 임오군란이 일어났다는 소식을 듣고 나가사키를 거쳐 상해로 갔다.
5 토목공사를 맡아보던 선공감의 종9품 벼슬.

래를 내려다보며 슬피 탄식하곤 했다.

그때 사람들이 모두 그를 시인이라 여겨서 이황중李黃中, 이상수李象秀와 나란히 칭찬했다. 《고환당집》이 있는데 간행되었으며, 또한 《용학해庸學解》《손무자주평孫武子註評》 따위가 그 집에 간직되어 있다.

_김택영金澤榮 《소호당문집韶護堂文集》

【화가】

⊙ 김시

사포<sup>司圃</sup>¹ 김시(金禔, 1524~1593)는 우리나라에서 이름난 화원이다. 한 번은 금강산에 놀러갔다가 내·외금강을 두루 보고서 가슴속에서 그림을 그리고픈 마음이 넘쳐흘렀다. 그러나 비단 종이가 없어서 그릴 수 없었다.

돌아오는 길에 여관에 투숙했는데, 자루 속에 좋은 종이를 많이 가지고 온 한 선비를 만났다. 사포가 "내가 그림을 좀 그릴 줄 아는데 지금 내·외금강산을 보고 나니 그림을 그리고 싶지만 종이가 없구려. 그대가 만약 종이를 몇 폭 빌려준다면 앉은 자리에서 붓을 휘둘러 그대에게 바칠 테니, 그대 생각이 어떠하오?"라고 했더니 선비가 "지금 이옥산<sup>李玉山</sup>을 찾아가서 그의 그림을 받으려고 종이를 가지고가는 길이니 그대 말

---

1 궁중의 원예, 채소에 관한 일을 담당하는 사포서<sup>司圃署</sup>의 정6품 벼슬.

김시의 그림 〈동자견려도〉.

을 들어줄 수 없구려"라고 말했다.

옥산은 바로 율곡의 아우 우瑀의 호다. 그곳에 살면서 글씨를 잘 쓴다고 이름이 났으므로 그렇게 부르는 것이다. 사포는 실망하고 가버렸다. 선비가 옥산을 찾아가 만나고는 그 일을 말했다.

"선생께 글씨를 받으려고 종이를 많이 가지고 오는 길에 금강산에 놀러왔던 나그네를 만났습니다. 스스로 그림을 잘 그린다고 하면서 종이를 빌려달라고 청하던데, 우습더군요."

옥산이 탄식하기를 마지않으며 말했다.

"지난번에 들으니 김시가 금강산을 구경하러 왔다가 그림을 그리고픈 생각이 속에 가득했다던데, 바로 이 말이었군. 김시는 세상에 뛰어난 화공일세. 이름난 화공을 만나서, 산을 보았는데 그림을 그리고 싶다고 탄식을 듣기는 더욱 어려운 일이지. 그대가 이러한 경우를 만나고도 그대로 지나쳤다니 정말 아까운 일일세."

선비가 비로소 매우 한스러워했다.

_《좌계부담左溪裒譚》

⊙ 이정

　이정(李楨, 1578~1607)의 자는 공간公幹인데, 스스로 호를 나옹懶翁이
라고 했다. 아버지 숭효崇孝, 할아버지 배련陪蓮, 증조할아버지 소불小佛이
모두 그림으로 이름을 떨쳤다. 그가 태어날 때 그의 어머니 꿈속에서 한
금신나한金身羅漢이 품으로 들어오며 말하기를 "그대의 집은 삼대에 걸쳐
세 사람이 모두 부처를 잘 그렸다. 그들이 그린 부처가 수천 구軀나 되었
다. 내가 부처님 뜻을 받들어 그대에게 아들을 주어 보답하리라" 했다.

　그 꿈에서 깨고 나서 아기를 낳았다. 서광이 해를 꿰뚫었는데 아기의
생김새가 꼭 그 나한을 닮았다.

　그의 부모가 일찍 죽어서 작은아버지 흥효興孝에게서 자랐다. 다섯 살
에 저절로 그림을 그릴 줄 알아 붓을 들어 중을 그렸다. 그 모습이 잘되
어서 흥효가 기특히 여겼다. 가법家法대로 가르쳤더니 열 살에 벌써 크게
이루었다.

산수화를 가장 많이 그렸지만 인물화와 부처 그림이 특히 옛 그림에 가까웠다. 그림을 아는 사람들은 그의 할아버지에게 견주기도 하지만 그 정채精彩는 더 낫다고 한다. 그는 열한 살에 금강산에 들어가 돌아오지 않았다.

기축년(1598)에 장안사를 고쳐 지었는데 그가 벽에다 그린 산수화와 천왕상天王像 여러 모습이 다 날아 움직이고 삼엄했다. 난우蘭嵎 주태사朱太史[1]가 그의 그림 〈천고최성千古最盛〉을 보고 "천하에 짝할 사람이 드물다" 하고 칭찬하더니 드디어 그에게서 산수화를 많이 그려 가지고 갔다.

그러나 사람됨이 게을러서 그림을 그리려들지 않았으므로 그의 솜씨가 세상에 전하는 것은 드물다. 정미년(1607) 2월에 술로 병이 들어 평양에서 죽었으니, 아아 슬퍼라.

정은 어렸을 때 어버이를 여의어 아버지 얼굴을 보지 못했으므로 그 얼굴을 그려가지고 아침저녁으로 보면서 울며 절했다. 그 숙부모 섬기기를 친부모같이 하여 조금도 게으르지 않았고, 숙부모 또한 자기 친아들처럼 여겼다.

그는 술을 즐겼고 마음이 활달했다. 글씨도 잘 쓰고 시도 알았는데 다 속기를 벗어나 예사롭지 않았다. 겉보기에는 뒤가 흐려 일을 매듭짓지 못할 듯했지만 그 속은 환히 트이고 조예도 깊었다. 특히 불교에 깨달음이 깊어 그의 이해력이 남보다 뛰어났다.

..........................

1 이름은 주지번朱之蕃. 1605년 겨울에 명나라 황태손皇太孫이 탄생하자 한림원 수찬이던 주지번이 조서를 가지고 사신으로 왔다. 시, 글씨, 그림에서부터 제자백가에까지 통달한 그를 허균이 접대했다.

이정의 그림 〈한강조수도〉.

　비록 가난해서 남에게 얹혀 먹고 지냈지만 옳지 못한 것은 하나도 가지지 않았다. 마음에 맞지 않으면 아무리 권력 있고 지위 높은 사람일지라도 더럽게 여겼다. 마치 자신이 더럽혀지기라도 할까봐 그를 버렸다. 벗인 심우영沈友英, 이경준李耕俊과는 아주 도탑게 사귀어 마치 형제 같았다. 그 두 사람과는 여러 해를 사귀었지만 한 번도 털끝만 한 불의를 보지 못했다.

　좋은 계절이나 아름다운 경치를 만나면 문득 술에 취해 큰소리로 노래를 불렀다. 길 가다가 아름다운 산수를 만나게 되면 시를 읊으며 바라보느라고 집에 돌아가는 것도 잊었다. 남에게 베풀기를 좋아해 추위 떠는 사람을 만나면 옷을 벗어 입혀주었다. 속된 사람들은 그를 어리석다고 비웃을 뿐 돌보지 않았다.

언젠가 권력을 쥔 정승이 그를 불러다 그림을 그리게 하고는 흰 비단을 마련해주고 술까지 잘 대접했다. 정은 일부러 취한 척하고 누웠다가 한참 만에 일어나 그림 한 폭을 그렸다. 솟을대문으로 두 마리의 소가 짐을 가득 싣고 두 사람이 몰고 들어오는 모습이었다. 그러고는 붓을 집어던지고 달아나버렸다. 정승이 화가 나서 그를 죽이려 하자 그는 도망쳐서 평양에 이르렀다. 그곳의 아름다움을 사랑해 차마 떠나지 못하다가 끝내 거기서 죽고 말았다. 임시로 선연동(嬋妍洞, 기생들의 공동묘지)에 묻었다.

나도 세상과는 거리가 멀고 행동에 절제가 없는 것이 그와 마찬가지여서 나이와 벼슬을 따지지 않고 가장 깊이 사랑했었다. 헤어진 지 얼마 되지 않았는데 갑자기 이승과 저승으로 갈라섰으니, 아아 애통하여라.

그가 선禪 이야기를 하고 그윽한 이치를 캐내던 모습을 생각할 적마다 나의 마음이 서늘하게 일깨워진다. 신선과 부처의 진리를 터득하려고 그는 그 깨우침을 위해 문득 먹는 것까지도 잊었다. 아아, 금신나한의 현몽이 아니었더라면 어찌 이런 사람이 태어났을 것인가? 그 또한 기이한 일이기에 이 글을 지어 슬퍼한다.

_허균許筠《성소부부고惺所覆瓿藁》

⊙ 김 명국

 

화가 김명국金鳴國은 인조 임금 때 사람이다. 어느 집안 출신인지는 모르지만 자기 호를 연담蓮潭이라고 했다.

그의 그림은 옛것을 본받지 않고도 심중을 얻었는데 특히 인물과 수석水石을 잘 그렸다. 수묵과 담채淡彩를 잘 썼으며 풍신風神과 기격氣格을 위주로 했다. 세속적인 방법으로 울긋불긋하게 꾸며서 사람들의 눈이나 즐겁게 하는 그림 따위는 절대로 그리지 않았다.

사람됨이 방자하고 절도가 없었으며 우스갯소리를 잘했다. 술을 좋아했는데 한 번에 여러 말을 마셨다. 그는 그림을 그릴 때 반드시 크게 취해야만 붓을 휘둘렀다. 붓을 마음대로 놀릴수록 그 의미가 더욱 무르녹았다.

비틀거리는 속에 신운이 감돌았다. 대개 자기 마음에 든 작품들은 술취한 뒤에 많이 그렸다고 한다.

그의 집에 찾아와서 그림을 받으려는 사람은 반드시 술 한 섬을 가져와야만 했다. 사대부 가운데서도 그를 자기 집으로 불러들이는 사람들이 또한 많았는데 술을 미리 마련해 자기 양에 차게 해준 뒤에라야 붓을 들었다. 그래서 세상에서는 그를 술미치광이라고 불렀지만 그를 아는 사람들은 더욱 그를 기이하게 여겼다.

언젠가 영남에 사는 어떤 중이 커다란 비단을 가지고 와서 명사도(冥司圖, 지옥 그림)를 그려달라고 했다. 가는 베 수십 필을 그림값으로 가져왔다. 명국은 좋아하면서 그 부탁을 받았다. 그 베를 집사람에게 주면서 "이걸 가지고 술값을 삼게. 내가 몇 달 동안 신나게 먹을 수 있게 말야"라고 말했다.

얼마 뒤에 중이 찾아오니 명국이 "그대는 그만 가 있게. 내 맘이 내키면 그려주겠네" 하고 보냈다.

이처럼 하기를 서너 번이었다. 하루는 술을 실컷 먹고 몹시 취하더니 드디어 비단 앞에 앉았다. 생각을 풀어내며 한참이나 똑바로 바라보더니 한 번 붓을 들어 다 그려냈다. 그런데 건물의 모습이며 귀물鬼物의 형색이 삼엄하긴 했지만, 머리채를 꺼두르며 끌고 가는 자나 끌려가면서 형벌을 받는 자, 토막으로 베어지고 불태워지는 자와 절구 찧고 맷돌 가는 자들이 모두 중들이었다.

중이 이 그림을 보고는 깜짝 놀라서 헐떡이며 말했다.

"나 참! 당신은 어쩌려고 내 큰일을 그르쳐놓으셨소?"

명국이 두 발을 앞으로 쭉 내뻗고 웃으며 말했다.

"그대들이 일생 동안 저지른 악업이 바로 세상을 미혹시키고 백성들

김명국이 그린 〈달마도〉.

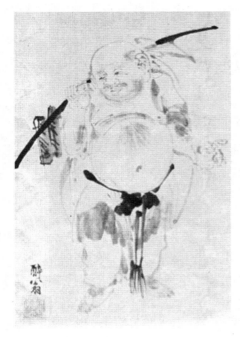

김명국이 일본에서 그린 〈신선도〉.
술을 마시면 취옹이라는 호를 썼다.

을 속이는 짓이니, 지옥에 들어갈 자는 그대들이 아니고 누구겠는가?"

중이 얼굴을 찌푸리며 말했다.

"이 그림은 태워버리시고 내가 준 포목이나 돌려주시오."

명국이 웃으며 말했다.

"그대가 이 그림을 완성시키고 싶다면 가서 술이나 더 사오시게. 내다시 그대를 위해 그림을 고치겠네."

중이 술을 사왔더니 명국이 쳐다보며 다시 웃었다. 술잔에 가득 담아 마시고는 기분 좋게 취했다. 붓을 쥐더니 머리를 깎은 자에게는 머리털을 그려주고 수염을 깎은 자에게는 수염을 그려주었다. 잿빛 옷을 입은 자와 장삼을 입은 자에게는 채색을 입혀서 그 빛깔을 바꿨다.

잠시 뒤에 새 그림이 이뤄지니 그 붓놀림이 더욱 새로워져서 더 구할게 없었다. 명국은 그리기를 마치고 붓을 던진 뒤에 다시 크게 웃으며 잔에 가득 담아 마셨다. 중들이 둘러서서 이 그림을 보며 "당신은 참으로 천하의 신필神筆입니다"라고 감탄하더니 감사하며 절하고 갔다.

그 그림이 아직도 있는데 중들의 보물이라고 한다. 명국이 죽은 뒤에 평양에 사는 조세걸曺世杰이란 제자가 그의 필법을 전수받았다. 수묵화나 인물화를 잘 그린다고 칭찬을 들었지만, 그 신묘한 정수를 얻지는 못했다.

내 나이 열대여섯 살 때 어느 양반의 집에서 그의 제자라는 사람을 만나 그에 관한 얘기를 들었다. 또 마을의 노인들로부터도 〈명사도〉를 그리던 처음부터 끝까지의 얘기를 들었다. 또한 그가 남긴 그림이나 우스갯소리가 남보다 뛰어난 것을 봐서도 그의 사람됨을 상상할 수가 있다.

_정내교《완암집》

⊙ 최북

　　최북(崔北, 1712~1786)의 자는 칠칠七七인데 세상 사람들은 그의 족보
와 본관을 몰랐다. 자기의 이름北을 둘로 나누어서 자字를 만들어 당시
에 행세했다. 그림은 잘 그렸지만 한쪽 눈이 없는 애꾸여서 늘 안경을
쓰고 화첩에 반쯤 얼굴을 대고서야 본그림을 본떴다.

　　술을 좋아하고 놀러다니기를 또한 즐겼다. 금강산 구룡연九龍淵에 갔
다가 너무 즐거워 술을 많이 마시고 몹시 취했다. 통곡을 하다간 웃고
웃다간 통곡을 했다. 그러다가 부르짖기를 "천하 명인 최북이 천하 명산
에서 죽는다" 하더니 곧 몸을 날려 연못으로 뛰어내렸다.

　　그러나 곁에서 구해준 사람이 있어 바닥에까지 떨어지진 못하고 들
것에 실려 산 아래 큰 바위로 옮겨졌다. 숨을 헐떡이며 누웠다가 갑자기
일어나더니 크게 소리를 질렀다. 그 소리가 숲 속 나무들 사이로 울려서
보금자리를 쳤던 새들이 모두 찍찍거리며 날아가버렸다.

칠칠은 보통 하루에 대여섯 되 술을 마셨다. 시장바닥의 술집 아이들이 술병을 날라다주면 칠칠은 그 자리에서 들이마시곤 했다. 집 안에 있는 책 나부랭이, 종이돈 쪽지까지도 모두 술값으로 쥐버리니 살림은 더욱 가난해졌다.

최북은 결국 평양과 동래로 떠돌아다니며 그림을 팔게 되었다. 두 도시 사람들이 비단을 가지고 문지방이 닳도록 줄을 이어 섰다. 어떤 사람이 산수화를 그려달라고 부탁했더니 산만 그리고 물은 그리지 않았다. 그 사람이 괴상히 여기고 따졌더니 칠칠이 붓을 던지고 일어서며 소리쳤다.

"허 참, 종이 바깥은 모두 물이란 말야."

그림이 자기 마음에 맞게 잘 그려졌는데도 돈을 적게 받으면 칠칠은 그 자리에서 성을 내며 욕하곤 자기 그림을 찢어버렸다. 어쩌다 그림이 자기 마음에 들지 않게 되었는데도 그림값을 너무 많이 가져다주면, 껄껄 웃으면서 그 돈을 그 사람에게 집어던져 도로 가지고 문밖을 나가게 했다. 그러곤 손가락질하면서 "저따위 놈들은 그림값도 모른단 말야" 하고 비웃었다.

그는 스스로 호를 '호생자毫生子'라고 했다. 칠칠은 성격이 거만해 남을 잘 따르지 않았다. 하루는 서평공자西平公子와 바둑을 두며 백금百金 내기를 걸었다. 칠칠이 거의 이기게 되자 서평이 한 수만 물러 달라고 했다.

칠칠이 갑자기 바둑알들을 흩트려놓고 판에서 손을 뗀 채 물러앉았다.

"바둑이란 본래 놀자고 하는 건데 만약 물러주기만 한다면 죽을 때까지 한 판도 끝내지 못하겠구려."

최북이 그린 〈표훈사도〉.

최북이 자기 한쪽 눈을 찌른 뒤에 그린 자화상.

그 뒤로 서평공자와 다시는 바둑을 두지 않았다. 하루는 어느 대감의 집에 갔는데, 문지기가 벼슬도 없는 그의 이름을 그대로 부르기 어색해서 사랑채에 들어가 "최 직장直長[1]이 왔습니다"라고 아뢰었다.

칠칠이 성을 내며 "왜 정승이라 부르지 않고 직장이라고 불렀느냐?" 하고 따졌다.

그랬더니 "언제 정승이 되셨습니까?"라고 되물었다.

칠칠이 다시 "내가 직장은 언제 됐느냐? 기왕 없는 벼슬을 빌려서 나를 높여 부르려면 왜 정승 벼슬은 놔두고 직장이라고 부르느냐?" 하더니 주인도 만나보지 않고 돌아가버렸다.

칠칠의 그림이 날로 더욱 세상에 전해지니 세상에서는 그를 '최산수崔山水'라고 불렀다. 그러나 꽃과 새를 더 잘 그렸으며 괴상한 돌과 말라죽은 나무를 미친 듯이 장난삼아 그렸지만 그림쟁이들의 솜씨를 훨씬 뛰어넘었다.

나는 처음에 이단전[2]을 통해 칠칠을 알게 되었다. 언젠가 산방山房에서 칠칠을 우연히 만났는데, 그는 촛불 심지를 잘라가면서 옅은 먹물로 대나무 여러 폭을 그리고 있었다. 칠칠이 내게 말했다.

"나라에서 수군水軍 수만 명을 둔 것은 앞으로 왜놈들을 막으려 하기 때문인데, 왜놈들은 본래 바다 싸움에 익숙하고 우리는 바다 싸움에 익숙지 못하잖소? 왜놈들이 싸우러 와도 우리가 맞싸우러 나가지 않으면

---

1 종7품 벼슬.
2 정조 때의 시인. 패랭이를 쓰고 다녔으므로 사람들이 이패랭이라고 불렀다. 한 말들이 자루를 차고 다니면서 남들이 지은 좋은 글귀를 발견하면 자루에다 집어넣었다.

제 놈들이 저절로 물에 빠져 죽을 텐데 왜 남도 지방의 백성들을 괴롭게 들볶으십니까?"

다시 술을 가져와서 이야기를 나누다 보니 어느새 창밖이 밝아졌다. 세상에선 칠칠을 술꾼이라고도 하고 그림쟁이라고도 한다. 심지어는 미치광이라고도 한다. 그러나 그의 말에 때로는 깊은 깨달음도 있어 이처럼 실용적이다. 이단전이 이런 말도 했다.

"칠칠은《서상기》《수호전》등의 책들도 즐겨 읽었으며 시를 지은 것 또한 기이하고 예스러워 읊을 만합니다. 그런데 감춰두곤 내놓지 않는답니다."

칠칠은 서울 어느 여관에서 죽었는데 그 나이가 얼마인지 기억하지 못했다.

_남공철南公轍《금릉집金陵集》

어떤 높은 벼슬아치가 북에게 그림을 요구하다가 뜻을 이루지 못하자 그를 위협하려고 했다. 북이 노해 "남이 나를 저버리는 게 아니라, 내 눈이 나를 저버리는구나" 하면서 곧바로 한 눈을 찔러서 애꾸가 되었다. 늙은 뒤에는 돋보기안경을 한쪽만 끼었다. 나이 마흔아홉에 죽으니 사람들이 칠칠七七의 참讖이라고 했다.

호산거사는 이렇게 말한다.

"북풍이 매섭기도 해라. 왕문王門의 광대가 되지 않은 것으로도 만족하건만, 어찌 그다지도 스스로를 괴롭혔던가?"

_조희룡《호산외기》

⊙ 김홍도

김홍도(金弘道, 1745~?)의 자는 사능士能이고 호는 단원檀園이다. 풍채가 아름답고 마음이 넓어서 얽매임이 없으니 남들이 그를 가리켜 신선 속의 사람이라고 했다.

산수, 인물, 꽃과 나무, 새와 짐승을 그려 묘한 경지에 이르지 않은 것이 없었는데 신선의 그림이 가장 뛰어났다. 준찰皴擦, 구염句染[1], 구간軀幹, 의문衣紋을 앞사람들의 수법대로 따르지 않고 스스로 하늘로부터 받은 소질을 발휘했다. 신묘한 솜씨가 말쑥하고도 아름다워 사람을 즐겁게 하는 예술의 별조別調였다.

정조 때 임금을 가까이에서 모셨는데, 그림 한 폭을 바칠 때마다 임금의 마음에 들곤 했다. 한번은 임금이 명을 내리시어 커다란 벽에다 바탕

---------------------------

1 준찰은 음양陰陽을, 구염은 농담濃淡을 표현하는 방법.

김홍도 자화상.

칠을 하고 바다 위에 여러 신선들이 모여 있는 그림을 그리게 했다. 내
시에게 진한 먹물 두어 되를 받들게 하고는 모자를 벗고 옷자락을 걷어
올리고 선 채로 마치 비바람이 부는 것처럼 붓을 휘둘렀다. 두어 시간도
못 되어 다 그리고 보니, 물은 어지럽게 파도쳐 집채라도 무너뜨릴 듯하
고, 사람은 터벅터벅 걸어서 구름 속으로 들어가는 듯했다. 옛날의 대동
전大同殿 벽화도 이보다 나을 게 없을 듯했다.

　금강산이 있는 네 고을의 산수를 그리라 명하시고는 각 고을에 영을
내려 경연經筵에서 임금을 모시는 신하처럼 대접하도록 하셨다. 특별한
은총인 것이다.

　음보蔭補로 벼슬이 연풍延豐 현감에 이르렀지만 집이 가난해 끼니를 잇
지 못할 때도 있었다. 하루는 어떤 사람이 매화 한 그루를 파는데 매우

김홍도가 정조의 명으로 금강산 일대를 여행한 뒤에 그려 바친 《금강사군첩》 가운데 구룡연 그림.

기이한 것이었다. 그러나 살 만한 돈이 없었다. 마침 돈 삼천 냥을 보내주는 자가 있었는데 그림을 그려달라는 폐백이었다. 그래서 그 가운데 이천 냥을 떼어 매화를 사고 팔백 냥으로 술 두어 말을 사다가 동인同人들을 모아 매화 턱 술잔치를 베풀었다. 나머지 이백 냥으로 쌀과 땔나무를 사들이니 하루 살림도 안 되었다. 그의 성품이 이처럼 대범했다.

그의 아들 양기良驥의 자는 천리千里이고 호는 긍원肯園이다. 그림 솜씨가 가법家法을 물려받아 산수라든가 집, 나무 따위는 자기 아버지를 넘어섰다. 나와 가깝게 사귀었는데 이젠 죽은 지 두어 해가 지났다.

_조희룡《호산외기》

⊙ 임희지

임희지(林熙之, 1765~?)의 호는 수월도인水月道人이니 중국어 통역관이다. 사람됨이 비분강개해 기백과 절조가 있었다. 둥그런 얼굴에 뻣뻣한 수염을 길렀으며 키는 팔 척이나 되었다. 특출하면서도 속 깊은 모습이 마치 도사나 선인仙人 같았다.

술 마시기를 좋아해 어떤 때는 밥도 거른 채 몇 날씩이고 술에서 깨어나지를 못했다.

대나무와 난초를 잘 그렸는데 대나무는 표암豹菴 강세황姜世晃과 비슷하게 이름을 날렸지만 난초는 그보다 훨씬 나았다. 그림을 그릴 때마다 수월水月이라는 두 글자를 반드시 덧붙였다. 어떤 때는 부적 같은 것을 화제畵題로 그려넣기도 했는데 알아보기가 어려웠다. 글자의 획이 기이하고도 예스러워서 인간의 글자라고는 할 수가 없었다.

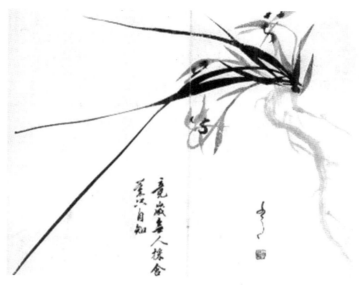

임희지가 그린 〈묵란〉(간송미술관 소장).

그는 또한 생笙을 잘 불었는데 많은 사람들이 그에게서 배웠다. 집이 가난해서 값나갈 만한 물건은 없었지만 그래도 거문고와 칼, 거울, 벼루는 지니고 있었다. 그 가운데서도 구슬로 장식된 옛 붓꽂이는 값이 칠천 냥이나 했으니 살고 있는 집값의 갑절이나 되었다.

그는 또한 첩 하나를 데리고 있었는데 "내 집 뜨락에다 꽃 한 송이 심은 게 없으니 네 이름을 화일타(花一朶, 꽃 한 송이)라고 부르는 게 좋겠다"라면서 그렇게 불렀다.

살고 있는 집이래야 서까래도 몇 개 안 되고 빈터도 얼마 없었지만 사방 몇 자씩 되는 연못을 반드시 파놓곤 했다. 그러나 샘물이 솟아나지를 않았으므로 쌀 씻은 뜨물 같은 것을 쏟아부어서 연못 물이 늘 혼탁했다.

大松筆株溪水貫
其中着人咬泚㳑
生居㝎㝎軒應雲霞
玲瓏之間清凡屃舒畫
道人手柕畫養像観者
水月拋架濤橌奇團所雅
瓷品長吟者獻弖之民此四人
可軟七賢姓名作苕輕汗畔
讀諸品卿动意誰㩎與匕
㵼亲中人

친구 이인문이 그린 〈누각아집도〉. 손에 그림종이를 잡고 물끄러미 바라보는 이가 수월 임희지라고
쓰여 있다.

그래도 그는 언제나 연못가에 앉아 노래 부르며 "내가 수월水月의 뜻을 저버리지 않았으니 저 달이라고 어찌 깨끗한 연못 물만 골라서 비추겠는가?"라고 말했다. 다른 책이라곤 가진 것이 없었지만《진서晉書》한 권만은 꼭 지녔다.

언젠가는 배를 타고 교동喬桐으로 가고 있었는데 바다 한가운데 이르러서 큰 비바람을 만났다. 배가 위험하게 되자 타고 있던 사람들이 모두 어쩔 줄을 모르고 부처나 보살을 찾았다. 그러나 임희지만은 갑자기 껄껄 웃으면서 검은 구름과 흰 파도가 출렁거리는 가운데 일어나서 춤을 추었다.

바람이 고요해진 뒤에 어떤 사람이 그 까닭을 물었더니 "죽음은 늘 있는 것이지만 바다 한가운데서 일어나는 비바람의 장한 경치는 쉽게 볼 수가 없다오. 내 어찌 춤추지 않을 수 있겠소?"라고 대답했다.

그는 이웃집 아이에게서 거위 깃털을 얻어 옷을 엮어 짰다. 달 밝은 밤이면 쌍상투를 틀고 신발도 벗은 채로 깃털 옷을 입고 생을 빗겨 불었다. 그런 모습으로 네거리를 지나갔더니 순라군이 보고서 귀신이라고 놀라며 모두 달아났다. 그 미친 짓거리가 대개 이와 같았다.

일찍이 나를 위해 바윗돌 하나를 그려주었는데, 붓을 몇 번 대지 않고서도 그 윤곽이 드러났다. 그 영롱한 분위기란 참으로 기이한 솜씨였다.

_조희룡《호산외기》

◉ 이재관

 

 

이재관(李在寬, 1783~1837)은 자가 원강元剛이고 호는 소당小塘이며, 석당石塘 이유신李維新의 조카다. 어려서 아버지를 여의고 집안이 가난해서 그림을 팔아 어머니를 봉양했다.

그의 그림은 달리 배운 데가 없었지만 옛 법에 꼭 들어맞았으니 하늘이 내린 재주였다. 안개, 구름, 풀, 나무, 새, 짐승, 벌레, 물고기 등의 그림이 모두 정묘한 경지에 들었고, 특히 전신(傳神, 초상화)에 뛰어나 전후 백여 년 사이에 그 같은 솜씨를 가진 사람이 없었다. 일본 사람들은 동래관東萊館에서 그의 영모翎毛[1]를 해마다 구입해갔다.

태조의 초상화 한 폭이 영흥부永興府의 준원전濬源殿[2]에 모셔져 있었는데, 정유년(1837) 봄에 이재관에게 명해 모사模寫하게[3] 하고 준원전에 다

..........................

1 새나 짐승을 소재로 한 그림.

이재관이 그린 〈송하처사도〉.

시 봉안했다. 그 공으로 특별히 등산첨사登山僉使를 제수했다. 재관은 벼슬을 그만두고 돌아와 병을 앓다가 집에서 죽었는데, 그때 나이 쉰다섯이었다.

나는 시를 지어 곡했다.

이에 찬하노라.

"포의布衣로 임금의 지우知遇를 입음은 천년에 보기 드문 일이고, 임금의 초상화를 모사한 것이 400년 뒤에 있었으니, 시대의 필요에 따라 태어난 것이지 헛되이 이 세상에 태어난 것이 아니다. 꽃과 새 그림 한 줄기가 섬나라 오랑캐에게 전해지고 있다."

내가 예전에 그에게 주었던 시에 "채필彩筆은 일찍이 임금 초상을 그리는 데 이바지했고 꽃과 새 그림은 이미 남쪽 오랑캐 땅에 전파되었네"라고 했으니, 사실대로 쓴 것이다.

_조희룡《호산외기》, 유재건《이향견문록》

..........................

2 함경남도 영흥군 순녕면 흑석리에 있던 전각으로 조선의 발상發祥을 기념한 곳이다. 태조 이성계가 태어난 곳인데, 그의 태胎를 이곳에 묻었다가 1396년에 환조桓祖의 옛집으로 옮기고 주변의 연못을 메운 뒤에 전각을 세웠다. 1443년에 정인지가 태조의 초상을 모신 뒤, 여러 차례 고쳐 세웠다.

3 조희룡이 지은 《호산외기》에 따르면, 전에 있던 초상화는 그 전해(1836) 겨울 도적들에게 훼손되어 그 초상화를 경희궁에 옮겨놓고 모사하게 했다고 한다. 유재건이 조희룡의 글을 인용하면서 이 부분은 줄였다.

⊙ 장승업

장승업(張承業, 1843~1897)의 호는 오원吾園이다. 그 조상은 상원(上元, 황해도 안악군) 사람이니 대대로 무인武人 집안이었다. 일찍이 부모를 잃어서 살림이 매우 어려웠으므로 몸 붙일 곳이 없었다. 총각 때 서울로 떠돌아왔다가 수표교에 사는 동지 이응헌李應憲[1]의 집에서 밥을 얻어먹고 지냈다.

승업이 어려서부터 배우지 못했으므로 글자를 잘 몰랐다. 그러나 똑똑하고 슬기로웠으며 깨우침이 빨라서 때때로 주인집 글 읽는 아이를 따라서 어깨너머로 듣더니 글을 많이 알게 되었다.

그 집엔 원元·명明 이래 이름난 서화가들의 글씨와 그림이 많이 간직

---

1 이응헌(1838~?)의 호는 송서松西인데 18세에 중국어 역관이 되었으며 종2품 동지중추부사까지 올랐다. 추사 김정희의 제자로 〈세한도歲寒圖〉를 그려 받은 이상적의 사위다. 그의 집에 금석문과 골동서화가 많았다.

되어 있어서 이따금 그것들을 펼쳐보면서 그림을 연습하는 사람들이 있었다. 승업도 늘 뚫어지게 바라봤는데 갑자기 전세의 인연이라도 있었던 것처럼 마음속에 무언가 부딪쳐 왔다. 평생 동안 손에 붓 잡을 줄을 몰랐지만 하루는 갑자기 붓을 쥐었다. 손이 나가는 대로 휘갈겼더니 매화도 되고 난초도 되었으며 바위도 되고 대나무도 되었다. 산수도 되고 새, 짐승도 되었다. 모두 자연스럽게 저절로 그려졌으니 귀신이라도 쓴 듯했다. 주인이 이를 보고 매우 놀라 "이게 누가 그린 것이냐?"라고 물었다. 승업이 사실대로 아뢰었더니 주인은 신의 도움이라고 생각하면서 종이와 붓, 먹을 마련해주었다. 그림 그리는 일만 전념하게 했더니 그때부터 드디어 그림으로 세상에 이름이 났다. 멀리서 가까이서 그림을 얻으려는 사람들이 잇달아 찾아왔으므로 수레와 말들이 늘 북적거렸다.

술 좋아하기를 마치 목숨처럼 해서 마셨다 하면 언제나 몇 말이었는데 취해 떨어지지 않고는 끝내지 않았다. 취한 상태로 어떤 때는 몇 달이고 깨어나지를 않았다. 그래서 그림 한 폭을 그리다가 절반만 그린 채로 집어치운 적도 많았다. 벌어들인 돈은 모두 술집에 맡겨두고서 날마다 퍼마셨는데 그 술값이 얼마인지는 계산하지도 않았다. 맡겨놓은 돈이 다 떨어졌다고 술집에서 알려주면 "내가 마실 술만 갖다 바치면 그뿐이지 술값은 따져서 뭐하겠나?"라고 대답할 뿐이었다.

그가 그림을 잘 그린다는 소문이 대궐에까지 들렸다. 고종 임금이 그를 궁궐로 불러들였다. 방 하나를 치우고, 임금이 쓸 병풍 열댓 폭을 그리도록 명령했다. 그러고는 음식을 맡은 책임자에게 주의를 주었다.

장승업이 그린 〈방황학산초추강도倣黃鶴山樵秋江圖〉.

"술을 많이 주지 말아라. 하루에 두세 잔씩만 주되, 그것도 몇 번에 나
누어 주어야 한다."

열흘 남짓 지내다가 승업은 너무 목이 말랐다. 달아나 숨을 생각도 해
봤지만 경계가 엄해서 그럴 수도 없었다. 그래서 그림물감을 사러 간다
고 수문장에게 거짓말을 하고는 밤을 타서 빠져나갔다. 고종 임금이 듣
고는 잡아 오라고 명령했다. 승업이 잡혀 오자 더욱 엄하게 경계하고 그

글자를 잘 몰랐다던 장승업의 글씨.

그림을 마치게 했다.

　승업이 이번에는 자기 옷을 벗어놓고 자기를 지키던 포졸의 옷을 몰래 바꿔 입고 달아났다. 이런 일이 두세 번 일어나자 임금도 성을 내며 포도청 기찰포교譏察捕校에게 명해 그를 잡아 가두라고 시켰다. 이때 충정공 민영환이 옆에 있다가 아뢰었다.

　"신이 평소에 승업과 친했습니다. 청컨대 신의 집에다 가두어서 그 그림을 마치게 해주소서."

　민공이 사람을 시켜서 그 뜻을 알리고 자기의 집으로 꾀어 갔다. 옷과 갓을 모두 벗겨서 감추고는 별당 안에 가둬놓았다. 종에게 엄하게 지키도록 하고는 날마다 술을 넉넉히 바치되 취해 떨어지지는 않게 했다.

　승업도 처음에는 공이 자기를 알아주는 것에 감격해서 마치 정신을 다잡고 나돌아다니는 버릇을 그친 것 같았다. 그림 그리는 일에만 마음을 쏟는 것 같았다. 그러나 얼마 안 되어 마침 공이 대궐에 나아가고 지키는 사람도 조금 게을러진 것을 보고는 갑자기 막걸리집 트레머리 주모가 생각났다. 흐드러지게 마시고 미친 듯 노래 부르고픈 생각에 그대로 있을 수가 없었다. 그래서 별당을 지키는 사람이 낮잠에 깊이 떨어진 틈을 타서 방갓과 상복喪服을 훔쳐 입고 곧장 술집으로 달아나 숨었다. 공이 여러 번 사람을 시켜서 잡아 왔다. 그전처럼 고요한 곳에다 가둬놓았지만 끝내 그 그림을 마칠 수가 없었다. 그는 또한 여색을 좋아하는 성격이었다. 그림을 그릴 때마다 반드시 분단장한 여인과 마주 앉아 술을 따르게 한 뒤에 붓을 휘둘러야만 마음에 드는 그림을 얻는다고 했다.

　나이 마흔 남짓에 처음 아내를 얻었지만 하룻밤 잔 뒤에 갑자기 그를 내버렸다. 그러고는 죽을 때까지 다시는 장가들지 않았다.

광무 황제 정유년(1897)에 죽으니 그때 나이 쉰다섯이었다.

_장지연《일사유사》

【거예】

⊙ 엄한붕

만향재<sup>晚香齋</sup> 엄한붕<sup>嚴漢朋</sup>의 자는 도경<sup>道卿</sup>이다. 초서와 예서를 잘 썼는데, 특히 쌍구법<sup>雙鉤法</sup>으로 붓을 쥐고 잘 썼다. 고금의 서법들을 직접 본떠서 《집고첩<sup>集古帖</sup>》이라 불렀다.

그 아들 계응<sup>啓膺</sup>이 지은 〈금금기<sup>錦衾記</sup>〉에 이런 글이 있다.

"내가 어렸을 때 집안에 비단이불 한 채가 있었다. 어머님께서 "이 이불은 황제께서 너의 아버님께 글씨값으로 내린 것이다"라고 말씀해주셨지만 나는 그 말만 기억할 뿐 그 일에 대해선 자세히 알지 못했다. 그리고 지난 임진년(1772)에 조회하러 갈 때 팔촌 형 만호<sup>萬戶</sup> 대유씨<sup>大裕氏</sup>가 동지사 홍 판서의 수행원으로 북경에 갔었다. (형이 돌아온 뒤에) 소매에서 북경에 다녀온 기록을 꺼내 보여주면서 말했다. "사신의 뒤에서 태화전 동쪽에 있는 등화문을 바라보았더니, 그 곁에 경화문이 있었고 '조선국인 엄한붕서<sup>朝鮮國人 嚴漢朋書</sup>'라는 여덟 글자가 쓰여 있었다. 깜짝 놀라

⊙ 엄한붕

만향재(晚香齋) 엄한붕(嚴漢朋)의 자는 도경(道卿)이다. 초서와 예서를 잘 썼는데, 특히 쌍구법(雙鉤法)으로 붓을 쥐고 잘 썼다. 고금의 서법들을 직접 본떠서 《집고첩(集古帖)》이라 불렀다.

그 아들 계응(啓膺)이 지은 〈금금기(錦衾記)〉에 이런 글이 있다.

"내가 어렸을 때 집안에 비단이불 한 채가 있었다. 어머님께서 "이 이불은 황제께서 너의 아버님께 글씨값으로 내린 것이다"라고 말씀해주셨지만 나는 그 말만 기억할 뿐 그 일에 대해선 자세히 알지 못했다. 그리고 지난 임진년(1772)에 조회하러 갈 때 팔촌 형 만호(萬戶) 대유씨(大裕氏)가 동지사 홍 판서의 수행원으로 북경에 갔었다. (형이 돌아온 뒤에) 소매에서 북경에 다녀온 기록을 꺼내 보여주면서 말했다. "사신의 뒤에서 태화전 동쪽에 있는 등화문을 바라보았더니, 그 곁에 경화문이 있었고 '조선국인 엄한붕서(朝鮮國人 嚴漢朋書)'라는 여덟 글자가 쓰여 있었다. 깜짝 놀라

엄한붕의 글씨로 알려진 누상동 백호정 각석.

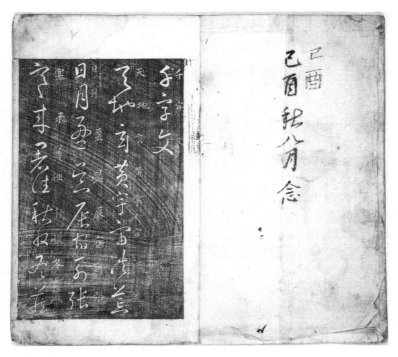

엄한붕이 쓴 초서 《천자문》.

서 물었더니 '예전에 옹정(雍正, 1723~1735) 황제가 조선에서 보내온 자문咨文을 보고는 그 필법이 정묘함에 놀랐지요. 그 뒤 칙사가 가는 길에 붉은 비단 한 필을 폐백으로 보내고 〈경화문景化門〉이란 편액을 써 오게 해서 여기에 걸었지요'라고 답했다." 그 사실을 아는 늙은 역관 또한 "옛날 칙사가 나왔을 때, 향불을 피우고 칙서를 선포한 다음 그 글씨를 가지고 가는 것을 제가 보았습니다"라고 말했다. 그러한 뒤에야 우리 집의 낡은 비단이불이 바로 그때 물건이란 것을 분명히 깨달았다."

_유재건《이향견문록》

⊙ 조광진

 

조광진(曺匡振, 1772~1840)의 자는 정보正甫로, 평양에 살았다. 말을 더
듬어서 스스로 호를 눌인訥人이라고 했다.

집이 가난해서 사방으로 공부하러 돌아다녔다. 원교圓嶠 이광사李匡師
의 글씨를 익혔으며, 나이 들어 크게 깨달았다. 안진경 서법의 정수를
깊이 터득했으며, 전서와 예서에는 금석의 기운이 있었다. 특히 옛 글씨
를 그대로 본뜨는 솜씨가 뛰어났다.

행서와 초서는 유석암劉石菴 같고 지서指書[1]와 예서는 장수옥張水屋 같았
다. 그의 글씨는 쇠를 굽히고 금을 녹여 여느 세상의 글씨와 같지 않았
다. 하늘의 전서인 구름과 번개도 이보다 낫지는 못했다.

지금 쾌재정快哉亭에 걸려 있는 편액은 그가 쓴 예서다. 중국 사신이 보

........................

1 손가락에다 먹물을 묻혀 쓰는 글씨.

集古字

由唐入晉

題

廿三日道中

訥人

조광진이 쓴 글씨.

고는 몹시 놀라 "조선에도 이 같은 대가가 있구나" 하면서 한번 만나보기를 부탁했다.

어떤 사람이 "집이 천리 밖에 있는데다 지금은 벌써 죽었습니다"라고 핑계 대자, 중국 사신이 서운해 마지않으며 탑본을 백 장이나 해갔다.

자하 신공(신위)과 추사 김공(김정희)은 모두 일대의 대가인데 그를 매우 칭찬했다. 추사공은 이렇게 평했다.

"이처럼 예스럽고도 기발하며 위대하고도 빼어난 글씨가 압록강 동쪽 땅에는 아직까지 없었다. 박명博明의 글씨를 모방한 것은 원본과 견주어보더라도 훨씬 더 나은 것 같다. 동기창董其昌의 글씨를 베낀 것도 역시 그 진본과 아주 닮았다. 우리나라 사람의 글씨를 보고 연습해 한 번 나무를 심고 이곳의 바람에 억세어진 자는, 동기창의 글씨에 들어가는 문과 길이 아주 달라서 삐침 하나 물결 하나도 흉내 낼 수가 없다. 그러나 동기창 글씨의 온갖 변화를 따라 쓰지 못하는 것이 없으니 커다란 신통력을 지니지 못했다면 어찌 이렇게 쓸 수 있으랴?"

의석宜石 김 판서가 평양 부윤이 되었을 때 눌인의 큰 글씨 솜씨를 시험해보려 했다. 그래서 연광정에다가 연광정의 크기와 꼭 같도록 몇 묶음의 종이를 이어 붙였다. 정자는 서른 칸이나 되었다.

커다란 붓도 만들었는데 절굿공이로 붓대를 삼았다. 먹물에 붓털을 적시니 마치 소의 허리 같았다. 눌인은 웃옷을 벗고 커다란 노끈을 가져다가 그 큰 붓을 어깻죽지 위에 붙들어 맸다. 먹물을 묻히고 성큼성큼 걸어가는 모습이 마치 개미가 쟁반 속을 걸어가는 것 같았다.

익翼 자 하나를 쓰고 또 전颱 자를 썼다. 보던 사람들이 놀라서 물러났다. 난간이나 섬돌 위에서는 너무 가까워서 잘 썼는지 못 썼는지 분간할 수가 없더니 쉰 걸음 밖에다 걸어놓고 보자 비로소 묘한 짜임새에 깜짝들 놀랐다.

김공이 "전자는 짧고 익자는 길어서 성기고 빽빽한 모습이 서로 비슷해졌다. 우리의 손이나 눈이 미칠 바가 아니다"라고 감탄하더니 많은 상을 주었다.

취미翠微 신태사申太史가 북경으로 데리고 갔을 때 촉蜀 땅의 어떤 선비가 그의 글씨를 얻었다. 그는 글을 지어 눌인에게 감사하며 많은 선물까지 주었다.

_장지완《침우담초》

◉ 차규헌

 

 

차규헌車奎憲의 호는 석계石溪로 눌인 조광진의 문인이다. 대대로 평양
에서 살았는데 어려서부터 뛰어난 재주가 있었다.

그의 아버지는 돈 많은 장사꾼이었는데 호남에 가서 종이를 사가지
고 바다를 건너오다가 큰 바람을 만나 배가 가라앉았다. 그래서 자기 아
들 규헌에게 명해 배 한 척에 실었던 젖은 종이에다 큰 글씨를 연습하라
고 시켰다.

그 많던 종이가 다 없어지자 규헌의 필력이 굳세어졌다. 그런 까닭에
세상 사람들은 그를 차거함車巨艦이라고 불렀다.

그는 사람됨이 천진하고 자기 몸가짐을 단정히 했다. 어려서부터 귀
가 먹었으므로 또 호를 차롱車聾이라고도 했다. 눌인(訥人, 말더듬이)의 제
자 가운데 차롱(차귀머거리)이 있다니, 무슨 의미가 있는 것 같다.

그의 필적은 평양 청류벽에 새긴 것과 기린굴麒麟窟 석 자를 바위에 새

평양 대동강 청류벽에 차규헌이 쓴 "청류벽"
세 글자가 새겨져 있다.

긴 것이 남아 있다. 특히 예서를 잘 썼으니 석암<sup>石庵</sup> 서법을 배워서 소남
이희수와 나란히 이름을 날렸다. 나이 일흔다섯에 죽었다.

_장지연《일사유사》

⊙ 이희수

이희수(李喜秀, 1836~1909)의 자는 상옥尙玉인데, 나중에 유황裕璜이라
고 이름을 고쳤다. 본관은 경주고 호는 소남少南이며 상원 사람이다.

뛰어난 재주를 타고나 다섯 살 때 붓을 쥐고 아홉 살 때엔 글씨로 이
름나니, 세상에서 왕일소王逸少, 우세남虞世南이 다시 태어났다고까지 칭
찬했다. 그래서 그의 아버지가 '소남'이라고 호를 지어준 것이다.

그는 일찍이 눌인 조광진의 수제자인 차규헌과 함께 글씨를 연습해
중봉필법中鋒筆法을 깊이 터득했다. 손에서 붓을 오십 년이나 놓지 않았더
니 손가락 끝에 굳은살이 다 박여 혹이 되었다.

그믐밤 어두운 방에서도 글씨를 쓸 수 있었는데 조금도 어긋남이 없
었다. 배운 노력이 철저하지 않으면 이렇게 될 수 있겠는가? 세상에서
는 그를 신필神筆이라고 불렀다.

그가 쓰는 전서·예서·해서·행서·초서는 각기 사법체四法體가 자유자

재로 변화해 남이 본뜰 수가 없었다.

소남은 성품이 매우 맑고도 고고해서 일찍이 수양술을 배우려고 영동 태백산 속에 들어가 마음을 모아 공부했었다. 그 뒤 호남 천마산으로 옮겨가 거문고와 책으로 스스로 즐기다가 드디어 세상을 마치니, 세상 사람들이 "그가 참선한다"라고 말했다. 죽을 때 나이가 쉰아홉이었다.

그의 표질表姪[1] 해강海岡 김규진金圭鎭이 《경산당유묵景山堂遺墨》을 간행해 세상에 폈다.

_장지연 《일사유사》

---

1 외사촌의 자녀. 김규진은 이희수의 제자이기도 했다.

《의원》

⊙ 안찬

안찬(安瓚, ?~1519)은 중종 때 이름난 의원이었다. 의술이 뛰어나서 예부터 전해오는 처방을 그대로 따르지 않고 자기가 생각하는 대로 고쳤다. 그래도 병 고치기를 귀신처럼 하니 세상에서는 유부俞跗[1]와 편작扁鵲이 다시 태어났다고 칭찬했다.

한번은 어떤 사람이 밤늦게 말을 타고 외출했다가 두 눈가죽이 갑자기 붙어버렸다. 그 때문에 장님이 되고 말았는데, 찬이 약으로 치료했더니 곧 나았다.

또 한번은 어떤 여자가 음문이 갑자기 아프더니, 소나 말의 털처럼 누렇고 검은 털들이 물이 솟듯이 솟아 나왔다. 밤낮으로 그치지 않기에 피를 다스리는 약을 썼더니 곧 그치고 바로 나았다.

..........................

1 유부는 황제黃帝 때 이름난 의원, 편작은 전국시대戰國時代 의원.

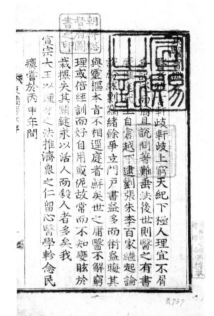

《동의보감》 서문.

　또 어떤 여자가 아침에 양치질을 하는데 혀끝에서 피가 나오기 시작해 며칠씩 그치지 않았다. 찬이 심장 다스리는 약을 지어 먹게 했더니 곧 그쳤다. 그의 신묘한 솜씨를 헤아릴 수 없었는데, 그러한 사적은 김육金堉이 지은 《기묘록己卯錄》에 실려 있다.

　외사씨外史氏[2]는 말한다.

　"의醫란 의意다. 뜻이 이르는 곳에서 신통하게도 고칠 수 있다. 만약 옛

..............................

**2** 이 전기를 지은 장지연의 자칭. 사마천이 《사기》 열전에서 끝부분에 붙였던 인물평 '태사공
　왈太史公曰…'을 본뜬 것이다.

처방에만 얽매여서 그대로 따른다면 그러한 경지에 이를 수 없다. 우리 조선 사람 가운데 박세거, 손사명, 안덕수, 양예수, 허준 등이 모두 의술로 이름났지만 처방을 지은 것은 하나도 없다. 오직 허준이 지은《동의보감東醫寶鑑》이 세상에 가장 알려졌으니 의서醫書의 집대성이라고 말할 만하다. 그 뒤에도 더러 저술한 이들이 있지만 모두《동의보감》의 가지일 뿐이다. 백광현, 안찬 같은 이들은 화타華佗[3]나 편작의 부류여서 옛 처방을 배우지 않고 혼자서 그 묘리를 터득했으니 참으로 의원 가운데 신통한 자로다. 그 뒤에 이익성, 조광일, 이동이란 자가 있었는데 또한 의술로 이름났다."

_장지연《일사유사》

..........................

3 후한後漢 때 이름난 의원. 조조曹操의 시의侍醫가 되었지만 나중에 노여움을 사서 죽임을 당했다.

⊙ 안덕수

안덕수安德壽는 선조 때 이름난 의원이다. 늙고 병이 많아지자 사람들과 자주 만나지 않았다. 그러나 그가 병을 진단하고 약을 쓰게 하면 백에 하나도 잘못이 없었다. 어떤 사람이 나쁜 귀신에 씌어 여러 달 동안 몹시 괴로워했는데 덕수가 약으로 치료했다. 그 증세가 다섯 번 바뀌자 약도 다섯 번 바꿔 썼는데 모두 효험을 봤다. 하루는 꿈속에 한 사람이 나타나서 "내가 그 사람과 조상 적부터 원수가 졌기에 옥황상제께 아뢰어 반드시 죽이려 했소. 그런데 공이 약으로 치료하니 내 장차 공에게 이기지 못하겠소. 날이 밝으면 그 증세가 또 바뀔 거요. 공이 만약 새로운 약으로 다시 바꿔 쓴다면 이번엔 그 복수를 공에게 옮기겠소"라고 말했다.

덕수가 이상하게 생각했는데, 그 집에서 다시 찾아와 병세를 말했다. 덕수는 자기 병을 핑계 대고서 사양했다. 그 사람은 끝내 낫지 못했다.

_장지연《진휘속고》

태의太醫 백광현(白光炫, ?~1697)은 인조 때 태어났는데, 사람됨이 순박하고도 조심스러웠다. 동네에서도 너무나 진실스러워 마치 바보 같았다. 키가 큰 데다 수염이 났으며 눈에서 번쩍번쩍 빛이 났다.

처음엔 말의 병을 잘 고쳤는데 오로지 침鍼만 써서 치료할 뿐이지 방서方書에 근본하지 않았다. 침을 오래 놓아 손에 익자 사람의 종기에도 시험해보았다. 기이한 효험을 많이 보게 되자 드디어 사람 고치는 것만 일삼았다.

이때부터 그는 여염을 두루 돌아다녔으므로 사람들의 종기를 매우 많이 볼 수 있었다. 그의 진단도 더욱 정확해졌다.

대개 종기에 독이 가득 차면 근根이 생기는데 옛 처방으로는 이를 고칠 법이 없었다. 광현은 이런 종기를 보면 반드시 커다란 침을 써서 근을 발라내어 죽을 사람도 살렸다. 처음엔 침을 너무 세게 써서 어떨 때

말을 치료하는 처방인 《마의방》.

말침과 침통. 사람에게 놓는 침보다 훨씬 굵고 투박했다.

1910년부터 내의원으로 사용한 창덕궁 성정각.

는 사람을 죽이기까지 했다. 그에게 효험을 보고 살아난 사람들이 차츰
많아졌으므로 병자들이 날마다 그의 대문에 모여들었다. 광현 또한 의
술 베풀기를 즐겨 해서 더욱 힘쓰고 게을리하지 않았다. 이 비법을 써
그의 이름이 크게 떨쳤으므로 신의神醫라고 불렸다.

숙종 초엽에 어의御醫로 뽑혔는데, 공을 세울 때마다 품계가 더해지곤
해서 종1품에 이르렀다. 벼슬도 현감(종6품)을 지내 여항에서 영예스럽
게 여겼다.

그러나 그는 병자들을 대할 때 귀한 사람과 천한 사람, 가까운 사람과
먼 사람을 가리지 않았다. 부름이 있으면 곧 달려갔고, 가서는 반드시
자기의 정성과 능력을 다했다.

병이 나아진 것을 본 뒤에라야 치료를 그만두었다. 늙고 고귀해졌다

고 해서 게을러지지 않았으니, 그의 치료 솜씨가 그렇게 만든 것이 아니라 그의 천성이 그러했던 것이다.

내 나이 열다섯 때 외삼촌 강군姜君이 입술에 종기를 앓았다. 백태의白太醫을 불러왔더니, 그가 살펴보고는 "어쩔 수가 없소. 이틀 전에 보지 못한 게 한스럽소. 빨리 장례 치를 준비를 하시오. 밤이 되면 반드시 죽을 게요"라고 말했다.

밤이 되니 과연 죽었다. 그때 백태의는 몹시 늙었지만 신통한 진단은 여전했다. 죽을 병인지 살릴 병인지 알아내는 데 조금치도 잘못이 없었다. 그가 한창때는 신기한 효험이 있어서 죽은 자도 일으켰다는 게 헛말은 아니었다.

그가 죽은 뒤에 아들 흥령興齡이 대를 이어 의원이 되었는데 꽤 잘한다고 소문이 났다. 제자 가운데 박순朴淳이란 이가 있었는데 그 또한 종기를 잘 고친다고 이름이 났다.

지금 세상에서 종기를 째고 고치는 법은 백태의에게서 시작되었는데, 그 뒤에 배운 자들은 모두 그에게 미칠 수 없었다. 종기가 생겨서 그 독을 고치기 어렵게 된 사람들은 요즘도 반드시 "세상에 백광현이 없으니 아아, 이젠 죽을 수밖에 없구나"라고 탄식한다.

_정내교《완암집》

지사<sup>知事</sup> 유상<sup>柳瑺</sup>은 젊었을 때부터 의술로 이름이 났다. 재주가 매우 많았지만 아직 묘한 경지에 이르진 못했었다.

마침 영남 관찰사를 따라서 책실<sup>册室1</sup>로 내려갔는데 몇 달을 머무는 동안 아무 할 일이 없었다. 너무나 무료하기에 집으로 돌아가겠다고 순찰사에게 청했다. 금호<sup>琴湖</sup>를 건너 우암창<sup>牛岩倉</sup>에는 아직 이르진 않았는데 종이 변을 보겠다면서 고삐를 내맡겼다.

유상이 채찍을 들어서 한 번 내려치니 노새가 깜짝 놀라 바삐 달아났다. 하루가 다하도록 멈추지 않았다. 이제 날이 저물려는데 갑자기 고개 하나를 넘더니 어떤 집 마루 앞에 멈춰 섰다. 마루 안에 있던 노인이 그 아들을 부르면서 "손님이 나귀를 타고 오셨으니 노새도 잘 먹이고 손님

.........................

1 고을 사또의 비서. 제도에 있는 것이 아니라서 개인적으로 임명해 썼다.

도 잘 모셔라"라고 말했다.

아들이 저녁을 차려오자 유상이 마루에 올라 인사를 나누었다. 주인과 손님이 서로 마주보며 말없이 있는데 잠시 뒤에 귀뚜라미 소리가 들렸다. 주인이 "왔구나"라고 말하더니, 곧 긴 칼을 차고 나서면서 "장자의 서책을 보지 마시오"라고 말했다.

유상이 마음속으로 매우 괴상히 여겨서 다시금 아랫방 쪽을 봤다. 벽 가까이 휘장이 드리워 있는데, 바람을 맞아 저절로 펄럭이는 속에 볼 만한 것이 있는 것 같았다. 곧 일어나서 휘장을 펼쳐보니 상자에 가득하고 책꽂이에 가득 찬 것이 모두 의서醫書였다. 유상이 아무 책이나 펼쳐서 들춰보는데 밖에서 사람의 발자취가 들려왔다. 곧 책을 꽂고 물러났더니 잠시 뒤에 주인이 들어왔다. 주인이 유상을 돌아보며 "아주 무례하게 되었소. 장자의 서적은 보셨소?"라고 묻기에 유상이 사죄했다.

그러곤 칼을 가지고 나갔다 들어온 까닭을 물었더니 주인이 말했다.

"강릉에 벗이 있는데, 나더러 원수를 갚아달라고 부탁하기에 다녀온 거요."

곧 함께 잠자리에 들었는데, 첫닭이 울자 주인이 "빨리 떠나고, 더 머물지 마소"라고 말했다.

유상이 노새를 타자 주인의 아들이 역시 채찍을 한 번 휘둘렀다. 노새는 어제처럼 바삐 달렸다. 한낮이 되어 광주廣州 판교에 다다르자 액정서掖庭署의 아전들이 열댓 명이나 길가에 줄지어 서서, 유상에게 빨리 서울로 들어가자고 재촉하며 "지금 성상께서 마마를 앓으시는데 꿈속에 신인이 나타나서 의원 유상을 부르라 하셨다오"라고 말했다.

유상이 구리개를 넘어서는데 어떤 할미가 마마에 걸렸던 아이를 업고 있었다. 길 가던 사람들이 물었더니 할미가 "이 아이는 흑함黑陷[2] 때문에 숨까지도 막혔었다오. 다들 팔짱을 낀 채 죽기만 기다렸는데 요행히 과거승過去僧을 만나 시체탕柿蔕湯[3]을 달여 먹였더니 효험을 보았다오"라고 말했다.

유상이 '시체탕'이란 말을 듣고 보니, 어젯밤 산속에서 읽은 책에도 역시 '시체탕'이란 말이 있었다. 왕궁에 들어가 임금을 모시고 진찰했더니 할미가 업었던 아이와 같은 증세였다. 그래서 곧 시체탕을 올렸더니 효험이 있었다. 임금의 병환이 깨끗이 낫자 유상이 드디어 이름을 떨쳤다.

또 어떤 책에는 유상이 대궐로 들어가서 숙종의 마마 증세를 진찰하고 저미고猪尾膏[4]를 쓰려 했다고 한다. 그래서 명성대비明聖大妃께 아뢰었더니 대비가 깜짝 놀라면서 "이처럼 독한 약을 임금께 올릴 수는 없다"라고 말했다.

유상이 여러 차례 아뢰었지만 허락하지 않았다. 유상이 소매에 넣고 들어가 임금께 몰래 바쳤더니 여러 증세가 차도를 보이다가 곧 깨끗하게 회복되었다.

풍덕 부사豊德府使가 되어 부임한 뒤에도 숙종이 연포탕軟泡湯[5]을 먹고

..........................

2 마마에 걸려 종기가 나 곪을 때 고름 속에서 출혈이 생기고 빛이 검어지는 증상.
3 감의 꼭지를 달인 약. 딸꾹질에 쓴다.
4 돼지 꼬리에서 받은 피. 마마를 고쳤다.
5 꼬챙이에 꿴 두부를 닭국에 끓인 것.

급히 체하여 숨이 막혔다. 역마를 달려서 유상을 불러오게 했는데 새문
밖에 이르자 늙은 할미의 말이 들려왔다.

"쌀뜨물을 두부에다 떨어뜨리면 차츰 풀어진다오."

대궐로 들어가서 임금께 쌀뜨물을 올렸더니 깨끗하게 나왔다. 이것
또한 기이한 일이다.

_《청구야담靑丘野談》, 유재건《이향견문록》

조광일趙光一의 선조는 태안泰安의 큰 집안이었지만, 집이 가난해져서 떠돌아다니가 합호㈜湖의 서쪽 가에 머물러 살게 되었다. 다른 재주는 없었지만 침을 잘 놓는 것으로 이름이 났으므로 스스로 침은鍼隱이라고 호를 지었다.

그의 발이 일찍이 고귀한 집 대문을 드나든 적도 없었지만, 그의 집 대문에도 출세한 사람의 발자취가 없었다. 그러나 내 일찍이 그의 오두막집 앞을 지나노라니, 이른 아침이었는데도 누더기를 걸친 늙은 할미가 기다시피해 와서 그 사립문을 두드리며 말했다.

"아무개예요. 아무 마을에 사는 백성 아무개의 어미예요. 아무개의 아들이 아무런 병에 걸려 곧 죽게 되었어요. 목숨만 살려주세요."

그가 곧 대답했다.

"그러겠소. 집에 가 있으면 내 곧 가리다."

곧 일어나 그 뒤를 따라갔는데, 길을 걸어가면서도 아무런 어려운 빛이 없었다.

내 일찍이 그를 길에서 만난 적이 있었는데 마침 비가 내려서 길바닥이 질퍽였다. 머리엔 삿갓을 쓰고 발엔 나막신을 걸친 채 달리고 있었다. 그에게 어디로 가느냐고 물었더니 "아무 동네에 사는 백성 아무개의 아비가 병들었는데, 접때 제가 침을 한 차례 놓았지만 효험을 못 보았습죠. 오늘 가겠다고 약속했기에 다시 침을 놓으러 가는 길입죠"라고 답했다.

나는 이상해서 다시 물었다.

"자네에게 뭐 이로울 게 있다고 그토록 힘들게 달려간단 말인가?"

그는 웃으면서 대답 않고 달려갔다. 그의 사람됨이 대개 이와 같았다. 나는 마음속으로 그를 기이하게 여기고 그가 오고 가는 것을 살펴보다가 드디어 그와 가깝게 사귀었다. 그는 인품이 성글고도 까다롭지 않았다. 남과 거슬리는 일 없이 오직 의술 베푸는 것만으로 혼자 즐거워했다.

그의 의술은 약을 달이게 하는 옛 처방을 배운 것이 아니다. 그는 언제나 작은 가죽자루 하나를 가지고 다녔는데 그 속에는 구리침과 쇠침 열댓 개가 있었다. 긴 것, 짧은 것, 둥근 것, 모난 것, 각기 다른 모양이었는데 이것들로 곪은 곳을 째어서 종기를 낫게 했다. 어혈을 통하게 하고 중풍을 움직이게 했으며 절름발이, 곱사등이까지 일으켜 세웠다. 곧 낫지 않는 병이 없었다. 그는 바로 침에 정통해 그 묘체를 터득한 자였다.

내 일찍이 그에게 물었다.

"무릇 의원이란 천한 기술이니 여항에서도 낮은 처지일세. 자네의 능력으로 어찌 고귀한 양반들과 사귀어 이름을 떨치지 않고 여항의 서민들과 함께 노닌단 말인가?"

그가 웃으며 말했다.

"저는 세상의 의원들이 그 의술을 끼고서 남에게 뻐기는 것을 싫어한답니다. 그들은 술과 고기를 차려놓고 기다리며 서너 차례 부탁한 뒤에라야 가보려고 하죠. 또 그들이 가는 곳은 권세가의 집이 아니면 부잣집이죠. 만약 가난하고 힘없는 사람이 부른다면 아프다고 거절하거나 집에 없다고 속입죠. 일백 번 청해도 한 번도 일어나지 않는답니다. 이 어찌 어진 사람의 마음이라고 하겠습니까? 제가 오로지 민간에서만 노닐고 권세가들을 찾아가지 않는 까닭은 이런 의원 나부랭이들을 꾸짖기 위해서랍니다. 저 권세가들일지라도 어찌 우리 의원들을 깔보겠습니까? 제가 애틋하게 여기는 사람들은 오직 여항의 가난한 백성들뿐입니다. 제가 침을 놓으면서 사람들을 찾아다닌 지 십여 년이 되었습니다. 온전히 살린 사람만 세어보더라도 천 몇백 명을 밑돌진 않을 것입니다. 제 나이가 지금 마흔 남짓인데, 앞으로 수십 년을 더 산다면 만 명은 살릴 것입니다. 살린 사람이 만 명만 된다면 제 일은 끝납니다."

나는 그 말을 듣고 탄식했다.

"요즘 사람들은 한 가지 능력만 있어도 세상에 팔리기를 구한다. 남에게 조그만 혜택이라도 베풀면 채권을 손에 쥐고서 값을 내놓으라고 독촉한다. 권세와 이익 사이를 어정거리며 살피다가 아무것도 얻는 게 없으면 침을 내뱉고 돌아보지도 않는다. 그러나 조생趙生은 의술이 높건만 명예를 구하지 않았고, 널리 베풀었건만 그 보답을 바라지 않았다. 달려온 사람이 위급하다면 가난하고 권세 없는 사람일지라도 반드시 먼저 치료해주었다. 천 명을 살리면 반드시 귀신의 도움을 받는다고 들었는데, 그에게도 이 나라에 그 후손이 있을진저."

_홍양호洪良浩《이계집耳溪集》

⊙ 이동

이동李同은 그 이름을 알지 못해 어렸을 때의 자子로 불렸다. 눈으로는 글자 하나 못 읽었지만 종기를 고치는 의원으로 이름이 세상에 퍼졌다. 그가 치료하는 법은 침과 뜸 말고는 손톱, 터럭, 오줌, 똥, 침, 때 따위뿐이었다. 비록 풀이나 나무, 벌레, 물고기를 쓰더라도 모두 한 푼에 지나지 않았다. 남에게 늘 "사람의 한 몸 안에 스스로 좋은 약을 갖추고 있으니 어찌 밖에 있는 물건을 빌려다 쓰랴?"라고 말했다.

정조가 한번은 치질을 앓아서 이동에게 명해 보게 했다. 동이 삿갓을 벗고 고개를 수그린 채 엎드려서 상처를 살펴보는데 머리털이 다 벗겨져서 상투를 할 수 없었다. 임금이 웃으면서 탕건을 주어 가리게 하고 치질이 다 아문 뒤에 호조의 돈 십만 전을 내려주었다. 사람들이 영광으로 여겼다.

한번은 어느 집에 가서 주인과 이야기하다가 안에서 부인이 기침하는 소리를 듣고 "이 사람이 내옹증內癰症에 걸렸구나"라고 말했다.

주인이 깜짝 놀라면서 "이는 내 누님이오. 전에는 아주 건강했는데 어떤 병인가요?"라고 물었다.

"그 기침소리를 들으니 종기가 아주 심하게 곪았소. 며칠만 지났어도 고칠 수 없었으리다."

주인이 고쳐달라고 해서 침으로 옆구리를 찔렀더니 과연 몇 되나 되는 고름을 통하고는 병이 나았다. 그 신통한 솜씨가 대부분 이와 같았다.

늙어서 눈이 어두워지자 손으로 상처를 더듬어 치료했는데 백 번에 한 번도 어긋나지 않았다.

호산거사는 말한다.

"내 일찍이 들으니 동이 젊었을 때 가난해서 살림할 수 없었으므로 임국서林國瑞의 마부가 되었다고 한다. 그 실마리만 얻어 듣고도 그러한 솜씨를 터득했다고 하니, 그렇다면 국서란 과연 어떠한 의원이던가. 옛 처방을 읽어 죽을 때까지 그대로 행했지만 남다른 솜씨가 있다는 소문은 듣지를 못했다. 그런데 동은 배우지 않고도 그러한 의술을 내쳐 터득하고 도리어 그를 아래에 두었으니 어찌 그다지도 신통하단 말인가? 그는 쇠오줌, 말똥, 다 떨어진 북의 가죽 쪼가리로 옥찰玉札, 단사丹砂, 적전赤箭, 청지靑芝의 쓰임새에 대신하니, 아아, 역시 기이하도다.

어떤 사람들은 그가 옛 처방을 따르지 않고 천한 물건을 쓴다고 비웃었다. 그러나 허윤종許胤宗의 방풍防風, 조경趙卿의 개초芥醋, 전을錢乙의 황토, 갈가구葛可久의 오동잎 등이 어찌 옛 처방이고 귀했단 말인가? 동이 쓰는 약재를 남들이 어쩌다 써보고 잘 듣지 않으면 문득 비난했다. 옛사람들이 증세에 따라 약을 짓던 그 책들이 집에 가득하다. 지금 그 옛 처방에 따라 치료한다면 천하의 병이 다시 옛날로 돌아가지 않겠는가? 그래서 '같은 증세에도 다른 병이 있고 같은 병에도 다른 증세가 있으니, 오직 의원이 생각하는 대로 처방을 낼 뿐이다'라고 말하는 게 어떠한가? 만약 옛사람이 설명하지 않았던 증세가 나타난다면 장차 어떻게 치료하겠는가? 의意는 박博보다 어렵고, 박은 이理보다 어렵다. 의원이 그 의意만 얻는다면 바야흐로 국수國手라고 불릴 것이다. 가탐賈耽의 슬하瘻, 서사백徐嗣伯이 침으로 황달을 고친 것, 서지재徐之才의 합정哈精, 주고周顧의 이무기가 바로 이러한 예다."

_조희룡《호산외기》

⊙ 피재길

피재길皮載吉은 의원의 아들이다. 그 아버지는 종기 고치는 일을 했는데 약도 잘 썼다. 아버지가 죽을 때 재길은 나이가 아직 어려서 아버지의 의술을 이어받지 못했다. 어머니가 보고 들은 여러 처방을 그에게 가르쳤다. 재길은 일찍이 의서를 읽지 않았으므로 다만 약재를 모아 고약을 다리는 법만 알 뿐이었다. 종기를 고치는 온갖 고약을 팔러 여염을 돌아다니면서도 감히 의원들과 나란히 서려고 생각하지 않았다. 사대부들이 소문을 듣고 그를 불러다 그의 고약을 써봤는데 매우 효험이 있었다.

계축년(1793) 여름에 정조 임금의 머리에 헌데가 났다. 여러 가지의 침과 약을 써봤지만 오래도록 낫지 않았다. 헌데가 얼굴과 턱 여러 곳으로 퍼졌다. 그때 한창 무더워서 침전이 평안치 못했다. 여러 어의들이 어쩔 줄을 모르고 대신들도 날마다 줄지어 모여들었다. 기거주起居注[1] 가운데 재길의 이름을 아뢴 자가 있어서, 그를 불러들여 물으라고 명했다.

재길은 미천한 처지였으므로 떨면서 땀만 흘릴 뿐 대답을 하지 못했다. 좌우에 있던 여러 의원들이 모두 속으로 비웃었다. 임금께서 가까이 다가와 진찰하게 하셨다.

"두려워 마라. 너의 솜씨를 다하라."

재길이 말했다.

"신에게 한 가지 처방이 있는데 써볼 만합니다."

물러가 약을 지어 바치라고 명했더니, 웅담을 여러 가지 약재와 함께 볶아서 고약을 만들어 붙였다. 임금께서 "며칠이면 낫겠느냐?" 물으셨더니 "하루면 통증이 멎고, 사흘이면 다 나을 것입니다"라고 대답했다. 정말 그 말대로 나았다. 성상께서 약원藥院에 유지를 내렸다.

"전해 오는 약에서 조금 벗어나긴 했지만 지난날의 괴로움을 잊었다. 뜻밖에도 요즘 세상에 숨은 솜씨와 비장된 의서가 있으니, 의원도 명의라 말할 만하고 약도 신약이라 말할 만하다. 그의 수고를 갚을 방법을 의논하라."

약원의 신하들이 계를 올려서 '우선 내침의內針醫를 맡게 하고 6품복六品服을 내린 뒤에 정직正職을 주십사' 하고 청했다. 성상께서 허락하시고 즉시 나주 감목관監牧官[2]을 제수했다. 약원의 여러 의원들이 모두 놀라

...........................

1 임금을 좌우에서 모시며 그 언행을 기록하는 사관史官.

2 지방의 목장에 관한 일을 맡아보던 종6품 관원. 대개 부사나 첨사가 겸직했다. 중인이나 서얼이 수령에 천거되려면 먼저 감목관을 지내기도 했다.

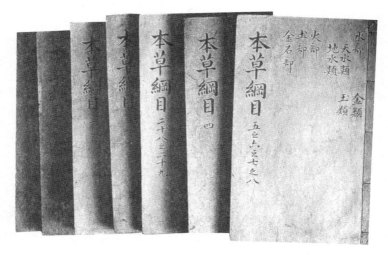

중국 명나라 때의 본초학자 이시진李時珍이 엮은 약학서《본초강목本草綱目》.

감복했으며 두 손을 맞잡고 그에게 맞서기를 사양했다. 이로부터 재길
의 이름이 온 나라 안에 퍼졌으며, 웅담고약이 천금의 처방이 되어 세상
에 전해졌다.

_《청구야담》

이익성李益成은 정조 때 사람이다. 젊었을 때 가난했으므로 어느 벼슬
아치의 집에 식객으로 있었다. 마침 허조許照를 불러다 병을 보이게 되었
다. 허조는 뛰어난 의원이었는데, 익성에게 담배불을 붙여 올리라고 시
켰다. 익성이 성을 내며 붙이지 않고 말했다.

"내 비록 미천하지만 어찌 당신에게 종놈의 짓을 하겠소?"

그러고는 그곳을 떠나가버렸다. 그때부터 의술醫術을 배운 지 10년 만
에 훌륭한 의원이라고 소문이 났다. 어느 고귀한 사람이 양명陽明을 앓
았다. 허조가 치료했지만 몇 달이 되도록 효험이 없었다. 그래서 익성을
청해다 진맥케 했다. 허조 역시 그 자리에 있었지만 익성은 일부러 모르
는 척하고 말했다.

"고칠 수 있는 약이 한 가지 있는데 허조 같은 국수國手가 어찌 한 번
도 시험해보지 않았을까?"

그 귀인이 말했다.

"내 병이 이젠 다 죽게 되었소. 놀리지 말고 빨리 처방이나 말하시오."

그래서 익성이 붓을 들고 백호탕白虎湯이라고 처방을 쓰자, 허조가 자리를 바꿔 손을 잡으며 말했다.

"내가 허조요. 내 어찌 이런 처방이 있는 걸 모르리오만 내 너무 늙고 겁나서 감히 못 썼다오."

소매로부터 종이 한 장을 꺼내는데 과연 '백호탕'이라고 쓰여 있었다. 허조가 "이 사람에게 첫째자리를 내어놓아야겠소"라고 말하더니 그때부터 다시는 의원 노릇을 하지 않았다. 백호탕을 한 번 올리니 병이 곧 나았다.

어느 벼슬아치의 아들이 나이 겨우 스물이었는데 하룻밤에 갑자기 벙어리가 되었다. 여러 의원들이 고치지를 못했다. 익성도 가서 보았다. 안뜰을 지나노라니 남쪽 추녀 위에 구리그릇 대여섯이 늘어선 게 보였는데 엽전으로 가득 차 있었다. 익성이 괴상하게 생각하고 물었더니 그 아비가 말했다.

"늙은 아내가 답답해서 점쟁이에게 점쳐보게 했더니 '귀신이 빌미가 되었다'는군요. 그래서 이 돈으로 푸닥거리를 할 참이라오."

익성이 웃으며 말했다.

"제가 한갓 용한 의원일 뿐만 아니라 푸닥거리도 잘한답니다. 구태여 멀리서 무당을 불러올 필요가 있겠습니까?"

그 구리그릇들을 앞으로 옮겨다 늘어놓고는 한 푼을 가져다 파두巴豆 몇 알을 사오게 했다. 벙어리 된 아들의 콧구멍에다 넣어주었더니 잠시 뒤에 재채기를 한 번 하며 곧 말문이 틔었다. 그 까닭을 물었더니 이렇게 말했다.

"소년이 밤중 노곤한 터에 욕화慾火가 치밀어 오르면 폐肺는 금金인 까닭에 벙어리가 된답니다. 파두의 성질이 뜨거운 까닭에 화火로 화火를 친 거지요."

그 정민함이 모두 이와 같았다. 그는 기백과 절조가 있어서 비록 가난하고 미천한 말먹이 머슴일지라도 힘을 다해 고쳐주었다. 그러나 예절로 대해주지 않으면 비록 고귀한 재상에게도 굽히지 않았다.

_조희룡《호산외기》

⊙ 이희복

동지중추부사同知中樞府事 이희복의 자는 자후子厚인데, 유복자였다. 어머니가 병이 많았으므로《경악전서景岳全書》[1]를 읽어 그 이치를 깊이 깨달았다. 많은 약을 써서 효험을 봤고 끝내 장수를 누리게 해드렸다.

내가 젊었을 때 의술에 뜻이 있어 자주 그에게 가서 의논했다. 그는 늘 장경악의 높은 견해를 칭찬했다. 단계丹溪, 하간河間[2]의 잘못을 능히 씻어 명나라 첫째의 훌륭한 의원이라고 칭찬했다.

그의 의술은 대개 보약을 먹어 정력을 돕는 게 위주였다. 인삼, 숙지황을 치세治世의 양상良相으로 쳤고, 대황大黃, 부자附子를 난세의 양장良將으로 여겼다.

.............................

1 경악은 명나라 의학자 장개빈張介賓의 호다. 그가 지은《경악전서》는 모두 64권이나 되는 의서인데, 〈상한전傷寒典〉〈전충록〉 등의 편이 있다.
2 단계는 원나라 의학자 주진형朱震亨의 호, 하간은 금나라 의원 유완소劉完素의 칭호다.

그가 지은 〈전충록傳忠錄〉 〈구정록求正錄〉 등의 책들은 모두 〈소문素問〉 〈영추靈樞〉를 근본으로 했으며 상한傷寒은 장중경3의 설을 위주로 했다. 요즘 그 책들을 사들여서 그 치료법을 쓰는 자들이 많아졌는데 큰 효험이 있었다고 한다.

_유재건《이향견문록》

..............................

3 중경仲景은 후한後漢 말의 의학자 장기張機의 자다.《상한론》이라는 의서를 썼다.

◉ 김응립

　김응립金應立은 영남의 천민이다. 낫 놓고 기역 자도 몰랐지만 영남에
선 신통한 의원으로 이름났다. 그의 의술은 맥을 짚어보지 않았고 증세
를 물어보지도 않았다. 형태를 보고 얼굴색만 살피고도 그 병의 빌미를
알아냈다. 그가 처방 내린 약은 흔히 쓰이는 약재가 아니었다.

　이락李鉻이 금산 사또가 되었는데, 그 며느리가 문을 들어서자마자 매
우 심하게 기침을 했다. 이락 또한 의술에 밝은지라 이것저것 약을 써보
았다. 그러나 응립을 불러서 물었더니 "얼굴빛을 한 번만 보면 약을 쓸
수 있겠습니다. 그러나 감히 청하기 어려운 일이지요"라고 말했다.

　이락이 "지금 죽을 지경에 이르렀는데 한 번 보는 게 어찌 어렵겠
나?" 했다.

　응립이 문 안에 들어와 뚫어지게 보고는 "이것은 아주 쉬운 병입니
다. 위장 안에 날것이 체해서 이렇게 됐답니다. 엿 몇 조각을 물에 녹여

마시면 반드시 토해낼 것입니다"라고 말했다.

엿물을 마신 지 얼마 안 되어 가래 한 덩이가 토해져 나왔다. 쪼개어 봤더니 그 가운데 조그만 가지 하나가 있었는데 조금도 상하지 않았다. 병자에게 물었더니 "열댓 살 때 가지를 따 먹다가 잘못 삼켰습니다" 했는데 바로 이것이었다.

이락의 조카사위가 여러 해 동안 고질병에 걸려 응립에게 진찰하도록 했다. 그는 보고 웃으며 "다른 약을 쓸 필요가 없습니다. 지금 가을철이 되어 나뭇잎이 떨어지니, 어떤 나무건 가리지 말고 썩지 않은 이파리 몇 삼태기를 골라 큰 솥 대여섯 개에 달이십시오. 조금씩 물이 졸아들어 한 사발이 되면 수시로 드십시오"라고 말했다. 그 말대로 했더니 과연 효험을 봤다.

또 한 사람이 병들었는데 마치 활을 당긴 모양처럼 되었다. 응립이 보고 종이로 침을 만들어 콧구멍을 찌르게 했다. 숨을 들이쉬게 하기를 하루 종일 했더니 병이 나았다. 그가 처방 내린 약이 모두 이와 같으니 또한 기이한 일이다.

_《청구야담》

역관

⊙ 이화종

중종 때 중국 사신을 접대하는 잔치를 열었는데, 중국 사신은 꽃을 머리에 꽂았지만 우리 임금은 잊어버리고 꽃을 꽂지 않았다. 중국 사신이 "손님과 주인이 함께 즐기는데 국왕께서는 어찌 꽃을 꽂지 않으십니까?" 물었는데 갑자기 대꾸할 말이 없었다. 그때 어전통사御前通事[1] 이화종李和宗이 임금의 뜻으로 말하길 "꽃은 노인의 머리에 얹혀지길 부끄럽게 여길 것입니다. 그래서 아직 꽃을 머리에 꽂지 않았을 뿐입니다"라고 했다. 중국 사신이 매우 기뻐했다.

_이수광李睟光《지봉유설芝峰類說》

명나라 무종이 남쪽 지방을 순행할 때 이화종이 역마를 타고 남경 행

..........................

1 임금 앞에서 통역하는 역관.

재소行在所2까지 갔다. 돌아오는 길에 고우高郵 물가에 이르자 말이 지쳤으므로 짐을 벗겨놓고 모래 가운데 앉았다. 모래 위에 드러난 뼈가 있었는데 여섯 마디 굴곡이 있고 빛깔은 눈처럼 희었다. 짐짓 말다래 속에 감춰두었다.

북경에 가보니 거간꾼들이 물건을 펴놓고 값을 매겼다. 화종이 그곳에 가서 그 뼈를 내어놓고 자랑하니 어떤 장사치가 보고는 절을 하며 말했다.

"이것은 이무기의 척추뼈인데 이 속에는 큰 구슬 여섯 개가 있습니다. 참으로 값을 매길 수 없는 보물이지요."

그래서 바삐 톱질하여 쪼개보니 과연 크기가 복숭아씨만 한 구슬 여섯 개가 들어 있었다. 곧 값을 천금으로 정하고 비단과 바꿔 갔다. 화종이 "이것은 하늘이 준 것이다. 어찌 나 혼자만 가질 수 있겠는가?"라고 말하며 모두 일행들에게 나눠주었다. 또 종들에게도 나눠주었다. 두 사신 남곤南袞과 이자李耔가 기특히 여겨 시를 지어주며 칭찬했다.

_허균《성옹지소록惺翁識小錄》

⊙ 홍순언

홍순언洪純彦은 젊었을 때 뜻이 컸고 의기가 있었다. 한번은 북경으로 가는 길에 통주에 이르러 밤에 청루에서 놀았다. 자태가 특별히 아름다운 한 여자를 보고 마음속으로 기뻐서 주인 할머니에게 부탁해 서로 즐기기를 청했다. 순언이 그 여자의 옷이 흰 것을 보고 그 까닭을 물었더니 "첩의 부모는 본래 절강 사람인데, 서울에서 벼슬하다가 불행히도 염병에 걸려 모두 돌아가셨습니다. 나그네 길의 관이 여관집에 있지만 첩 한 몸뿐이라서 고향으로 옮겨 장사지낼 돈이 없으므로 어쩔 수 없이 제 몸을 팔게 되었습니다"라고 말을 마치자 목메어 울며 눈물을 떨어뜨렸다.

순언이 불쌍히 여겨 장사지낼 비용을 물으니 "삼백 금이면 됩니다"라고 했다.

곧 돈자루를 다 털어주었지만 끝내 그 여자를 가까이하지 않았다. 여자가 순언의 이름을 물었는데도 끝내 이름을 말해주지 않자 여자가

"대인께서 성명을 말씀해주지 않으신다면 첩 또한 주시는 것을 감히 받을 수 없습니다"라고 말했다. 그래서 성만 말해주고 나왔다. 동행 가운데 물정 모르는 짓이라고 웃지 않는 자가 없었다. 여자는 나중에 예부시랑禮部侍郎 석성石星의 후처가 되었다. 성은 순언의 의로움을 높이 여겨, 우리나라 사신을 볼 적마다 반드시 홍 역관이 왔는지 물었다.

순언은 고국으로 돌아왔지만 공금의 빚을 갚지 못한 것 때문에 잡혀서 여러 해 동안 옥에 갇혀 있었다. 이때 우리나라에서 종계변무宗系辨誣[1] 때문에 전후 열댓 명의 사신이 중국에 다녀왔지만 아무도 허락받지 못했다. 임금이 노해 교지를 내렸다.

"이것은 역관의 죄다. 이번에 가서도 또 청을 허락받지 못하고 온다면, 수석 역관 한 사람을 반드시 목 베겠다."

그래서 모든 역관들 가운데 감히 가기를 원하는 자가 없었다. 역관들이 서로 의논했다.

"홍순언은 살아서 옥문 밖으로 나올 희망이 없다. 그가 빚진 돈을 우리들이 갚아주고 풀려 나오게 해서 그를 중국으로 보내는 게 좋겠다. 그는 비록 죽는다 하더라도 한스러울 게 없을 것이다."

모두들 함께 가서 그 뜻을 알리니 순언도 기꺼이 허락했다.

.............................

1 명나라 《태조실록》과 《대명회전大明會典》에 조선 태조 이성계가 고려 권신 이인임李仁任의 아들이라고 잘못 실려 있었다. 조선에서 이 기록을 사실대로 고쳐달라고 여러 차례 사신을 보냈지만, 명에서는 《태조실록》을 고칠 수 없다고 거절했다. 1584년 5월 황정욱이 사신으로 가서야 제대로 고쳤다. 1588년 명나라 칙사가 고쳐진 《대명회전》을 가지고 돌아오자, 선조는 친히 모화관까지 나가서 맞아들였다. 종묘에 아뢰고 전국에 대사령까지 내렸다.

선조 갑신년(1584)에 순언이 황정욱黃廷彧을 따라서 북경에 이르러 바라보니 조양문 밖에 비단 장막이 구름처럼 펼쳐 있었다. 한 기병이 쏜살같이 달려와서 홍 판사가 누구시냐고 묻더니 "예부의 석 시랑이 공께서 오신다는 말을 듣고 부인과 함께 마중 나왔습니다"라고 말했다.

조금 있다가 보니 계집종 열댓 명이 부인을 에워싸고 장막 안으로부터 나왔다. 순언이 몹시 놀라 물러서려 하자 석성이 말했다.

"당신이 통주에서 은혜 베푼 것을 기억하십니까? 내 아내의 말을 들으니 당신은 참으로 천하에 의로운 선비입니다."

부인이 곧 무릎을 꿇고 절하기에 순언이 굳이 사양하니 석성이 "이것은 보은의 절이니 당신이 받지 않을 수 없습니다" 했다. 그러고는 크게 연회를 베풀었다.

석성이 "조선의 사신이 이번에 온 것은 무슨 일 때문입니까?" 물었다. 순언이 사실대로 대답했더니 "당신은 염려하지 마십시오"라고 말했다. 여관에 머무른 지 한 달 남짓한 동안에 사신으로 온 일은 과연 청한 대로 허락되었다. 석성이 그 바탕을 마련해준 것이다.

순언이 돌아올 때 부인이 자개상자 열 개에다 각각 비단 열 필을 담아주며 "이것을 첩의 손으로 짜가지고 공께서 오시길 기다렸습니다"라고 말했다. 순언이 사양하며 받지 않고 돌아왔지만, 깃대를 든 자가 압록강까지 와서 그 비단을 놓고 갔다. 비단 끝에는 모두 '보은報恩' 두 글자가 수놓여 있었다.

순언이 돌아오자 나라에서는 광국이등훈光國二等勳을 기록하고 당릉군唐陵君에 봉했다. 사람들은 그가 사는 동리를 보은단동報恩緞洞[2]이라 했다.

그의 손자 효손孝孫은 숙천 부사가 되었다.

_정태제鄭泰齊《국당배어菊堂俳語》, 이긍익李肯翊《연려실기술燃藜室記述》


역관 홍순언이 만력 병술, 정해년(1586~1587) 사이에 사신 일행을 따라서 중국 북경에 들어갔다. 그때 청루가 하나 생겼는데 문 위에는 '은 천 냥이 없으면 함부로 들어오지 못한다'라고 방이 붙어 있었다.

중국의 탕아들도 모두들 값이 비싸서 감히 들어갈 생각을 못했다. 순언이 그 소문을 듣고서 "그 부르는 값이 그만큼 비싸다면 반드시 뛰어난 미인이겠지" 생각하고는 시험 삼아 그 집에 들어가 자세히 물어봤다.

그 여자는 노리개감 창녀가 아니라 아무개 시랑의 딸이었다. 그 아버지 되는 시랑이 공금 수만 냥을 훔쳐 쓰고는 지금 옥에 갇혀 있는데, 법에 의해 집 재산을 모두 빼앗기고 외갓집 재산까지 다 빼앗아 갔지만 아직도 삼천 냥이 모자란다고 했다. 그에게는 아들이 없고 오직 딸 하나만 있었는데 얼굴과 재주가 다른 집 여자들보다 뛰어났다. 그 딸이 슬픔과 원통함을 이기지 못하고 자기 몸을 팔아서 아비의 목숨을 구하고자 했다.

순언이 그 얘기를 듣고는 불쌍히 여겼다. 감히 그 여자를 보려 하지도 않고 곧바로 문을 나왔다. 일행 가운데 여러 사람의 보따리를 털고 보니 수천 냥이 있었다. 그것을 청루로 보내고는 그대로 사신 행차를 따라서 나아갔다.

..........................

2 보은단동(보은단골)이 고운담동(고운담골, 곤담골)으로 바뀌었다. 나중에 한자로 미장동 美墻洞이 되었다. 지금의 조선호텔과 조흥은행 가운데 있던 동네. 행정 명칭은 남대문로 1가다.

보은단동이라는 발음이 변해 고운담동, 고운담골로 불리다가 한자로 미장동으로 표기되었다. 홍순언이 살던 집터가 롯데호텔 자리인데, 정문 앞에 표석이 설치되었다.

여자는 몸을 버리지도 않고 천금을 얻어서 공금을 채우고는 아비의 목숨을 구했다. 홍순언의 은덕에 감격해 칭송하며 마음속 깊이 새겨 잊지 않았다. 청루 생활을 끝내고 집으로 돌아온 뒤에 상서尚書 석성의 후처가 되었다. 비단을 짜면서 매필마다 '보은報恩'이란 두 글자를 수놓았다. 사신 편이 있을 때마다 거듭 보냈는데 해마다 그만두지를 않았다.

임진년(1592) 왜놈들이 우리나라에 쳐들어왔을 때 선조 임금은 의주까지 피난 갔다. 오로지 대국에 사신을 보내 구원을 청할 뿐이었는데 이때 순언이 또한 따라가게 되었다. 석성은 마침 병부상서로 있었는데 홍역관의 높은 의리를 부인에게서 익히 듣고 있었다. 부인도 홍 역관이 들어온다는 소식을 듣고는 상서에게 간절히 부탁해 홍 역관이 청하는 것을 이뤄달라고 했다.

석 상서가 위에 아뢰자 황제가 조정에 지시해 특별히 이여송 제독을 파견하라고 했다. 삼십여 명 장군과 수만 명 병마를 거느리고 조선을 구원하게 했다. 또한 양곡과 은자를 내려 그들을 접대하게 하니 마침내 왜구의 난리가 소탕되었다.

이것은 참으로 신종 황제가 우리 백성을 사랑해 다시 일으켜준 은덕이거니와, 또한 석 상서 부인이 많이 힘썼기 때문이라고도 하겠다.

_《청구야담》

한원韓瑗의 자는 백옥伯玉이다. 어렸을 때 과거 공부를 했지만 급제하지 못하자 사역원에 벼슬했다.

한번은 북경으로 가다가 옥전현에 이르렀는데, 밥 짓는 사람이 손에 《주역》을 들고 읽는 것을 봤다. 괴이하게 생각하고 물었더니, 그는 가난한 선비라서 관부館夫로 고용되었다고 했다. 한원은 마음속으로 불쌍히 여겨 자루에서 은 삼십 냥을 꺼내 그에게 주었다.

그 뒤에 배를 타고 중국에 가다가 갑자기 회오리바람을 만났다. 등주登州에 배를 대었더니, 바닷가를 지키던 병졸들이 발견하고는 그들을 때리면서 곧 뱃머리를 돌려 떠나라고 했다. 뱃사람들이 모두 당황해 어찌할 줄을 몰랐다.

그때 갑자기 한 관리가 수문 어구를 지나가는 게 보이므로 원이 그 앞으로 달려가 정상을 말했다. 그 사람이 뚫어지게 바라보다가 수레에서

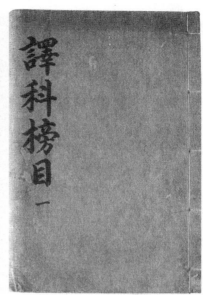

역과 합격자들의 명부 《역과방목》.

내려 원의 손을 잡으며 말했다.

"당신은 나의 은인이 아니십니까? 내가 바로 옥전현에서 밥하던 사
람입니다. 당신의 도움에 힘입어 다행히도 진사가 되고, 지금 이 고을에
지사<sup>知事</sup>로 왔답니다. 오늘 우리가 만난 것은 하늘의 뜻입니다."

양식과 반찬을 넉넉히 대어주고 군문<sup>軍門</sup>을 지나는 것도 돌봐주었으
며 제주<sup>題奏</sup>도 구해주었다. 백금 삼백 냥과 채단 삼십 필을 주면서 "감히
옛날의 은혜를 감사드립니다"라고 했다.

일을 마치고 돌아왔더니 임금이 옥권자<sup>玉圈子</sup>[1]를 내리고 첨지중추부
사를 제수했다. 원의 사람됨은 청렴하고도 정직했으며, 한가롭게 지내

며 자기 분수를 지켰다. 책과 역사를 좋아해 읽기를 게을리하지 않았다.

_장지연《진휘속고》

　원이 돌아오는 길에 여순 항구에 이르러 태풍을 만났다. 모든 배가 가라앉고, 원이 탄 배도 또한 거의 위태로울 뻔했다가 겨우 옆 섬에 닿아 살 수 있었다.

　이튿날 밀물이 들어오는 머리에서 중국에서 가져오는 회답을 주워 등에 지고 동쪽을 바라보며 울면서 네 번 절했다. 배를 고치고 돌아와 복명하던 날 임금이 명해 술을 내렸다. 내시가 나와서 그의 머리를 보고 들어가더니 옥권자를 내려주었다.

_《상서고사象胥故事》

....................

1　망건에 단 옥으로 만든 관자. 관자는 망건의 당줄을 꿰는 작은 단추 모양의 고리다. 옥관자 는 정3품 당상관 이상만 했다.

◉ 유세통

　유세통廋世通의 자는 공원公元이니, 중국어 역관이다. 어버이를 효성껏 섬겼는데 아버지가 돌아가시자 무덤가에 초막을 짓고 삼 년간이나 슬퍼하느라 몸을 해칠 정도였다.

　집이 가난해서 비변사備邊司의 아전이 되었는데, 몸가짐이 검소하면서도 옛날 장자의 풍이 있었다. 가난한 친척이나 벗들이 혼례나 장례를 치르지 못하게 되면 반드시 돌봐주었다.

　비변사의 아전들은 팔도를 나눠 맡아 한 도에 아전 두 명씩 교대로 일보는 제도가 있었다. 세통이 평안도를 맡았을 때, 통문관에서 중국에 들어갈 때 가지고 갈 수 있는 원포原包1 말고도 가포加包를 더 가져가자는

1 중국과는 개인 무역이 금지되었다. 다만 사신이나 그 수행원에게는 포布, 인삼 등의 물건을 가져갈 특전이 있었다. 신분에 따라 가져갈 수 있는 짐 보따리의 수가 제한되었는데, 이것을 원포라고 한다.

의논이 있어, 영의정 홍봉한洪鳳漢에게 서류를 올렸다. 상국이 세통에게 허가해주라고 했다. 세통은 듣지 않고 "이것은 중요한 법전이니 갑자기 허가할 수 없습니다"라고 말했다.

상국이 웃으며 여러 역관들에게 "어째서 담당 아전을 먼저 만나보지 않았는가?" 했다. 여러 역관들이 세통에게 찾아가서 원포를 더 늘리지 않을 수 없는 실정을 자세히 설명했다.

세통이 "과연 그렇다면, 제가 상국께 말씀드려서 허락받도록 하겠습니다"라고 말하자 여러 역관들이 그 뜻을 고맙게 여겨 백만 전을 주었다. 그러나 세통은 받지 않았다. 다만 해마다 돈 오만 전을 평안도를 맡은 아전에게 보내는 것을 제도화하자고 약속했는데, 그 약속이 아직까지도 지켜지고 있다.

상중에 있는 아전이 집에 있을 때는 삼베 상복을 입지만 밖에 나오면 일상복을 입으니 남들이 상주인지 아닌지 가릴 수 없었다. 세통은 어머니가 돌아가시자 그 외출 옷차림이 화려한 것이 슬펐다. 그래서 조정에 아뢰어 백립白笠을 쓰고 겉에다 흑단령黑團領을 입되 빛깔을 우중충하게 했다. 지금 아전들이 입는 상중의 옷차림이 세통으로부터 시작된 것이다.

글은 반드시《주역》《논어》《중용》등의 경서만 읽었고 지저분한 책들은 읽지 않았다.

_조희룡《호산외기》

◉ 김지남

　　김지남金指南의 자는 계명季明이고 호는 광천廣川이다. 북경에 갔다가
《자초방煮硝方》을 사들였다. 돌아와서 시험해보니 그 효력이 다섯 갑절
이나 했고 품질이 또한 정밀하고도 맹렬했다. 약천 남구만이 책을 편찬
하라고 명령해 곧 책을 이루니 그 이름이《신전자초방新傳煮硝方》[1]이다.
인쇄해 국내외에 펴뜨렸다.

　　임진년(1712)에 목극등穆克登이 와서 국경을 정할 때 박권朴權이 지남
을 데리고 가서 목극등과 더불어 여러 차례 논란을 거듭했다. 드디어 백
두산 꼭대기 천지 연못 북쪽을 중국 땅이라 정하고 그 남쪽을 우리 땅이
라 정했다. 연못가에 비석을 세워 경계를 삼고는, 또 산 모습과 국경의

..........................

1 《자초방》은 화약 만드는 법을 기록한 중국책. 김지남이 중국책을 번역해 새로 엮은《신전
　자초방》은 남구만의 건의로 1698년 군기시軍器寺에서 간행했다. 백여 년 뒤인 1796년에도
　윤기동의 건의로 다시 간행했다.

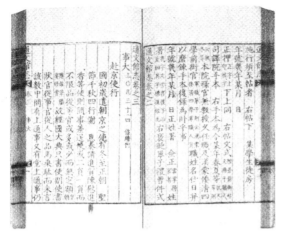
김지남이 엮은 《통문관지》.

김제남이 화약 만드는 법을 소개한 《신전자초방》.

지형을 그려서 두 본을 만들었다. 지도 하나는 중국에 바치고 또 하나는 우리나라에 두었다.

명곡 최석정이 《통문관지<sup>通文館志</sup>》<sup>2</sup>를 엮으라고 명령해 간행했다.

_장지연《진휘속고》

..............................

2 사역원司譯院의 연혁과 예부터의 사적을 엮은 책. 숙종 때 김지남이 편찬했고, 그 후배 역관
   들이 1720년에 간행했다. 12권 6책.

고시언(高時彦, 1671~1734)의 자는 국미國美다. 눈썹이 성긴 눈에다 아름다운 모습으로 노는 것부터가 여느 사람과 달랐다. 남보다 뛰어나게 총명해서 하루에 수천 마디를 외웠다. 큰 아이가 되면서 더욱 힘들이고 애써가며 글을 읽었다. 그러나 공의 집안이 점점 더 가난해진 데다 부모님이 모두 늙으셨기에 드디어 하찮은 재주를 익히기로 뜻을 굽혔다.

열일곱 살 때 사역원司譯院 한학과漢學科에 급제했다. 얼마 안 되는 녹봉을 받아서 맛있는 음식으로 봉양했으며, 틈이 생기면 옛 책을 캐어 읽었다. 경전과 제자백가를 부지런히 읽어 꿰뚫지 않는 것이 없었다. 널리 알고 기억력이 좋기로 세상에 이름이 났다. 사역원의 학생들이 그에게 많이 찾아와 글 뜻을 묻고, 사표師表로 받들었다.

벼슬이 올라 2품에 이르렀고 붉은 비단옷에 금띠를 둘렀다. 그러나 공은 평소에 병을 자주 앓았으므로 부모가 돌아가신 뒤부터 물러나 쉴

昭代風謠卷之一

五言絶句

贈人

花落知春暮　樽空覺酒無　光陰催白髮　莫惜典衣沽　　朴繼姜

山行閒邁

澹澹夕陽外　遲遲過遠村　一聲牛背笛　吹破蒲山雲　　李構

客中贈舊友

少日朝中面　何知海外逢　共憐雙髮白　盡亂離中　　李穡　崔粉

春日小酌

偶訪金碁叟　仍過李醴泉　坐人芳草上　沽酒杏花邊

고시언이 엮은 평민한시선 《소대풍요》.

생각을 했다. 따로 조그만 움집을 짓곤 성재省齋라 이름을 걸었다. 문을 닫아걸고 단정히 앉아서 시를 읊으며 스스로 즐겼다.

갑인년(1734)에 진주사陳奏使를 따라 북경으로 가던 길에 압록강을 건너다가 병이 도졌다. 끝내 북경 여관에서 죽었는데 임종 때도 정신과 얼굴빛이 평안했다. 두려운 빛이라곤 조금도 없었다. 자기 손으로 글을 써서 집안일을 다 처리하곤 집에서 데려온 종에게 편지를 부쳤다. 그런 뒤에야 자리를 바로하고 죽었다.

공의 사람됨은 순박하고도 두터웠으며 고요하고도 평안했다. 남과 다투지를 않았다. 사역원에 40년이나 벼슬했지만 남을 흘겨본 적이 없었다. 부모를 모시는 것도 지극히 효성스러워 물심양면으로 갖춰 봉양했다. 끝까지 병을 참고 견디며 일을 하다가 나랏일로 죽었다. 전傳에 이르기를 "한 고을 사람들이 모두 착한 사람이라고 하는 자"라고 한 말은 바로 공을 이름이다.

그가 평생 좋아한 것은 고문古文이었는데, 공무에 종사하며 역관 노릇을 하느라고 오로지 글만 지을 수는 없었다. 그러나 그가 지은 시와 문장은 동시대 글을 제대로 보는 사람들에게 칭찬을 받았다. 유하 홍공(홍세태)은 매우 칭찬하면서 '기재奇才'라고 말했다. 삼연 김공(김창흡)은 직접 〈열천시서洌泉詩序〉를 써주었는데 "글 솜씨와 이치가 모두 갖춰졌으니 문장 가운데 상승上乘이다. 경의經義를 해석한 것은 더욱 정확하다"라고 말했다.

《주소차의註疏箚疑》 두 권과 《성재집》 두 권을 지었고 《소대풍요昭代風謠》 세 권을 엮었는데, 모두 세상에 간행되었다.

_정내교 《완암집》

⊙ 이상조

이상조(李湘藻, 1740~1766)의 자는 우상虞裳이고 또다른 이름은 언진彦瑨
이다. 호는 송목각松穆閣이며, 왜역인倭譯人이다.

일찍이 혜환惠寰 이용휴李用休에게서 글을 배웠는데 집이 가난해서 간
직한 책이 없었다. 남에게 이상한 책이 있다는 소식만 들으면 곧 그 집
으로 찾아가서 반드시 책상머리에 앉아 다 읽어보고야 말았다. 어떤 때
는 책을 빌려 집으로 돌아오면서 읽다가 소나 말이 오는 것도 보지 못하
고 부딪쳤다. 그는 재주와 생각이 영특하게 뛰어나서 마치 구름이 일어
나듯 노을이 일어나듯 했다. 선 채로 만언萬言을 짓고 누운 채로 천언千言
을 짓고도 여전히 마음에 차지 않아 했다.

에도江戶로 가는 통신사 일행에 서기로 뽑혀 끼었는데 그때 나이가 스
물 남짓 되었다. 일기도一岐島에 이르렀더니 왜인들이 고슴도치털처럼
모여들어 시를 지어달라고 빌었다. 어魚 자를 거듭 운으로 삼아 오언율

海覽篇

松穆館主人

이언진이 1763년 11월 25일 일기도 배 안에서 〈해람편〉을 지어 남옥과 이가환에게 비평을 받았다.

시 백 수를 순식간에 다 지었다. 그 넉넉하고도 재빠른 솜씨는 옛날 사람 가운데서도 들어본 적이 드물었다.

돌아온 뒤에는 몇 년 안 되어 집에서 병으로 죽었다. 죽음을 맞으며 그는 자기 원고들을 불태웠다. 그래서 그의 시와 문장이 세상에 전하지 않게 되었다. "복사꽃 숲속에 수정궁이 있네桃花林裡水晶宮"라는 구절이 그의 마지막 시다. 불타다 남은 원고들을 따라 떠돌아다니다가 몇 편을 얻어 기록했다. 〈해람편海覽篇〉은 이렇다.

> 지구 안에 수많은 나라들이
> 바둑돌처럼 별처럼 널려 있네.
> 월나라에선 북상투
> 인도에선 깎은 머리,
> 제나라 노나라에선 소매 너른 옷
> 호와 맥에선 털옷.
> 혹은 문채 빛나고 아름다우며
> 혹은 시끄럽게 지껄이니,
> 무리대로 나뉘고 부류대로 모여 살아
> 온 땅이 모두 이런 것들일세.
> 일본이 나라를 이룬 곳은
> 물결이 솟아나며 출렁이는 골짜기,
> 그 숲은 곧 부상 나무요
> 그 위치는 해 맞는 곳일세.

여자들 일은 무늬 비단 짜는 것

토산품은 등자와 귤.

물고기 중에 기이한 것은 낙지

초목 가운데 기이한 것은 소철나무.

그 솟은 산과 아름다운 들은

구진성이 그 방면의 별로 정해졌네.

남북으로는 봄과 가을이 다르고

동서로는 밤과 낮이 나뉘며.

한가운데의 산은 바리를 엎은 듯

영롱하게 태초의 눈이 쌓여 있네.

소를 가릴 만한 거대한 재목에

까치에게 던질 만한 아름다운 옥.

단사와 황금과 주석은

모두 산에서 자주 나오네.

대판은 큰 도회지라

바다의 온갖 보물을 다 말렸으니,

빛나는 것은 주제현의 은

동그란 것은 말갈의 옥.

붉은 것 푸른 것이 어우러져

화제주는 슬슬瑟瑟에 비추이고.

기이한 용연향龍涎香을 사르는데

보석이 갈까마귀 뼈처럼 쌓였구나.

상아는 입안에서 뽑아냈고
무소뿔은 머리 위에서 자른 것이니,
페르시아 장사꾼들 눈 휘둥그레지고
절강의 큰 시장도 빛을 잃었구나.
수레 물러가자 또 줄지어 오니
거간꾼들의 집만 해도 천여 호나 되는데,
바다 안에 또 땅속의 바다가 있어
그 가운데 삼라만상이 살아 움직이네.
게의 배에는 돛이 펼쳐 있고
미꾸라지 꼬리엔 깃발이 묶여 있으며,
엉킨 굴이 껍질에 붙어 있고
힘센 거북은 굴을 지키네.
갑자기 산호바다로 변해
도깨비불 환하게 타오르더니,
다시 검푸른 바다로 변해
구름 노을이 곱게 펼쳐지네.
언뜻 수은 바다로 변해
수많은 별들이 뿌려지더니,
갑자기 온 둘레를 크게 물들여
비단 천 필이 화려하게 깔렸네.
갑자기 큰 도가니로 바뀌어
오색의 금빛이 솟아나더니,

용이 하늘을 가르며 날아오르자

번개 치고 천둥 울며 요란하구나.

동녘 구름에선 비늘과 발톱 번뜩이고

서녘 구름에선 사지와 마디 드러나니,

수염 달린 드렁허리와 무늬 있는 마갑주 조개

신비하고 괴이한 모습이 몹시도 황홀하구나.

백성들은 발가벗은 채 관을 썼는데

겉모습은 도마뱀이요 속마음은 전갈이라,

일 만나면 죽 끓듯이 시끄럽다가

남을 해칠 땐 쥐처럼 교활하네.

이익 남기려 남을 해치고

조금만 화가 나도 돼지처럼 부딪치며,

아낙네들은 희롱을 일삼고

아이들은 일을 꾸며대네.

선조를 내버리고 귀신에 혹하며

사람 죽이기 좋아하면서도 부처에 아첨하는구나.

글씨는 새 발자국 같고

말은 때까치 소리 같구나.

남녀의 어울림은 사슴떼 비슷하고

벗 사이도 물고기나 자라 같아,

말소리가 왁자지껄해

통역을 해도 다 모르겠네.[1]

초목이 온통 기이하니

나함도 그 책을 태워버려야겠고.

온갖 물이 솟아 돌아 흐르니

역생酈生²도 항아리 속의 진디등에일세.

물고기들이 남다른 것은

사급思及³이 도설圖說에서 말하지 못했으니,⁴

칼에 새긴 글자들은

정백貞白⁵이 이어서 다시 기록해야겠네.

땅이 둥글다는 게 그른지 옳은지

............................

1 이언진은 한어 역관이었기에 일본어 통역을 하러 간 것은 아니다. 스승 이용휴가 지어준 시 〈송이군우상수통신사입일본送李君虞裳隨通信使入日本〉에 "직분은 두 나라 말에 통했네職通兩國語"라고 했지만, 그가 일본어에 능통하지는 못했던 듯하다. 일본 문인이나 의원을 만날 때 일본어로 말하지 않고 한문으로 필담했기 때문이다.

2 역생酈生은 역도원(酈道元, ?~527)을 가리키는데, 자는 선장善長이다. 《수경水經》의 주석서 《수경주水經注》 40권을 저술했는데, 조선의 패수浿水까지만 소개하고 일본의 강들은 소개하지 못했다.

3 줄리오 알레니(Giulio Aleni, 1582~1649)의 자인데, 이탈리아 브레시아 출신 예수회 선교사로 한문 이름은 애유락艾儒略이다. 1609년 중국으로 가는 선교사로 임명되어 1610년 말경에 마카오에 도착했다. 중국에서 30년 동안 전교 활동을 하면서 한문을 배워 저술 활동에 종사했으며, 중국인들은 그를 서양의 공자로 추앙했다.

4 줄리오 알레니는 1623년에 세계를 종합적으로 소개한 《직방외기職方外紀》를 출간했는데, 권1 〈아세아총설亞細亞總說〉에서 타타르韃而靼부터 몰루카馬路古까지 열세 나라와 지중해의 여러 섬들만 소개하고 일본은 제외했다.

5 중국 남북조시대의 본초가本草家 도홍경(陶弘景, 456~536)의 시호. 구곡산에 들어가 스스로 화양도은華陽陶隱이라 칭하고 수도생활을 했다. 유·불·도 삼교三敎에 능통했으며 《고금도검록古今刀劍錄》을 저술했는데, 일본도日本刀는 소개되지 않았다.

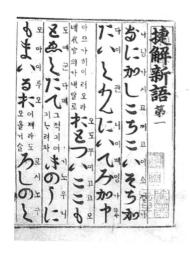

일본어 역관들이 일본어를 배웠던 교재 《첩해신어》.

바다 선들의 갑과 을은

태서의 이마두利瑪竇[6]가

실을 짜고 칼로 베어냈지.[7]

하찮은 사내가 이 시를 읊었으니

말은 속되지만 뜻은 몹시 진실해,

이웃과 잘 지내는데 큰 계책 있으니

관계를 맺어 화평함을 잃지 말진저.

..........................

6 이마두利瑪竇는 이탈리아의 예수회 소속 수사修士 마테오 리치(Matteo Ricci, 1552~1610)
  의 중국식 이름이다.

7 이 시에서는 마테오 리치가 《산해여지전도山海輿地全圖》나 《곤여만국전도坤輿萬國全圖》
  에서 지구를 둥글게 그리고 경도經度나 위도緯度를 실로 짜듯이 그어 여러 섬들을 그려 넣
  었음을 소개했다.

일양壹陽 가는 배 속에선 (스승) 혜환의 말을 생각하면서 시를 지었다.


공자의 도와 석가모니의 가르침은

이 세상을 바로잡아 해와 달처럼 밝았어라.

서양 사람들도 오인도五印度에 이르니

과거에도 현재도 부처님뿐이네.

선비 집에도 이러한 장사치가 없진 않아

붓끝이나 놀리면서 말을 신기롭게 하다가,

털 헤치고 뿔인 채로 지옥에 떨어지니

이 몸이 주검된 것도 인간 법률을 속인 탓이네.

독살스런 그 불꽃이 동해까지 미쳐

절들이 날로 늘어 도회지 시골에 늘어섰어라.

어리숙한 섬나라 백성들 화복이 두려워서

향 태우고 쌀 바치기에 쉴 틈도 없었다네.

부처를 섬긴다며 말라는 짓만 하니 부처도 미워하겠네.

물고기 자라를 발라내고 멋대로 죽이니,

비유컨대 남의 아들을 죽이고

그 부모를 모셔 받든다고 누가 기뻐하겠나.

육경六經이 하늘 높이 문명을 드날리되

이 나라 사람들은 여전히 까막눈일세.

해 돋는 곳 지는 곳이 이치 다름없으리니

따르면 성인이요 어기면 악인 되네.

일본에서 1763년에 간행된 필담집 《동사여담》에 실린 이언진 초상.

　　스승님 주신 말씀 뭇사람에게 전하고저

　　이 시를 지어 읊어 목탁을 울리노라.


　호산거사가 말한다.

　"몇 편의 시가 모두 손 가는 대로 갑자기 써준 글들이지만, 그 문자의 빛이 괴이하고 번쩍여서 그 사람됨과 가깝다. 그 날카로운 붓끝은 쇠로 만든 창이나 철마鐵馬 같아서 섬오랑캐로 하여금 그 기운을 잃게 했다. '문장이 나라를 빛낸다'고 전해오는 말이 아직도 맞는다. 하늘이 어찌 나이를 더 주지 않아 심혈을 기울인 그의 글들을 끝내 날아다니는 티끌이나 차디찬 재에다 붙게 했단 말인가? 아아, 슬프다. 후세의 양웅揚雄을 못 만날는지 어찌 알겠는가?"

_조희룡 《호산외기》

⊙ 정지윤

 

 

 

정지윤(鄭芝潤, 1808~1858)은 본관이 봉산蓬山[1]인데, 대대로 역관 벼슬을 하는 집안이었다. 태어날 때 손바닥에 수壽 자 무늬가 있었으므로, 관례를 치르게 되자 《한서漢書》의 '지생동지芝生銅池'[2]라는 고사를 따서 자기의 호를 수동壽銅이라고 했다. 귀한 사람이나 천한 사람이나, 먼 사람이나 가까운 사람이나, 아는 사람이나 모르는 사람이나 모두 그를 '정수동'이라고 불렀다.

수동은 성품이 낙천적이고 평생 남에게 얽매이기를 싫어해서 세상의 규범 밖에다 자신을 버린 것 같았다. 그러나 마음이 신실하고 태도도 겸손해서 마치 말을 잘 못하는 사람 같았다. 남에게 뽐내려 하지 않았으니

..........................

1 동래東萊의 옛 이름.
2 "영지靈芝가 동지에서 나온다"는 말인데, 동지는 낙숫물 받는 구리 그릇이다. 원문은 "금지와 구경이 함덕전 동지 속에서 자란다金芝九莖産於函德殿銅池中"다.

정수동의 문집 《하원시초》.

옥황玉皇의 비전아卑田兒[3]와 짝이 될 만했다.

수동은 총명함이 문자에 모였으므로 벽오僻奧, 기굴奇崛, 유묘幽眇, 번용繁冗해 그 뜻을 알기 어려운 글이라도 한 번 보면 단박에 그 속뜻을 알아냈다. 그는 특히 시를 잘해서 보고 들은 것을 한데 모으고 고금 시인들의 높고 오묘한 경지를 섭렵한 뒤에 자기 마음에 정확하고도 흔연히 맞는 것들을 도가니에서 풀무질하듯 녹이고 불려서 내놓았다. 또 천성적으로 술을 잘 마셔서 슬프거나 기쁘거나, 일이 제대로 되었거나 실패했거나, 울고 싶거나 우습거나, 자랑스럽거나 낙심스럽거나 세상사 어려

.............................

3 상제의 밭을 가꾸는 종.

운 일들을 모두 술에 부치고 시로 발산했다.

추사 김시랑金侍郎 원춘元春[4]이 그를 기특하게 여겨 자기 집에 간직한 책을 읽혀서 학문이 넉넉해진 뒤에 내보내려고 했다. 그러자 몇 달 동안 집 밖의 일을 다 잊은 것처럼 마음을 다해 책만 들여다보더니, 갑자기 한 번 뛰쳐나간 뒤에 다시는 돌아오지 않았다. 그가 간 곳을 찾아서 골방에 가두고 옷도 주지 않았지만 그 뒤에도 그렇게 달아난 적이 한두 번이 아니었다.

시랑 김성일金聖一[5]은 법도가 단정해서 남과 함부로 친하게 사귀지 않았지만, 정수동만은 반갑게 상대하고 정성스럽게 대접하면서 놓아주지를 않았다. 그를 위해서 술과 안주를 마련해두고 붙잡았으니, 사람들이 말하길 "수동이 김 시랑에게 인정받은 것이 마치 네모난 장부가 둥근 구멍에 꼭 맞는 것 같다"라고 했다. 그러나 수동은 약속도 뿌리치며 자주 제멋대로 굴어 추사의 집에 머물 때같이 했고, 때로는 그보다 더할 때도 있었다. 그래서 끝내 그를 길들이지 못했다. 늘그막에는 술에 더욱 빠져서 몇십 일 동안 밥을 먹지 않기도 했다. 나는[6] 당시에 사역원司譯院 제조提調로 있었는데, 역관의 봉급을 알아보니 그런대로 먹고 살 만했다. 그래서 "그대는 반드시 오언시 백운[7]을 지어서 내게 잘 보이게" 했다.

그랬더니 밤을 꼬박 새워서 지었는데 구슬을 꿴 듯했다. 대시對試 때

4 추사 김정희(1789~1856)의 자.
5 안동 김씨 세도가였던 김흥근金興根의 아들 김병덕(金炳德, 1825~1892)의 자인데, 영의정까지 지냈다.
6 이 글을 지은 심암心菴 조두순(趙斗淳, 1789~1856)이다.

역서譯書를 뽑아서 읽어보게 했더니, 눈을 부릅뜨고 좌우를 둘러보며 아무 소리도 안 하다가 "나는 이 글 뜻을 모르겠소" 했다. 원래 그런 시험을 대수롭지 않게 생각했기 때문이었다.

수동의 아내 김 씨는 성품이 현숙했다. 집안 살림이라곤 네 벽만 있을 뿐이어서 삯바느질을 해서 남편을 받들었는데, 조금도 싫어하거나 괴로워하는 빛이 없었다. 남편이 사대부들과 노닐며 문장으로 이름 날리는 것을 보람으로 여겼고 그 밖의 일은 마음에 두지 않았다. 수동이 두 번째 묘향산에 들어가자 서울에서는 수동이 머리를 깎고 중이 되었다는 소문이 떠들썩했다. 수동이 돌아오자 김 씨가 맞으면서 말했다.

"내 간과 쓸개가 이미 녹았다오."

수동이 말했다.

"여자의 쓸개는 작을수록 좋은 법이라네."

수동은 말을 더듬는 것처럼 했지만, 손뼉을 치며 우스갯소리를 하면 겨우 한두 마디만 말해도 듣는 사람들이 모두 배를 움켜쥐고 웃었다. 그의 이야기 속에는 세상을 조롱하고 풍자하는 뜻이 있었다. 그러다가 술에 취하면 땅에 드러누워 곯아떨어지고 다시는 말이 없었다.

그가 언젠가 이렇게 말했다.

"내가 오래지 않아 죽을 텐데 만약 심암心菴의 글 몇 줄만 얻으면 내겐 족하다."

......................

7 정지윤이 조두순에게 지어준 오언시 백운의 제목은 〈백운배율상심암제거상공百韻排律上心庵提擧相公〉으로, 《하원집夏園集》에 실려 있다.

기술직 중인 대표자들이 1851년 4월 25일 통례원에 모여 "중인도 사대부같이 벼슬하게 해달라"라고 상소문을 올리기로 했는데, 제술유사(상소문 지을 실무자)로 정지윤이 추천되었다. 《상원과방》(하버드대학 옌칭도서관 소장).

그러더니 얼마 안 되어 어느 날 밤 갑자기 병을 얻어 일어나지 못했는데, 나이 쉰하나였다. 김 시랑이 도맡아 장사지냈다. 《하원시초夏園詩抄》한 책이 있는데, 최성환崔瑆煥이 편집해서 간행한 것이다.

_조두순趙斗淳《심암집心庵集》, 유재건《이향견문록》

⊙ 현기

현기(玄錡, 1809~1860)의 자는 신여信汝인데, 어려서부터 매우 총명하고 슬기로웠다. 시를 배워 기발한 구절을 짓자 많은 사람들이 전해가며 외웠다.

한문과漢文科에 합격하긴 했지만 마음에 차지 않아서 이를 대수롭지 않게 여기곤 했다.

그는 처자식과 집도 없이 늘 친구 집을 떠돌아다니며 지냈다. 날마다 엄청나게 술을 마시며 미친 사람처럼 제멋대로 굴었는데, 이 때문에 귀머거리가 되었다.

그는 자신의 호를 희암希庵이라고 했다. 젊었을 때는 정수동과 나란히 이름을 날렸지만, 나이가 들면서 재주와 생각이 거칠어져서 수동을 따라가지 못했다. 그래도 오랜 벗들이 그의 이름을 사랑해 자기들 집에 머물게 했다. 그럴수록 그는 끝내 얽매이지 않고 제멋대로 떠돌아다니다

현기의 시집 《희암시략》. 제자 김석준이 시집을 엮어 간행하고 표지 글씨까지 썼다.

가 나이 쉰넷에 술이 크게 취해 죽었다. 그의 시는 모두 흩어져 전하지는 않는다.

_장지완《침우당초》, 유재건《이향견문록》

【천문학자】

⦿ 김영

김영(金泳, 1749~1817)은 인천 사람이다. 그는 비천하고 가난했으며 용모가 추악한 데다 말까지 더듬었다. 그러나 그의 역상曆象과 산수는 거의 하늘로부터 타고났다 할 수 있어서, 두 가지 학술에서는 배우지 않은 것이 없을 정도였다. 가로세로로 산가지를 늘어놓고 계산을 하다가 홀로 《기하원본幾何原本》이라는 책 한 권을 가져다 읽은 뒤에 그 이치를 모두 터득해 산수에서는 더이상 익힐 것이 없게 되었다. 그러나 세상 사람들이 그를 알아줄 아무런 기회가 없어 더욱 궁핍해져서 끝내 도성을 떠돌았다.

당시는 정조 때였는데 조야朝野가 태평해 임금께서 인재 등용하기를 즐기셨다. 남다른 재주로 이름난 자가 있으면 아무리 미천한 자라도 남김없이 등용했다. 내각신內閣臣 서호수(徐浩修, 1736~1799)는 산수로 당대 으뜸이었다. 그가 늘 운관雲觀의 제거提擧를 맡았는데, 운관이란 관상감觀

象監이다. 그가 김영의 이름을 듣고 불러다 함께 말해보고는 몹시 기이하게 여기면서 자기가 그보다 못하다고 여겼다.

주상께서도 서호수를 통해 김영의 기이한 재능을 아시고는 그를 매우 남다르게 여기셨다. 관상감은 본디 천문학과를 두어 사람을 뽑기 때문에 천문학과를 통해 조정에 들어온 자가 아니면 역법曆法을 제정하는 역관曆官들 사이에 낄 수 없었다. 그런데 임금께서 특명을 내려 김영으로 하여금 역법을 제정하게 하시면서 "김영처럼 남다른 재주를 지닌 자가 아니면 이러한 예에 해당될 수 없다"라고 말씀하시니, 이때 김영의 이름이 크게 날렸다.

당시 운관 사람들이 모두 김영을 질투하고 꺼렸으며 "이는 우리 관직의 규율을 무너뜨리는 일이다"라며 따졌다. 그러나 임금의 명이 있었기에 끝내 누구도 크게 떠들지는 못했다.

얼마 뒤에 정조께서 승하하시고 서호수도 죽자 김영은 임기가 다해 다른 관직으로 옮겼다. 사재감司宰監[1] 주부, 통례원 인의를 거쳤다. 그러나 세상에는 재주 있는 자를 아끼는 사람이 없었는데, 김영은 성품이 소탈하고 강직해 경대부들에게 아부할 줄을 몰랐다. 그래서 찰방察訪 자리 하나 얻어 옮겨가지 못하고 끝내 벼슬에서 쫓겨나고 말았다.

지금 주상께서 보위에 오른 지 칠 년째 되던 해에 혜성이 나타나고, 십일 년째 되던 해에도 커다란 혜성이 나타났다. 혜성이 나타날 때마다 운

......................

1 조선시대 궁중에서 쓰이는 생선, 고기, 소금, 연료 등에 관한 일을 맡아보던 관아. 명목상으로는 제조(提調, 종1~2품)가 우두머리였지만 실질적인 책임자는 정(正, 정3품)이었으며 주부, 직장, 봉사 등이 실무를 봤다.

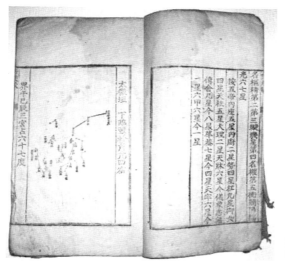

천문학자들이 별자리를 공부했던 교재 《보천가》.

관에 명해 천체의 운행을 관측하게 했지만 김영에게 비길 자가 없었다. 그래서 다시 김영을 불러들였다. 그러자 운관 사람들이 그를 더욱 질투했다. 마침 두려운 사람도 없어진 터라 서로 모여서 그를 내쳐버렸다.

김영은 관직에서 물러난 뒤에는 더욱 곤궁해져 살 길이 없었다. 살 집도 없어 도성에서 남의 집 어린아이의 스승 노릇을 했지만 그것으로는 의식조차 해결하지 못했다. 다시는 그의 이름을 말하는 자가 없어 그는 끝내 울분을 품은 채로 죽고 말았다.

그는 산수에 더할 나위 없이 조예가 깊었는데 언젠가 이렇게 말했다.

"음률과 역법은 한 가지 이치다. 역법을 다스릴 수 있는데 음률만 못한단 말인가?"

그러고는 율려律呂에 마음을 쏟아 스스로 터득한 바에 확신을 가지게

김영이 천문을 관측했던 창경궁 관천대. 보물 제851호. 관상감의 부속시설인데, 이 위에 간의簡儀를 올려놓고 천문을 관측했다.

되었다. 그는 또《주역》을 독실히 좋아했으니, 그가 지은《역설易說》이나 《악률설樂律說》이 모두 깊이 연구한 저서들이다. 역법에 대해서는《누주통의漏籌通義》와《중성기中星記》두 책이 있다.

　그가 죽었을 때 나이가 예순 남짓이었다. 어린 아들이 하나 있었는데 떠돌다 어디로 갔는지 아무도 모른다고 한다.

　홍자(洪子, 홍길주)는 말한다. 나는 김영을 통해 쇠락한 세상에서는 아무런 업적도 이룰 수 없음을 알았다. 비록 이윤伊尹[2]이나 여상呂尙[3] 같은 재주를 지녔어도 이럴 뿐이니, 하물며 김영이야 말해 무엇하랴. 처음에 김영이 역법을 제정하는 데 참여할 수 있었던 것은 세상을 떠나신 나의 조부 효안공孝安公[4]께서 운관의 책임자로 주상께 힘껏 아뢰었기 때문에 가능했다. 이때부터 김영은 우리 집안과 매우 잘 지냈다. 나는 젊었을

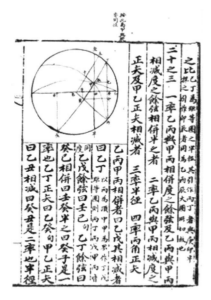

홍길주가 김영에게 보여주려고 했던
《호각연례弧角演例》 마지막 장.

적에 산수를 좋아해서 일찍이 김영과 구고勾股[5]에 관한 한두 가지 학설을 토론한 적이 있다. 그 뒤에 나는 산수에 더욱 힘을 쏟았는데, 논술한 글을 장차 김영에게 보여주려고 했지만, 미처 그렇게 하기도 전에 김영이 죽었다. 그래서 그를 위해 그의 사적을 적어 애도한다.

_홍길주洪吉周 〈김영전金泳傳〉《표롱을첨縹礱乙䑋》

..........................

2 은殷나라 탕왕湯王을 도운 명재상.

3 원래 이름은 강상姜尙인데, 그의 선조가 여나라에 봉해졌으므로 여상이라고 불렸다. 주나라 문왕文王의 부름을 받아 스승이 되었으므로 강태공이라고도 불렸다. 문왕의 아들 무왕武王을 도와 은나라 주왕紂王을 멸망시켜 천하를 평정했다.

4 홍길주의 조부 홍낙성(洪樂性, 1718~1798). 시호가 효안孝安이다.

5 직각삼각형의 넓이 계산법. 직각삼각형의 밑변을 구勾, 높이를 고股, 빗변을 현弦이라 한다.

【출판】

◉ 장혼

장혼(張混, 1759~1828)의 자는 원일元一이고 호는 이이엄而已广이니, '파옥삼간뿐破屋三間而已'이라는 뜻에서 따온 것이다. 가객 우벽友璧의 아들로 부모를 효성껏 섬긴 일은 별전別傳에 실렸다.

그는 한쪽 다리를 절었지만 집안이 가난해서 나무하고 물 긷는 일을 자신이 했다.

아홉 살 때 길에서 한 고관과 부딪쳤는데 기마와 시종이 매우 많았다. 그는 나무 묶음을 내려놓고 앞으로 나아가 읍揖하며 문안드렸다. 그 고관은 아비의 친구였다. 사람들이 그를 매우 기특하게 여겼다.

몽촌(夢村, 김종수金鍾秀, 1728~1799) 정승 집 이웃에 살았는데 정승도 효성으로 이름났다. 혼의 집에 앵두나무 한 그루가 있었는데 바야흐로 무르익었다. 혼이 새벽에 일어나 앵두를 따서 광주리에 가득 담고는 어깨에 걸머지고 절뚝거리며 정승의 집으로 갔다. 모부인母夫人의 장수를 빌며 정승에게 바쳤더니 상국이 참으로 고마워하며 감동했다. 앵두 광주리를 모부인께 바치며 "이것을 효자 장동자張童子가 가져왔습니다"라고 말했다. 붓과 먹을 선물로 주었지만 장혼이 받지 않았다.

자라나면서 널리 배웠으며 기억력도 뛰어났다. 특히 시를 잘 지어 《비단집簞段集》 스무 권을 남겼다.

정조 경술년(1790)에 감인소監印所 사준司準이 되었다. 임금의 명으로 만들어져 혼의 교정을 거친 여러 책들은 모두 정본精本이다.

그가 짓거나 엮은 책 가운데 《시종詩宗》《당률집영唐律集英》《이현利見》《아희원람兒戲原覽》《몽유편蒙喩篇》《근취편近取篇》《절용방切用方》《동습童習》《수방도數方圖》는 인쇄되어 세상에 퍼졌다. 《고문가칙故文柯則》《정하지훈庭下至訓》《대동고식大東故寔》《소단광악騷壇廣樂》《초학자회初學字彙》《동민수지東民須知》《문단성보文壇姓譜》《제의도식祭儀圖式》 등의 책들은 간행되지 않아 집에 간직하고 있다.

아들 창씨의 자는 영이永而로 글을 잘 짓고 우리나라 역사를 많이 안다. 일찍이 등산登山[1] 절제사가 되었는데, 지금은 집에서 글을 읽고 있다.

_조희룡 《호산외기》

혼은 어려서부터 점잖고 속이 밝았다. 그가 지나치게 총명한 것을 염려해 부모들은 그를 배우러 다니게 하지 않았다. 어미 곽 씨가 글과 역

----

1 황해도 강령현 동남쪽 45리에 등산곶진登山串鎭이 있었는데, 나중에 순위도巡威島로 옮겼다. 종4품인 동첨절제사同僉節制使가 한 명 있었다.

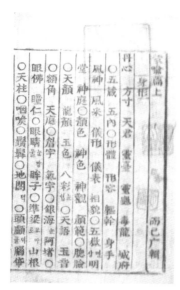

장훈이 부드러운 목활자로 인쇄한 서당 교재 《몽유편》.

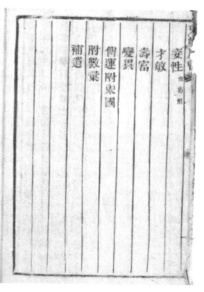

20세기 초반까지 출판되었던 베스트셀러 《아희원람》.

《이이엄집》 본문

장훈의 문집 《이이엄집》.

《풍요속선》 본문

《풍요속선》 권1 첫머리에 편집자 천수경과 교정자 장혼의 이름이 나와 있다.

사를 알아서 비로소 책을 가르쳤다. 분명하게 속 깊이 깨달아서 한 번 눈을 거치면 곧 외우곤 했다. (줄임)

정조 때 감인소를 설치하고 장차 임금께서 정해주신 책들을 찍어 반 포하기로 했다. 교정 볼 인재를 구했더니 순암 오재순이 혼을 첫째로 추 천해 군직軍職을 주었다. 원고와 다른 것을 살피고 잘못된 것을 바로잡는 솜씨가 마치 대를 쪼개는 것 같았다. 내각의 여러 고관들이 칭찬하지 않 는 이가 없어 일을 모두 그에게 내맡겼다.

한 책의 일이 끝날 적마다 으레 품계를 올려주는 법이 있었는데, 그는 번번이 받지 않고 "적은 녹봉은 어버이를 모시기 위해 받지만 영예로운 승진은 제가 욕심내는 것이 아닙니다" 하면서 사양했다.

정조께서 그 뜻을 아시고 더욱 두터운 녹을 내리셨다.

인왕산 옥류동玉流洞은 골짜기와 구렁이 그윽하고도 넓어서 늘 집을 짓고 싶은 생각이 있었지만 가난해서 할 수 없었다. 드디어 골짜기 동쪽 에 집 하나를 빌려서 '이이엄而已广'이라 편액을 걸었다.

같은 시사詩社의 여러 벗들과 송석원松石園에 모여 계회를 해서 봄가을 로 술 마시고 시 짓는 모임을 해마다 가졌다. 이때 뛰어난 평민들로 그 를 따라 노니는 자가 거의 천 명 가까이 되었다.

혼은 평생 지은 책이 아주 많았다. 역대 시선을 한데 모아 보기가 어 렵다고 늘 생각했으므로, 위로는 잃어버린 옛날의 시로부터 아래로는 명나라 말기까지 널리 뽑고 종류를 나누어《시종》스물여섯 권을 엮었 다.《소대풍요昭代風謠》가 영조 정사년(1737)에 엮이고 60년이 지나는 동 안 흩어진 시가 많았으므로 천수경과 함께 널리 찾고 캐어 모아《풍요

옥류동 각석.

속선風謠續選》여섯 권을 만들었다. (줄임)

　치수痴叟 홍 판서가 하루는 서벽정에서 손님들을 모아 단풍을 구경하다가 혼이 상복을 처음 입었다는 소식을 듣고는 깜짝 놀라 "장 선생이 상복을 입는 날에 우리들이 술 마시고 시 지을 수 있겠는가?" 하면서 곧 술자리를 끝냈다.

　순조 무자년(1828)에 죽으니 나이 일흔이었다.

_장지연《일사유사》

⊙ 김정호

김정호金正浩의 호는 고산자古山子다. 본래 공교한 재주가 많았으며 특히 지도학에 깊이 빠졌다. 그는 두루 찾아보고 널리 수집해 일찍이 〈지구도地球圖〉를 제작했다. 또 《대동여지도大東輿地圖》를 만들었는데, 자신이 그림을 그리고 목판에 새겨 인쇄해서 세상에 펴냈다. 그 상세하고 정밀한 점은 고금에 그 짝을 찾을 수가 없다. 나도 한 질을 구해서 봤는데 참으로 보배로 삼을 만했다.

그는 또 《동국여지고東國輿地攷》 열 권을 엮었는데, 탈고하기 전에 세상을 떠났으니 참으로 안타까운 일이다.

_유재건 《겸산필기兼山筆記》, 《이향견문록》

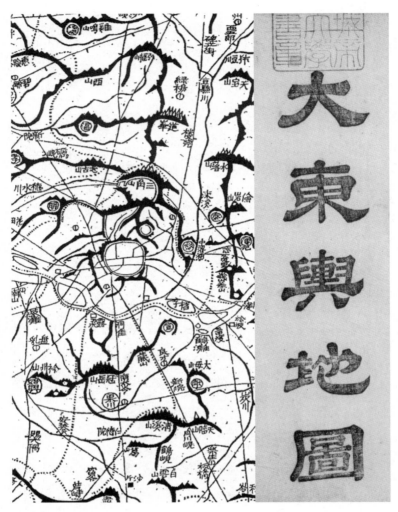

김정호가 만든 《대동여지도》.

조신선曹神仙은 책을 파는 아쾌(牙儈, 중개상)로 붉은 수염을 하고서 우스갯소리를 잘했는데, 눈에는 번쩍번쩍 신광神光이 있었다. 모든 구류九流[1], 백가百家의 서책에 대해 문목門目과 의례義例를 모르는 것이 없어 술술 이야기하는 품이 마치 박식한 군자와 같았다. 그러나 욕심이 많아 고아나 과부의 집에 소장되어 있는 서책을 싼값에 사들여 팔 때는 갑절로 받았다. 그러므로 책을 판 사람들이 모두 그를 언짢게 생각했다. 또 그는 주거를 숨겨서 어디에 사는지 아는 사람이 없었다. 어떤 사람은 그가 남산 옆 석가산동石假山洞에 산다고 했지만 이 또한 분명치 않다.

건륭(乾隆, 청나라 고종의 연호) 병신년(1776, 정조 즉위년) 무렵 내가 서

---

1 한대漢代의 아홉 학파를 이르는 말. 유가儒家, 도가道家, 음양가陰陽家, 법가法家, 명가名家, 묵가墨家, 종횡가縱橫家, 잡가雜家, 농가農家 등이다.

울에 있을 때 처음으로 조신선을 봤는데 얼굴과 머리가 사오십은 된 것 같았다. 그런데 가경<sup>嘉慶</sup> 경신년(1800, 순조 즉위년)에도 그 모습이 조금도 늙지 않아 병신년과 한결같았다. 요즘 어떤 사람이 도광(道光, 청나라 선종의 연호) 경진년(1820) 무렵에도 그랬다고 했는데 그때는 내가 직접 보지 못했다. 예전에 소릉<sup>少陵</sup> 이공<sup>李公</sup>이 말하기를 "건릉 병자년(1756) 무렵 내가 처음 봤는데 또한 사오십쯤 되어 보였다" 했다.

앞뒤를 모두 계산해보면 백 살이 넘은 지 이미 오래니, 그 붉은 수염이 혹 무슨 이치가 있는 것이 아닐까?

외사씨는 논한다.

도가<sup>道家</sup>에서는 마음을 깨끗이 하고 욕심을 적게 갖는 것을 신선이 되는 근본으로 삼고 있다. 그러나 조신선은 욕심이 많으면서도 오히려 이처럼 늙지 않았으니 혹 말세가 되어 신선도 시속<sup>時俗</sup>을 면할 수 없어서인가?

_정약용 《여유당전서》


조생<sup>曺生</sup>은 어떤 사람인지 알지 못한다. 책을 팔며 세상에 돌아다닌 지 오래되었으므로 그를 만난 사람들은 귀천과 현우<sup>賢愚</sup>에 관계없이 모두 그가 조생임을 알아봤다.

조생은 해만 뜨면 시장 바닥으로, 골목으로, 서당으로, 관청으로 달렸다. 위로는 높은 벼슬아치부터 아래로는 《소학》을 읽는 아이에 이르기까지 찾아다니지 않는 이가 없었다. 그가 달리는 모습은 나는 듯했고, 그의 가슴과 소매에 가득한 것은 책이었다. 책이 팔리면 그 이문을 가지고 술집으로 달려가 마셔 취하고 날이 저물어서야 달려 돌아갔다. 사람들은 그가 사는 곳을 알지 못했고, 또 그가 밥 먹는 모습도 보지 못했다. 베옷 한 벌과 짚신 한 켤레로 달렸는데 계절과 해가 바뀌어도 변함이 없었다.

영조 신묘년(1771) 주린朱璘이 지은 《명기집략明紀輯略》[2]에 우리 태조와 인조를 모독한 말이 있어 중국에 알리고 온 나라의 책을 다 거둬들였으며 그 책을 파는 자는 죽였다. 이때 나라 안의 책장수가 모두 죽게 되었는데, 조생은 그보다 앞서 먼 지방으로 달아나 홀로 죽임을 면했다. 한 해 남짓 지난 뒤에 조생이 다시 돌아와 옛날처럼 달렸다. 사람들이 몹시 이상하게 여겨 그 까닭을 묻자 조생이 웃으면서 대답했다.

"내가 지금 여기 있는데, 어디로 달아났단 말이오?"

혹 누가 나이를 물으면 "잊었다"고 대답했다. 뒤에 누가 또 물으면 서른다섯이라고도 했다. 올해 물은 사람이 그 다음 해에 다시 "왜 또 서른다섯을 넘지 않았다고 말하오?" 하고 물으면 조생이 웃으며 대답했다.

"인생은 서른다섯일 때가 좋다기에 서른다섯 살로 내 나이를 마치고 싶어 나이를 더 세지 않았다오."

어떤 호사가가 조생에게 "당신 나이는 수백 살이다" 하니, 조생이 눈을 둥그렇게 뜨고 "그대는 어찌 수백 년 전의 일까지 아시오?" 하였다. 사람들이 그를 힐난할 수 없었다. 술 마신 뒤에 자주 자신이 보고들은 것을 이야기했는데, 가만히 생각해보면 백수십 년 전의 옛일이었다.

..........................

2 청나라 때 진학陳鶴이 편찬한 《명기》를 주린이 간추려서 만든 명나라 역사책이다.

"고생스럽게 책을 팔아서 무엇 하시오?"

"책을 팔아 술을 마시지요."

"책은 모두 당신 것이오? 그 뜻이나 아시오?"

"내 비록 책은 없지만 아무개가 어떤 책을 몇 년 간직하고 있다면 그 책 가운데 일부는 내가 판 것이오. 그 뜻은 모르지만 어떤 책은 누가 지었고, 누가 주석했으며, 몇 권 몇 책인지 다 알 수 있다오. 그러니 세상의 책은 다 내 책이고, 세상에 책을 나만큼 아는 사람도 없을 거요. 세상에 책이 없어진다면 나도 달리지 않을 테고, 세상 사람이 책을 사지 않는다면 나도 날마다 마시고 취할 수 없을 거요. 이는 하늘이 세상의 책으로 내게 명한 것이니, 내 생애를 책으로 마치려오.

옛날 아무개의 할아버지와 아버지가 책을 사들이고 몸도 현달하더니 지금은 그 자손이 책을 팔아먹고 집도 곤궁해진 것을 본다오. 내가 책으로 많은 사람을 겪었는데, 세상에는 슬기롭고 어리석고 어질고 불초한 사람들이 같은 무리를 좇아 쉼 없이 생겨납니다. 내 어찌 세상의 책에만 통했겠소? 책을 통해서 세상의 인간사도 통할 것이오."

경원자는 말한다.

처음에 내가 칠팔 세 때 제법 글을 엮을 줄 알았다. 어느 날 선친께서 조생에게서 《팔가문八家文》한 부를 사주시며 "이 사람은 책장수 조생인데 우리 집에 있는 책들은 모두 이 사람에게서 사들인 것이다"라고 하셨다. 그의 나이 마흔 남짓해 보였는데 그때를 헤아려보니 사십 년 전의 일이다. 그런데 조생은 지금도 늙지 않았으니 정말 보통 사람과 다른 듯하다.

그때 나는 조생을 즐겨 만났고 조생 또한 나를 아껴서 내게 자주 들렀다, 나는 이제 머리가 희끗해지고 손자를 안은 지도 벌써 여러 해가 되었는데, 조생은 건장한 몸집에 불그레한 뺨, 푸른 눈동자에 검은 수염 그대로다. 지난날의 조생을 돌이켜보니, 아! 기이하구나.

내가 한번은 조생에게 "왜 밥을 먹지 않느냐?"라고 물었더니 "더럽고 깨끗하지 못하다"라고 하고는 다시 말했다.

"사람들이 오래 살고 싶어 하지만 약으로 되는 게 아닐세. 돈독하게 효도하고 우애하는 것이 양덕이라네. 세상 사람들이 내게 귀찮게 묻지 않도록 그들을 깨우쳐주게나."

아! 조생은 참으로 도를 지니고도 스스로 숨어 세상을 즐기던 사람이었다. 그가 내게 들려준 말을 일찍이 노자, 장자가 말할 수 있었겠는가.

_조수삼《추재집》, 유재건《이향견문록》

【의협】

⊙ 김충렬

김충렬金忠烈[1]의 자는 이언而彦이고 호는 옥호玉湖다. 호를 또는 설봉雪峰
이라고도 했다.

광해군 때 총애를 받던 김 상궁金尙宮이 제멋대로 권세 휘두르는 것을
보고 사람들의 마음이 분하고 답답해졌다. 그래서 그가 소疏를 올렸다.

"혁혁하던 주周나라는 포사褒姒[2]가 멸망시켰고, 우리 조선 삼백 년 종
묘사직은 김 상궁이 멸망시킵니다. 신은 전하를 위해 통곡하나이다."

상소문은 승정원에 이르렀지만 이 글을 광해군에게 보일 것인지 논
의가 일치되지 않아서 끝내는 광해군에게 올리지 않고 물리치게 되었
다. 충렬의 신분은 비록 낮은 천민이었지만 남들이 감히 못할 말을 했으

---

1 이긍익의 《연려실기술》에 따르면 김충렬은 이때 홍문관 서리書吏였고, 그의 아들 김보정金
寶鼎은 나중에 무과에 급제했다고 한다.
2 주나라 유왕幽王이 요망스러운 여인 포사를 사랑하다가 나라를 망쳤다.

니 그 충직한 기백은 지금까지도 늠름하다. 이가 바로 우리 옛 왕들 때 바른말 하는 사람을 높이고 장려하던 본보기다.

_정재륜鄭載崙《공사견문록公私見聞錄》

이충백李忠伯은 평양의 대협객이다. 그는 술 마시기를 좋아하고 호기를 부렸으며 불평스런 일을 당하면 사람을 곧잘 때려죽이곤 했다. 그가 드나들 때엔 사람들이 감히 흘겨보지도 못했다.

광해군 때 박엽朴燁이 평양 감사가 되었다. 박엽은 사납기가 범 같아서 하루라도 사람을 죽이지 않으면 마음이 즐겁지 않았다. 그는 늘 "사람을 천 명 죽이면 죽음을 면하게 될 거야"라고 말했다.

평양 사람들은 발을 멈추고 숨을 죽인 채 공포에 싸여 아침저녁으로 죽기만 기다렸다.

그때 얼굴이 아름답고 고운 기생이 있었는데 박엽이 그를 매우 사랑했다. 충백이 남몰래 그와 정을 통하다가 들통이 났다. 박엽이 급히 기병을 보내 그 뒤를 따라잡게 했다. 포졸들을 앞에다 세워놓고 활과 화살을 주면서 "만약 산 채로 잡지 못하면 쏘아 죽여라"라고 다짐했다.

충백은 달음질쳐서 숨었다. 마둔포麻屯浦 어구에 닿자 봄 얼음은 녹고 뒤쫓는 자는 뒤에 이르렀다. 충백은 벌거숭이 몸으로 헤엄쳐 건너서 재빨리 애포艾浦 민가로 달아나 숨었다. 얼마 지나지 않아 그는 별안간 마음이 떨렸다. 여러 친척들로부터 베 백 필을 얻어 말에 싣고 남으로 떠났다. 뒤쫓는 자가 과연 이르러 마을 안을 크게 뒤졌지만 충백이 없으므로 그만두고 말았다.

충백은 서울로 들어와서 개백정 노름꾼들을 따라 놀며 더욱 호방한 행동을 거리낌 없이 했다.

어느 날 저녁에 창녀집에서 자는데 창녀의 기둥서방이 불량배였다. 그가 소식을 얼핏 듣고 밖으로부터 들어오며 문을 차서 거꾸러뜨렸다. 재빨리 등불을 켜 방 안을 밝히는데 날카로운 비수가 손에서 번뜩였다. 그러나 충백은 창녀를 껴안고 누운 채로 까딱도 하지 않았다. 청년은 더욱 성내며 "넌 뭐하는 놈이냐? 이 칼도 무섭지 않단 말이냐?"라고 꾸짖었다.

그가 "난 평양에서 힘 쓰는 이충백이다"라고 말했다.

청년이 "그렇다면 나와 함께 술을 마실 수 있느냐?" 하고 물었다.

그가 "그러겠다"고 말하곤 곧 일어나 옷을 걸쳤다.

청년은 기생을 불러서 말술과 통째로 구운 고기를 가져오게 했다. 선 채로 막걸리 한 사발을 제가 마시고 이내 술을 따라 충백에게 주었다. 충백도 한숨에 다 마셨다. 청년은 고기를 칼 끝에 꿰어서 충백의 입에 넣었다. 충백은 입을 크게 벌려 받았다. 청년은 차츰 마음이 켕겼다. 충백은 그제야 허리에 찬 칼을 스스로 빼어 허벅지 고기를 베었다. 태연히 마시기도 하고 쉽기도 했다. 청년은 머뭇거리다가 "당신은 정말 장사요. 내가 당할 수 없소"라고 말하며, 드디어 그와 죽음을 함께 할 벗이 되었다.

이로부터 충백의 이름이 자자해 서울의 여러 소년들 위에 빼어났다.

애당초 충백이 달아나자 박엽은 그의 아비를 옥에 잡아 가두며 "네 자식이 오지 않는다면 너를 놓아주지 않을 테다"라고 말했다.

그런 지 반년이 지났다. 그는 '감사가 날마다 아버지를 못살게 군다'는 소문을 들었다. 그 길로 칼을 짚고 평양으로 돌아와 자수했다. 감사는 관아에 앉았고 호위가 삼엄하게 펼쳐졌다. 충백이 곧바로 들어가 뜰 아래에 서서 "이충백이 감히 뵙고자 합니다"라고 말했다.

박엽은 너무나도 뜻밖이라 한참이나 그를 바라봤다. 충백의 옷차림은 곱고도 무인다웠다. 박엽은 노여움이 조금 풀렸다.

마침 김한풍金漢豊이란 장교가 곁에 모시고 있었다. 박엽은 그에게 충백과 씨름을 하게 했다. 충백은 마음속으로 죽음을 면한 것을 다행히 여겼다. 그러면서도 "한풍의 힘이 나보다 셀 테지"라는 생각이 들어 그에게 눈짓을 했다.

한풍도 그의 뜻을 알아채고 일부러 오래 끌며 승부를 내지 않았다. 충백은 한풍의 힘이 풀린 틈을 타서 한 번에 들어 거꾸러뜨렸다. 그 장면을 목격한 박엽은 "내가 하마터면 장사를 잘못 죽일 뻔했구나"라면서 한바탕 웃었다. 술을 내리고 그를 붙들어 자기 막하에 두었다.

인조 정묘호란 때 오랑캐를 무찌른 공이 있어 호군(護軍, 정4품) 벼슬에 올랐으니 그때 나이 스물일곱이었다. 얼마 안 되어 집안이 일어섰다. 도원수 김자점金自點의 중군을 거쳐 오위장五衛將이 되었다.

병자호란 때는 돌격장으로 평양 감사 홍명구洪命耈를 따라 임금께 충성하려고 금화金化로 가다가 길에서 도적을 만나 몇 놈의 목을 잘랐다. 또 백전柏田의 싸움에서 크게 외치며 앞으로 달려들어 그들의 선봉을 쏘아 죽였다. 자기 군대가 패하자 절도사 유림柳琳의 군대에 몸을 던져 용기를 내어 힘껏 싸웠다. 남한산성이 항복했다는 소식을 듣고는 시골로 돌아왔다. 다시는 벼슬을 하지 않았다.

충백이 일찍이 부채바위 곁에다 집을 지었는데 그 규모가 매우 크고 넓었다. 때는 한겨울이었는데도 마을의 장정들을 불러다 일을 시켰다. 그들은 그의 위력이 두려워 감히 뒤늦게 오는 자가 없었다.

그는 방을 겹으로 만들고 벽도 겹으로 쌓았다. 하룻밤에도 여러 번 거처를 옮긴 까닭도 예기치 못한 사고가 생길까봐 두려워했기 때문이었다.

오위장을 지내고 돌아온 뒤에도 문밖에 하마비下馬碑[1]를 세웠다. 다락에 올라 내려다보니 사람들이 말을 타고는 그 앞을 감히 지나가지 못했다. 첨지중추부사僉知中樞府事[2]로서 집에서 여생을 마쳤으니 나이는 예순넷쯤 되었다.

번암자樊巖子[3]는 이렇게 말한다.

"이충백은 단지 개백정 놈들의 두목에 지나지 않는다. 그러나 그러한

....................

1 누구든 그 앞을 지나갈 때는 말에서 내리라는 뜻을 새긴 돌비석. 궁가宮家, 종묘, 문묘文廟, 왕이나 장군, 성현의 탄생지 앞에 '대소인원개하마大小人員皆下馬'라는 비석을 세워, 지나던 사람들이 말에서 내려 경의를 표하게 했다.
2 중추부에 소속된 정3품 벼슬. 일정한 사무가 없는 한직이다.
3 이 글을 지은 채제공의 호다.

용기는 세상에 드물게 나타난 자다. 내 어렸을 적부터 '이충백이 박엽의 노여움을 일으키고도 죽지 않았다'는 말을 듣고 제법 장하게 여겼었다. 나중에 평양 감사가 되어서 평야의 문사 김점金漸이 지은 글을 읽었다. 충백의 사적을 매우 자세하게 썼지만, 자잘한 얘기 서너 마디를 그 속에 섞어 오히려 큰 협객의 자유분방한 풍모가 감춰진 것이 안타까왔다. 그래서 그 글을 고쳐 〈이충백전〉을 짓는다."

_채제공蔡濟恭《번암집樊巖集》

⊙ 염시도

  염시도廉時道는 허 정승[1] 집 종이다. 하루는 길에 떨어져 있는 은덩이를 몇 개 주웠다. 열심히 주인을 찾았더니 바로 관각館閣에 있는 김공의 집안 물건이었다. 김공이란 청성부원군[2]인데, 염시도를 올바르게 여겨 그 은덩이를 주려 했지만 받지 않았다. 그 은을 잃어버린 종이 나와 뵙고 절하며 감사드렸다.

  "지난번에 너무 취해서 잃어버렸답니다. 주인 집안이 몹시 엄해서 비록 잠시라도 속여서 아뢰었다간 매 맞아 죽을 판이었습죠."

  그 종에게 딸이 있었는데 열 살 남짓 되었다. 염시도 앞에 몸을 내던지고 울며 말했다.

..........................

1 숙종 때 영의정을 지낸 허적(許積, 1610~1680).
2 김석주(金錫胄, 1634~1684). 1680년에 허견의 옥사를 다스리면서 남인을 숙청하고 청성부원군에 봉해졌다. 우의정까지 올랐다.

염시도에게 은덩이를 주려고 했던
청성부원군 김석주의 초상.

"제가 몸을 바쳐서 아비 살려주신 은혜를 갚겠습니다."

염시도는 손을 내저으며 가버렸다. 그 뒤 역적 견[註3]의 옥사가 일어나
자 (허적이) 시도에게 말했다.

"우린 이미 덕망을 잃었으니, 만약 이대로 있다간 너까지 함께 화를
당한다."

..........................

3 허적의 서자. 복창군福昌君, 복선군福善君, 복평군福平君과 함께 역적모의를 한다는 김석
주의 고발로 1680년 사형당했다. 이 사건으로 남인이 모두 쫓겨나고 서인이 정권을 잡았는
데, 이 사건을 경신대출척庚申大黜陟 또는 경신환국庚申換局이라고 한다.

억지로 내보냈지만 시도는 끝내 잡히고 말았다. 마침 청성이 판금오判金吾⁴였으므로, 그까지 연좌되는 것을 면해주십사고 아뢰었다. 게다가 밑천까지 대주어서 살림을 위해 장사하라고 시켰다.

뒤에 장사를 하러 영남 아무 고을에 갔다가 비를 만났다. 시골집에서 갑자기 한 여자가 바삐 달려나와 절을 하는데, 바로 청성부원군 집에서 은을 잃어버렸던 종의 딸이었다. 그가 말했다.

"부모님은 벌써 돌아가시고 제 몸도 종에서 벗어났지요. 군자의 첩이 되어서라도 옛 은혜를 갚기로 맹서했답니다. 비구니의 옷을 입고 여기 저기 찾아다니며 날마다 북두칠성을 모시고 빌었지요. 이제 과연 하느님도 사람의 소원대로 해주시는군요."

염시도도 그 정성에 감동해 드디어 그 여자를 데리고 돌아와서 아내를 삼았다. 청성의 집 옆에 집을 정하고 염시도는 날마다 옛 주인을 위해 원통하게 울었다. 풍원 조공이 그 후손을 찾아봤는데 한 손자가 장원掌苑의 서리로 있었다. 또 한번은 영조께서 친히 기우제를 지내러 가신다는 소식을 듣고 행차하시는 길 옆에 시도가 엎드려 아뢰었다.

"감옥의 원통한 죄수들을 놓아주시면 하늘도 마땅히 비를 내리시리이다."

성상께서 그를 위해 즉시 죄수들을 놓아주라고 명령했더니 수레를 돌리자마자 과연 비가 내렸다.

_이경민《희조질사》

..........................

4 의금부義禁府의 으뜸벼슬. 종1품.

◉ 김수팽

김수팽金壽彭은 영조 임금 때 사람이다. 남보다 뛰어나고 절개가 곧아서 옛날 열사다운 풍모가 있었다. 호조戶曹의 아전이 되었는데 청렴결백하게 자신의 행실을 지켰다.

아우가 있어 혜민서惠民署[1]의 아전이 되었다. 하루는 아우의 집에 갔는데 뜰에 죽 늘어선 항아리에서 줄줄 물감이 흘렀다.

"무엇에 쓰는 것이냐?"라고 물었더니 아우가 대답했다.

"집사람이 물감 들이는 일을 합니다."

그는 노해 발로 차면서 말했다.

"우리 형제가 모두 많은 녹봉을 받으면서 이따위 영업까지 한다면 저 가난한 사람들은 장차 무슨 일을 하란 말이냐?"

.............................

1 의약과 일반 서민에 대한 치료를 맡아보던 관청.

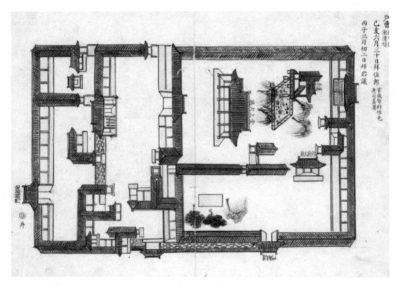

김수팽이 근무했던 호조 그림. 한필교의 《숙천제아도》에 실려 있다.

항아리들을 뒤엎어서 푸른 물감들이 콸콸 흘러 수채를 가득 메웠다.

한번은 서류를 가지고 판서의 집으로 찾아가서 결재를 청했다. 판서
는 마침 손님과 바둑을 두고 있었는데 머리만 끄덕일 뿐 여전히 바둑을
계속했다. 여러 번 청했지만 바둑을 끝내지 않았다. 수팽은 섬돌에 뛰어
올라가서 손으로 바둑판을 쓸어버리고 뜰로 내려와 아뢰었다.

"죽을 죄를 지었습니다. 죽을 죄를 지었습니다. 그렇지만 이 나랏일은
늦출 수가 없으니 다른 아전을 시켜서 결재하시기 바랍니다."

그러고는 즉시 하직하고 나가버렸다. 판서가 사과하며 그를 붙들었다.

우리나라의 법에서는 민간인의 딸로 궁녀를 충당했는데, 수팽의 딸이
거기에 뽑혀 들었다. 수팽은 대궐문을 밀치고 들어가서 등문고登聞鼓[2]를

김수팽의 전기가 실린 《일사유사》 속표지.

두들겼다. 본원<sup>本院</sup>에서 조사해 그 실정을 파악하고 아뢰었더니 "무릇 궁녀를 가려 뽑는 것은 액속<sup>掖屬3</sup>의 딸로 하고 민간의 딸은 거론치 말라"라고 비답<sup>批答</sup>이 내렸다.

이를 명해 법식이 되었으니 수팽의 소원을 따른 것이다.

그보다 앞서 임금께서 내시에게 명해 "호조의 돈 십만 냥을 꺼내오라" 하셨다. 때는 밤 4고<sup>四鼓</sup>였는데 마침 수팽이 숙직하고 있었다. 거절하고 그 말대로 하지 않았더니 내시가 꾸짖으며 대들었다. 수팽은 천천히 걸어 판서의 집으로 갔다. 결재를 받은 뒤에야 돈을 내주었더니 날은

........................

2 특별한 청원이나 상소를 위해 대궐 밖 문루에 달았던 북. 의금부 당직청에서 주관했으며 임금이 직접 듣고 처리했다. 신문고<sup>申聞鼓</sup>라고도 했다.

3 액정소속<sup>掖庭所屬</sup>의 준말. 왕명의 전달이나 대궐 열쇠의 보관, 대궐 뜰의 설비, 임금의 붓과 벼루 보관 등을 맡아보던 액정서<sup>掖庭署</sup>의 아전.

벌써 밝았다. 임금께서 들으시고 기특히 여기셨다. 이때 그 이름을 들으시고 남다른 은총을 내리셨다.

이에 찬을 붙인다.

"그 사람됨을 생각해보니 마치 바람이 빨리 불어오는 것 같아서 남들에게 들은 바와 거의 가깝다. 어렸을 때 집안이 가난했는데, 그 어미가 몸소 불을 때며 밥을 짓다가 부뚜막 밑에 묻혀 있는 돈꿰미를 발견했다. 어미는 예전처럼 다시 묻어둔 채 그 집을 팔아버렸다. 다른 집으로 이사 간 뒤에야 비로소 지아비에게 말했다. '갑자기 부자가 되면 상서롭지 못하답니다. 그래서 돈꿰밀 내버렸지요. 그랬지만 이 집으로 오고 나니 돈꿰미 묻어둔 곳이 아른거리는군요.' 이런 어머니가 아니고서야 이런 아들을 낳을 수가 없다."

_조희룡《호산외기》


호조 창고에 은덩이가 있었는데 봉부동封不動[4]이라 불렀다. 몇백 년이나 전해 내려오던 것을 아무개가 판서가 되어 "어린 딸에게 패물이나 만들어주겠다"며 몇 덩이를 훔쳐 가졌다.

수팽이 곁에 있다가 손으로 여러 덩이를 움켜쥐면서 "소인은 딸이 다섯이나 됩니다. 그래서 많이 가져갑니다"라고 말했다. 판서가 계면쩍어하면서 도로 내놓았다고 한다.

_장지연《일사유사》

..........................

4 은과 포목을 따로 저장해 봉해두고 나라의 비상시에 쓰기 위해 건드리지 않는 것. 영조 때 돈 12만 2000냥, 은 11만 냥, 포목 5만 1950필이 있었다.

⊙ 이 달문

　달문達文의 성은 이李씨다. 마흔이 되도록 떠꺼머리총각으로 약주릅을
해서 그 어머니를 모셨다.

　하루는 달문이 아무개의 가게로 갔는데, 주인이 백금이나 값나가는
무게 한 냥짜리 인삼 몇 뿌리를 꺼내 보여주면서 "이 물건이 어떠냐?"
물었다.

　달문이 "참으로 좋은 물건이오"라고 답했다.

　주인이 마침 안채로 들어가고 달문도 돌아앉아서 창밖만 내다봤다.
주인이 나오더니 "달문아, 인삼이 어디 있느냐?"고 물었다. 달문이 돌아
보니 인삼이 없었다.

　그래서 웃으며 "내 마침 인삼을 사겠다는 사람이 있기에 그에게 주어
보냈소. 곧 인삼 값을 보내줄 거요"라고 말했다.

　이튿날 주인이 쥐를 잡다가 궤짝 뒤에 종이로 싼 것이 있는 것을 보

왔다. 꺼내 펼쳐보니 바로 어제 잃어버린 인삼이었다. 주인이 깜짝 놀라 달문을 불러와서 그 까닭을 물었다.

"너는 어찌 '인삼을 보지 못했다'고 말하지 않고 '팔았다'고 속여 말했느냐?"

달문이 말했다.

"인삼을 내 이미 봤는데 갑자기 잃어버렸으니, 만약 '모른다'고 말하면 주인께서 나를 도둑이라고 말하지 않겠소?"

그제서야 주인이 부끄러워 어쩔 줄을 몰라 하며 사과했다.

이때 영조대왕께서 백성 가운데 가난해서 관례冠禮와 혼례를 치르지 못하는 자들을 불쌍히 여기시어, 관가에서 그 자금을 대주어 예식을 치르게 했다. 그러므로 달문도 비로소 관례를 치렀다.

달문은 늙자 영남으로 내려가서 민가의 딸에게 장가들고는 장사를 하면서 살았다.

서울에서 온 나그네를 만날 적마다 나라의 도움으로 관례를 치를 때의 성대한 모습을 눈물 흘리며 얘기해주었다.

_조수삼《추재집》

⊙ 김완철

김완철金完喆은 상국相國 이격李漷의 집안 청지기다. 그가 처음 들어가던 날에 계집종더러 '너'라고 부르자 종이 성내며 욕했다. 완철이 때리려고 했더니 종이 달아났다. 완철이 안뜰까지 쫓아들어가 종의 머리끄덩이를 잡아채고 때리는데, 부인이 성내며 소리를 질렀다.

"어찌 된 미천한 청지기 놈이 감히 이런 짓을 한단 말이냐?"

공이 웃으면서 말했다.

"청지기는 아들이라오. 아들이 어미 있는 곳에 들어왔는데 뭐가 잘못이오?"

부인의 노여움이 비로소 풀어졌다.

그 뒤에 공이 영남 관찰사가 되었는데 완철이 따라갔다. 공이 문서들을 검열하고 판결할 일이 있을 때면 반드시 등 뒤에 지켜 서 있었다. 그릇된 판결이 있으면 곧 바로잡아주었고 판결이 끝난 뒤에야 물러나왔

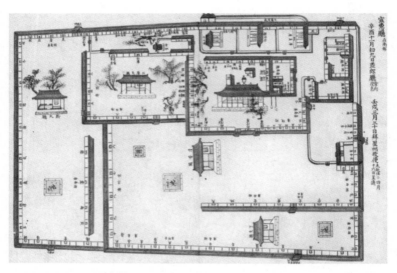

김완철이 근무했던 선혜청 그림. 사방으로 창고가 둘러져 있다.

다. 어떤 날은 종일 서 있느라고 정강이가 부어올랐지만 조금도 흐트러
지지 않았다.

공이 조정으로 돌아와 재상이 되었다. 한번은 창릉昌陵으로 임금의 행
차를 모시고 갔다가 돌아와 차를 마시려고 찾았지만 준비가 없었다. 공
이 노해 혜국惠局의 장식리掌食吏를 갈아치우고 완철로 대신했다.

혜국엔 반과법飯果法이 있어서 재상이 밖으로 나갈 때는 반드시 다과
를 올렸다. 일단 상을 올렸다가 물리고 나면 나중에 비록 먹고 싶더라도
더하지 못했다.

완철이 의정부議政府에 가서 (아전이) 쫓겨난 까닭을 묻고는 돌아와 공
을 만나 그만둘 뜻을 말했다. 공이 그 까닭을 물었다.

"물리라고 명한 뒤에 다시 차를 찾는 것은 바로 소인의 짓입니다. 그

러므로 대감께선 예복을 갖춰 입고 조정에 계시지만 사실은 백성을 속이는 데 가깝습니다. 장차 대감께 무엇을 바라겠습니까?"

공이 부끄러워하면서 그 아전을 복직시켰다.

한번은 사람들과 함께 백운봉白雲峰에 오르는데, 올라가는 길목이 가파르고 아래로는 만 길이나 되는 낭떠러지가 있었다. 열 사람이 가는데 제대로 지나는 자는 겨우 한둘이었다. 그런데 한 사람이 힘을 다해 기어오르다가 눈이 어지럽고 다리가 떨려서 따라올 수가 없게 되었다. 그러자 완철이 그를 등에 지고서 마치 평지처럼 내려왔다. 그런 얘기는 예부터 거의 들어보지 못했다.

이에 찬한다.

"완철의 풍모를 듣고 게으른 자는 일어섰으며 탐욕스런 자는 청렴해지고 나약한 자는 용맹스러워졌다. 장돈章惇이 절벽에 올라가 글 쓰는 것을[1] 소동파가 보고서 그가 인인忍人[2]인 줄을 알았다지만, 완철이야 어찌 인인이겠는가?"

..........................

1 장돈이 소동파와 남산에 놀러갔다. 선유담仙游潭에 이르자 못 아래 만 길 낭떠러지가 있고, 그 위에 나무가 가로질러 있었다. 장돈이 소동파더러 절벽에 글씨를 쓰라 했더니 소동파는 무서워서 감히 쓰지 못했다. 장돈이 나무를 끌어 잡고 내려가서 "소식, 장돈이 왔다蘇軾章惇來"라고 썼다. 소동파가 그의 등을 두드리며 "자네는 나중에 반드시 사람을 죽일 걸세"라고 말했다.

2 잔인한 사람.

⊙ 장복선

장복선은 평양 감영의 주은고主銀庫를 지키는 창고지기였다. 지금은 판서가 된 채제공蔡濟恭이 평양 감사로 갔을 때 그 창고를 조사해보니 떼 어먹은 은이 무려 이천 냥이나 되었다.

그는 집이 본래 가난해서 갚을 길이 없었으므로 법에 따라 사형을 당 하게 되었다. 그를 옥에 가두고 날이 밝으면 죽이기로 했다. 그런데 '평 양 사람들이 모두 그의 죽음을 애석히 여겨서 다투어 술과 음식을 들여 보낸다'는 소문이 들려왔다. 감사가 밤중에 사람을 시켜 감옥을 가보게 했더니 복선이 술잔을 가져다 마시며 이야기하고 웃는 모습이 예전과 같았다.

그가 갑자기 종이와 붓을 찾더니 사람들에게 "나는 정말 죽어도 아까 울 게 없지만 내가 죽은 뒤에라도 혹시 '장복선이 관청 돈을 훔쳐서 자 기 배를 불렸다'는 소문이 날까봐 걱정이네. 그렇게 되면 대장부에게 부끄럽지 않겠나. 그래서 한 기록을 남겨두어 증명을 삼겠네"라면서 곧 여러 조목을 써내려갔다.

"아무개가 초상을 당하고 가난해서 염도 치르지 못했을 때 은 몇 냥을 주었다. 아무개를 장사지낼 때도 돈 몇 냥을 주었다. 내가 주장해서 아무개 처녀를 시집보내고 아무개 총각을 장가들일 때도 은 몇 냥씩을 썼다. 아무개가 환자쌀 갚은 돈과 아무개 아전이 축낸 공금을 갚은 돈도 모두 내가 몇 냥씩 준 은이다."

쓰기를 마치고 회계를 해보니 모두 이천 냥 남짓 되었다.

이튿날 아침에 정패旌牌를 벌이고 복선을 뜰에 꿇어앉혔다. 이제 막 목을 베려는데 평양 사람들이 서로 뛰어다니며 "아전 장복선이 오늘 죽는다네"라고 알렸다.

늙은이, 어린이, 아낙네들까지 모두 모여서 에워싸고 구경하는데 눈물을 흘리는 사람까지 있었다. 기생 백여 명이 모두 비녀를 꽂고 비단치마를 휘날리며 와서 뜰 아래 쭉 꿇어앉아 노래를 함께 불렀다.


비옵니다 비옵니다

장복선 살려주시길 비옵니다

미동 대감 채 판서님

장복선을 살려주소서

장복선을 살려주시고

이번에 돌아가시면

높은 자리 오르리다

정승이 못 되시더라도

전반같은 비단 댕기

어린 손자를 보신다오

비옵니다 비옵니다

장복선 제 나이로 죽게 해주소.


　　노래가 끝나기 전에 줄 가운데 서 있던 장교가 커다란 버들상자를 땅
에다 던지며 사람들에게 외쳤다.
　　"오늘은 바로 장복선이 죽는 날이오. 만일 그 빚을 갚아 살려주고 싶
은 사람이 있으면 이 상자 속에 백금을 던지시오."
　　평안도에는 원래 돈이 많았을뿐더러 풍속이 또한 사치해서 은패물로
꾸미지 않은 사람이 적었다. 이에 은장도, 머리꽂이, 또는 아낙네의 가락
지, 비녀, 노리개 따위를 던져 마치 눈이라도 내리듯 어지러웠다. 잠깐 사
이에 네댓 상자가 가득 찼다. 아전이 달아보니 벌써 천여 냥이나 되었다.
　　채 감사는 백성들의 소원을 따르기도 하려니와 또한 그의 사람됨을
기이하게 여겨 복선을 놓아주고 또 오백 냥을 내어 보조했다. 이튿날 장
부가 정리되었다. 복선이 이미 석방된 지 사흘 만에 먼 고을에서 은을
싣고 온 사람도 두세 명이나 되었다. 그들은 장복선이 풀려났다는 소식
을 듣고 기뻐하면서도 자기들이 늦게 온 것을 부끄러워했다.

_이옥李鈺《담정총서潭庭叢書》

⊙ 장오복

장오복張五福은 영조 때 사람인데, 유협游俠으로 이름났다. 이조의 아전
이 되었는데, 한 관리가 젊고도 아름다워 오복이 그의 등을 어루만지며
"아들을 낳으려면 이쯤은 돼야지"라고 했다.

그 관리가 노해 그를 쫓아내려고 찾아다니다가 그만두었다.

길을 가다가 사람들이 다투는 모습을 보면 똑바로 서서 바라보곤 했
다. 강한 자가 약한 자를 누르거나 이치에 닿지 않는 일로 자기가 옳다
고 우기는 자가 있으면 반드시 강한 자를 누르고 이치를 따져서 그가 사
과하게 한 뒤에라야 그만두었다. 그래서 사람들이 그를 두려워했으며,
어쩌다 싸움이 붙었는데 옆사람들이 말릴 수 없으면 '장오복이 온다'고
을러대기도 했다.

한번은 취해서 광통교를 건너는데 가마 한 채가 지나고 있었다. 따르
는 종들도 매우 많았다. 오복이 취해서 가마를 건드리며 지나가자 가마

평민 시인 임득명이 그린 광통교 다리밟기 그림.

꾼이 보고서 손으로 그를 쳤다. 오복이 노해 "미천한 종놈이 어찌 이같이 하겠느냐? 이건 가마 속에 있는 사람을 믿기 때문이겠지"라고 말하면서 칼로 가마 밑바닥을 찔렀다.

공교롭게도 요강을 맞혀 쟁그랑 소리가 나자, 저자 바닥에 있던 사람들이 모두 놀랐다. 이 여자는 원수元帥 장지항張志恒의 애첩이었다.

원수는 곧 포장들을 거느리고 포졸들을 풀어서 그를 잡아들였다. 그를 죽이려 하는데도 오복은 전혀 무서워하는 빛이 없었다. 너털웃음을 그치지 않았다. 원수가 노해서 묻자 오복이 대답했다.

"장군이 위에 있어 도둑들이 자취를 감추고 소인이 아래에 있어 시끄러운 싸움들이 그치게 되었으니, 일세의 대장부는 오직 장군과 소인뿐이오. 그런데도 천한 계집 하나 때문에 장부를 죽이려 하니 소인이 한 번 죽는 거야 두려울 게 없지만, 장군이 장부 아님을 생각해서 혼자 웃는 것이오."

원수가 웃으며 풀어주었다.

이웃에 갓바치가 있었는데 달마다 가죽신 한 켤레를 오복에게 바쳤다. 오복이 궁금해서 그 까닭을 물었더니 갓바치가 대답했다.

"소인이 도움받을 일 한 가지가 있는데 감히 말씀을 못 드렸습니다."

"말해봐라."

"아무개 기생을 늘 염모했지만 뜻을 이룰 힘이 없습니다. 소인을 위해서 꾀를 일러주셨으면 합니다."

오복이 말했다.

"그거 어렵군. 어디 생각해보세."

대광통교와 청계천.

하루는 갓바치를 불러서 한 꾀를 일러주었다.

"대담히 행하게. 그리하지 않으면 실패한다네."

이튿날 오복은 갓바치가 마음속으로 염모하는 기생의 집에 가 앉았
다. 여러 소년들이 집에 가득했다. 갓바치도 부랑배 모습을 하고 왔다.
옷을 걷어붙이고 주먹을 불끈 쥔 채 들어오면서 소년들에게 물었다.

"장오복이 있느냐?"

오복이 듣고서 뒷문으로 달아났다.

소년들이 물었다.

"장오복을 만나면 어떻게 하려고 했소?"

"저놈은 동네의 걱정거리니 내가 동네 사람들을 위해 없애버리려고 했다."

여러 소년들이 서로 돌아보며 "오복이도 무서워하는 사람인데 하물며 우리 따위일까보냐!"라고 하더니 모두 흩어져 가버렸다.

갓바치가 기생에게 말했다.

"내 장차 여기서 유숙하며 오복을 기다리겠다."

기생이 그를 모시는데, 아무리 잘해도 마치 마음에 차지 못한 것처럼 했다. 갓바치가 하룻밤의 즐거움을 맘껏 누리고 돌아와 오복에게 감사했다. 오복이 말했다.

"빨리 집에 가서 일하고 아무에게도 말하지 말아라."

_조희룡《호산외기》

⊙ 천흥철

천흥철千興喆은 재상 김익金熤의 집 청지기였다. 얼굴이 잘생긴 데다 협기를 부리며 놀기 좋아해서 나이 열다섯에 초립을 쓰고 어느 기생집에 찾아갔다. 기생이 놀리느라 "너무 이르구나" 했다.

흥철이 "해가 벌써 기울었는데 무엇이 이르단 말이냐?" 물었다. 재빨리 대꾸하기가 이 같았다.

그는 평생 화류계에서 놀면서도 기생에게 손을 댄 적이 한 번도 없었다. 기절氣節을 숭상할 뿐이었다. 눈흘김을 받을 정도의 조그만 원한이라도 있으면 반드시 갚았다. 옛날 유협의 풍모가 있었으므로 남들이 그를 감히 깔보지 못했다. 그는 비록 가난했지만 한 번도 남의 물건에 손대지 않았다.

어느 날 밤엔가 기생 가패佳貝의 집에 갔는데, 가패는 홍국영洪國榮이 사랑하는 여자였다. 기생이 그대로 내보내자니 목숨이 위태로웠고 잘 달래서 보내자니 후환이 있을까 두려웠다. 그래서 술상을 차려 대접하고 잠자리를 모시려 했다. 홍철이 화를 내며 말했다.

"네가 비록 천한 창녀라지만 한 사람의 사랑을 받으면 그 한 사람만을 따르는 것이 의리다. 이게 어찌 대장부를 대접하는 뜻이냐? 너를 못 본 지 하도 오래되어 옛정이나 한번 풀어보려고 온 것이다. 어찌 다른 뜻이 있겠느냐?"

너털웃음을 웃으며 대문을 나와 가버렸다.

_조희룡《호산외기》

## ⊙ 황고집

황고집黃固執은 평양 사람이니, 이름은 순승順承이다. 그 조상은 을구乙耈로 고려 때 제안군齊安君에 봉해져서 황주를 관향으로 삼았다. 나중에 평양 인현리仁賢里로 이사 가서 집안이 매우 번성해지자, 세상에서는 성 밖 황씨들이 관우關右의 명문이라고 일컬었다.

순승은 성격이 곧아서 말하면 반드시 지켰고 행동하면 반드시 해냈다. 흔들림이 없었다. 그래서 그때 사람들이 그를 고집固執이라고 불렀다. 남녀노소 할 것 없이 모두들 '황고집'이라고 부르자 그도 흔연히 개의치 않고 자기의 호를 집암執庵이라고 했다.

그가 사는 집으로 가는 길목에 다리가 있었는데, 오래된 무덤 속의 석회로 만들었다. 그는 남의 무덤에 있던 물건을 밟을 수 없다며 늘 다리를 피하고 물을 건너다녔다. 하루는 밤중에 돌아오는데 도둑들이 다리 옆에서 엿보며 그의 옷을 빼앗으려고 했다. 그러나 그가 다리를 버리고 맨발로 물을 건너는 것을 보고는 도둑들이 서로 혀를 움츠리면서 "이놈이 고집이구나" 하고는 숨을 죽인 채 그가 지나가기를 기다렸다.

한번은 일이 있어 서울에 올라갔는데 서울에 사는 친구가 죽었다는 소식을 들었다. 함께 갔던 사람이 "같이 가보자"고 하자 듣지 않고 이렇게 말했다.

"내가 이번에 온 것은 친구의 문상을 위한 게 아니니 어찌 편법으로 조문할 수 있겠나?"

드디어 시골로 돌아갔다가 나중에 오로지 조문하기 위해서 올라왔다. 그가 하는 짓이 대개 이와 같았다.

한번은 밭을 갈다가 해충을 이웃 밭에다 던졌는데 밭주인이 화를 내자 이렇게 말했다.

"왜 우리 밭으로 도로 던지지 않느냐? 내가 던지고 네가 던지더라도 농사만 상하지 않게 하면 될 뿐이지, 반드시 죽일 필요가 뭔가?"

혹 관가의 일로 부름받아 잔치에 가더라도 기생들의 노래와 춤을 돌아보지 않았다. 누가 시험해보려고 억지로 술을 취하게 해도 또한 넘어가지 않았다.

제사를 지낼 때마다 그는 제수를 반드시 직접 사왔다. 비록 값이 비싸더라도 깎으려고 다투지 않았는데 조상께 바칠 것이기 때문이었다.

한번은 아들이 장가를 들고 처음 집으로 돌아왔다. 우리 예법에 이튿날 아침에는 마땅히 시부모에게 절하는 법이라, 그가 일찍 일어나 의관을 바로 갖추고 안채로 들어갔다. 당에 올라 한참이나 앉아 있었지만 신부가 아직도 나오지 않았다. 그가 궁금해서 계집종을 불러 "새아기가 아직도 몸단장을 안 끝냈느냐?"라고 물었다.

"새벽에 머리를 다 빗었습니다."

"그렇다면 어째서 나와보지 않느냐?"

"어르신께서 사당에 참배한 뒤에 나와서 뵈려고 기다리고 있습니다."

그가 부끄럽고도 놀라면서 말했다.

"그렇다. 그 말이 맞구나. 날마다 사당에 참배하는 것이 참다운 예법이거늘 내가 아직 행하지 못했구나. 오늘부터는 내가 행하리라."

즉시 웃옷을 갖춰 입고 가묘家廟에 나아가 배례했다. 그러한 뒤에 신부가 나와서 절하고 뵈니 그가 기뻐하며 말했다.

"신부가 나에게 예를 가르쳤으니 참으로 우리집 며느리다."

이로부터 그 며느리를 더욱 귀중히 여겼다.

공이 나이 들면서 글 읽기를 좋아해 경의經義를 강구하고 스스로 마음에 터득한 바가 많았다. 자신의 몸을 매우 엄하게 단속하고 집안을 다스리는 데도 법도가 있었다.

그 자손이 매우 번성해 가정에서 학문을 배웠는데, 역시 그 조상의 풍도가 있었다. 손자 염조恬祖는 문학으로 이름났다. 정승 심沈 아무개가 어렸을 때 염조에게 글을 배웠는데, 자기 아버지[1]와 이름이 같으니 고치기를 청했다. 염조가 듣지 않고 꾸지람했다.

"어찌 네 아비의 이름과 같다고 해서 어른의 이름을 갈라고 할 수 있느냐?"

......................

1 심염조(沈念祖, 1734~1783). 호는 함재涵齋로, 황해도 관찰사를 지냈다.

심 아무개가 입을 다물더니, 이로 인해 떠나가버렸다. 나중에 심이 평안 감영에 관찰사로 와서는 염조에게 죄를 얽어서 때려죽였다. 서도 사람들이 이를 원통하게 여겼다.

외사씨가 말한다.

"우리 조선 사람들이 융통성이 없고 끈질긴 자를 만나면 반드시 '황고집'이라고 흉본다. 그의 이름이 온 나라에 두루 퍼져서, 드디어 사람들의 입에 오르는 말이 되었다. 그러나 그가 한 행동을 보면 남들이 하기 어려운 일이 매우 많았다. '선한 것을 골라서 고집하는 군자'라고 말할 만하다. 어찌 편협하고도 집요한 자라고 배척하겠는가? 심 씨가 저지른 것은 참으로 잘못이다. 그 뒤에 또한 배막동裵莫同이란 자가 있었는데 자못 고집과 같은 부류였다."

_장지연《일사유사》

⊙ 노동지

　노동지盧同知[1]는 남양 사람이다. 활을 잘 쐈지만 운수가 기박해 매번 무과 초시에는 합격했어도 회시會試에는 떨어졌다.

　하루는 인정人定[2]이 지난 뒤에 술에 취한 채로 육조六曹 앞 큰길 위에 버티고 섰다. 그날은 바로 어영청御營廳에서 순라군을 내보내는 날이었다. 나졸이 붙잡자 곧 손으로 쳤다. 패장牌將이 오자 또 후려쳤다. 잇달아 네댓 사람을 치고도 가지도 않고 서 있었다. 그러자 각 패의 나졸들이 모두 모여들어 묶었다. 그리고 이튿날 아침이 되길 기다려서 대장의 문 밖으로 끌고 가서 기다렸다. 대장은 바로 안국동 홍 상국洪相國[3]이었다.

......................

1　이름은 전하지 않는다. 동지는 의금부나 삼군부三軍府에 두었던 종2품 동지사同知事의 약칭이다. 실제 벼슬이 아닌 경우가 많았다.
2　매일 밤 이경에 종각의 종을 스물여덟 번 쳐서 백성들의 통행을 금지하던 일. 스물여덟 번은 하늘의 별자리 이십팔수二十八宿를 뜻한다.

홍공이 잡아들이게 하고는 물었다.

"네가 순라법의 내용을 아느냐?"

"예, 압니다."

"그렇다면 어째서 순시하는 나졸들을 쳤느냐?"

"말 한마디 하고 죽고자 합니다. 원컨대 잠시만 포박을 풀어주십시오."

공이 풀어주게 하자 노군이 일어나서 대답했다.

"소인은 남양에 사는 과거 응시생입니다. 용기와 힘도 약간 있고, 말타기와 활쏘기를 잘합니다. 그러나 운수가 기박해 회시에 응시한 것이 이제 거의 열 차례나 됩니다. 그런데 이번에 또 떨어졌습니다. 제 신세를 스스로 돌아보고 죽으려 했지만 그것도 뜻대로 안 되었습니다. 그래서 재상 문하에 몸을 내맡겨 출세할 계책을 생각해봤지만 또한 그렇게 할 길이 없었습니다. 요즘 명망이 사또보다 더 높은 이가 없기에 가만히 한번 문안드리고자 했지만 문지기에게 막히곤 했습니다. 그래서 이러한 계책을 낸 것입니다. 순라군을 친다면 반드시 이 뜰에 끌려오게 될 것이기에 한번 얼굴을 뵙고 제 속사정을 아뢰고자 한 것입지요. 만약 순라군을 때리지 않고 다만 통행금지만 어기게 된다면 집사청執事廳에서 곤장이나 쳐서 내보낼 것이오니, 어찌 이 뜰까지 들어올 수 있겠습니까? 한 사람이 두 사람을 대적하면 겸인지용兼人之勇이라고 합니다. 소인

......................

3 홍국영(洪國榮, 1748~1781). 세손世孫 시절부터 정조의 측근이었는데, 정조가 즉위하자 숙위대장宿衛大將에 도승지를 겸해 세도정치를 펼쳤다.

노동지가 첨사로 근무했던 선사포에서 연행사가 떠나는 모습.

은 대섯 명을 쳤으니 겸오인지용兼五人之勇이라고 말할 수 있겠습니다. 사
또께서 소인을 문하에 있게 해주시면 어떻겠습니까?"

홍공이 자세히 살펴보더니 웃으며 말했다.

"어젯밤에 매 맞은 포교들은 어디 있느냐?"

그 포교가 명을 듣고 대령했다.

"너희들 포교와 포졸 다섯 명이 저 한 사람에게 매를 맞았다니 장차
무엇에 쓰겠느냐? 너는 장패를 풀어놓고 물러가거라."

이어 그 전령패傳令牌를 노군에게 채워주고 자기 문하에 있게 했다.

그는 사람됨이 아주 영리해서 모든 일처리가 주인의 마음에 맞았다.
그래서 총애함이 날로 높아졌다. 안팎의 크고 작은 일을 모두 그에게 맡
겼지만 내고 들이는 것이 적당해 한 가지도 잘못한 일이 없었다. 홍공이
마치 자기의 수족처럼 여겼다.

별군관別軍官에서부터 품계가 올라 오래 근무한 공으로 선사포宣沙浦 첨사僉使가 되었다. 부임할 때도 홍공이 편지로 순병영巡兵營에 부탁했으며, 일이 있을 때마다 돌봐주었다. 임기가 만료되는 3년 동안에 홍공에게 편지를 올려 문안드린 적이 한 번도 없었다. 그래서 홍공 문하의 사람들이 모두들 '은혜를 저버린 놈'이라고 그를 의심했다. 그의 임기가 다 차서 후임과 교대한 뒤에야 돌아와서 뵈니 공이 기꺼이 물었다.

"그동안 별일은 없었느냐? 벼슬에서 얻은 녹봉은 얼마나 모았느냐?"

"소인은 사또의 은덕으로 부유한 고을에 삼 년간이나 재임했기에, 그 모은 소득으로 남양에다 밭뙈기를 마련했습니다. 이젠 평생 넉넉히 지낼 만합니다."

홍공이 기뻐하면서 말했다.

"매우 다행스러운 일이다."

노군이 그대로 일어나서 그만 가겠다고 아뢰니 공이 깜짝 놀라서 말했다.

"네가 이제 여기까지 왔는데 어찌 머무르지 않고 곧장 돌아가려 하느냐?"

"소인이 정성껏 사또께 힘을 다한 까닭은 장차 구할 것이 있었기 때문이었습니다. 이젠 얻은 것이 마음에 흡족해 바라던 것보다도 지나쳤습니다. 다시 머물러서 무엇하겠습니까? 이제는 물러가겠습니다."

공이 말없이 허락했다. 문을 나서는데, 그더러 "은혜를 저버렸다"고 꾸짖는 자가 있었다. 노군이 웃으며 말했다.

"내가 어찌 은혜를 모르겠는가? 내가 문하에 십 년을 있었지만, 여러 곳에서 들어온 선물을 사또께서 다 살피시던가? 웬만한 물건 따윈 우리들이 다 써버리지 않았던가? 내가 잔약한 진鎭의 첨사로서 비록 온 고을의 재력을 다하여 올려바치더라도, 머슴이나 청지기 눈 아래의 물건이 될 뿐이지 꼭 필요한 것은 못 되었을 것이다. 그래서 내가 올려바치지 않았을 뿐이다."

그대로 남양으로 돌아간 뒤에 다시는 서로 연락하지 않았다. 병신년(1776)⁴에 이르러 홍공이 쫓겨나 고양군 문봉文峰 묘 아래에 살게 되자 한 사람의 종도 곁에서 모시려 하지 않았다. 노군이 그제서야 막대를 짚고 와서 아침저녁으로 모시며 일을 처리했다. 병이 중해지자 좌우에서 부축하고 친히 약과 음식을 맛보았다. 공이 죽은 뒤에는 손수 염습殮襲하여 입관했다. 장사를 마친 뒤에 통곡하고는 돌아갔다.

_《계서잡록溪西雜錄》》

---

4 병신년(1776)은 정조가 즉위하고 홍국영이 정권을 잡은 해며, 쫓겨난 해는 기해년(1779)
  이다.

⊙ 박장각

박장각朴長脚은 어디에 사는 사람인지, 또 이름이 무엇인지도 알 수 없다. 다리가 길다고 해서 사람들이 장각長脚이라고 불렀다. 몸집이 아주 크고 얼굴도 사내답게 잘생긴 데다 남보다도 뛰어나게 힘이 셌다.

일찍 아버지를 여의고 몹시 가난했으므로, 품팔이를 해서 어머니를 모셨다. 보드라운 솜이불을 마련해드리고 어머니가 시키는 일이라면 어기지 않았다.

총각 시절에 어떤 사람과 싸움을 하다가 그만 때려죽이고는 어머니를 업고 산속으로 달아났다. 나무를 하고 사냥을 해다가 어머니를 모셨다.

하루는 도둑 떼가 몰려와서 장각의 생김새가 보통이 아닌 것을 보고는 자기들 당에 들어오라고 위협했다. 장각이 어머니가 늙으셨다는 핑계로 거절하자 도둑들이 말했다.

"아무 산은 우리들의 본거지라서 가족들이 모두 있다. 어머니를 모시고 가면 편안히 보양할 수 있고, 또 쓸쓸치도 않을 것이다. 빨리 짐을 꾸려라."

장각은 어머니가 듣지 않을 것을 알기에 매우 간절하게 사양했다.

"늙으신 어머님께서 다른 데로 옮겨가는 것을 불편해하신다오. 어머님께서 세상을 떠나신 뒤에 여러분께 내 몸을 맡겨도 너무 늦지는 않을게요."

사양하기를 마지않으니 도둑들이 그의 지극한 효성을 보고 금붙이와 비단을 그에게 주었다. 그러나 장각은 받지 않았다.

어머니가 세상을 떠나자 곧 도둑들의 무리에 들어갔다. 부안 변산에 소굴을 두고 전라도 땅을 두루 돌아다니니 그 무리가 삼백 명이나 되었다. 도둑들이 장각을 추대해 두목으로 삼았다. 장각은 아주 용감하고도 날쌔어서 네댓 길은 능히 뛰어넘었다. 달리기도 잘해서 하루에 사오백 리를 가고도 지치지를 않았다.

또 말솜씨가 뛰어나 담론을 잘했으며 지략까지 지녔다. 도둑질을 교묘하게 해서 자질구레한 것은 손도 대지 않았다. 때로는 수레나 말을 타고 종을 거느린 채 대낮에 남의 집에 들어가서 금붙이나 비단을 빼앗아냈다.

어떤 때는 관청에서 보내는 짐바리나 여러 곳으로 실어 나르는 화물들을 약탈하기도 했다. 그러나 국고로 들어가는 조세租稅나 공물들, 가난한 장사꾼과 외로운 나그네의 보따리엔 절대로 손대지 말라고 부하들에게 주의를 주었다. 다만 벼슬아치들의 선물과 돈 많은 장사꾼이 이익을 남기려 드는 물건만 빼앗으라고 했다.

어쩌다 촌마을을 약탈하더라도 가난한 백성이나 구멍가게는 침범하지 말고 오직 부잣집만 쳐들어가라고 했다. 부잣집이라도 완강히 반항하는 사람이 아니라면 몽둥이나 칼을 쓰지 말고 다만 위력만 보이다가 그치게 했다. 빼앗은 돈으로 자주 가난한 백성을 구제했다. 평소 자기 옷차림은 낡은 옷과 떨어진 갓뿐이었다.

이래서 장각의 이름이 온 나라에 두루 퍼졌다. '큰 도둑'이라고 부르긴 했지만 사람들이 의적義賊으로 여겼다.

전라 순찰사가 좌우병영左右兵營과 수영水營 및 각 진鎭의 토포사討捕使에게 명령해 해마다 수색이 더욱 엄해졌다. 그러나 그 부하들만 잡았을 뿐 장각은 아무도 손대지 못했다.

영조 26년(1750) 경오년에 병사 이관상李觀祥이 전주 영장營將이었는데, 장각이 부하 수십 명을 데리고 공북루拱北樓 위에서 취해 잠들었다는 말을 듣고 장교들을 보내 잡게 했다. 다른 도둑들은 모두 잡혔지만 장각은 다리에서 뛰어내려 달아났다.

달아난 지 얼마 뒤에 문을 지키는 군졸이 들어와 "장각이 와서 뵙기를 원합니다"라고 아뢰었다.

이공이 평복을 입은 채로 좌우를 물리치고 그를 만났다. 장각이 왔는데, 그때가 바로 한여름이었건만 반쯤 무릎까지 가릴 만한 솜옷을 입고 바지 역시 그랬다. 미투리를 신고 패랭이를 쓴 데다 대님을 양쪽으로 졸라 매고 천천히 걸어 들어왔다. 허리 아래가 다른 사람의 키와 거의 맞먹었다. 듬직한 모습으로 허리를 굽혔다 펴고는 마당 한가운데 우뚝 섰다.

이공이 "너는 도둑이요, 나는 도둑을 다스리는 관원이다. 네 어찌 죽을 곳으로 들어왔느냐?"라고 꾸짖었다.

장각이 웃으며 말했다.

"내 듣건대 공북루 위에 도둑이 스물셋이라는 것을 사또께서 앉은 채로 알았다니 이 얼마나 신통하오? 그래서 사또를 한번 뵈오려고 이렇게 감히 당돌한 짓을 했소. 그러나 사또께서도 나를 죽일 수는 없으리이다. 예전에도 이 마당에 들어온 적이 한두 번이 아니었소. 새 사또가 진에 부임한다는 소식을 들을 적마다 찾아와서 만나기를 청했지만, 모두들 성대하게 위의를 갖추고 급창及唱이 전하면서 들어왔으니, 한 번 보고도 그 사람됨을 알 수 있었다오. 그 밑에 있는 졸개들이야 소리를 치며 쫓아온들 무엇이 두렵겠소? 칼을 씌우고 몸에다 쇠사슬을 얽어매더라도 머리를 숙이고 바보처럼 그들 하는 대로 내버려두면 그만이지요. 아전이 나와 '옥에 가두라' 하면 그제서야 기지개를 켜면서 결박을 끊고, 눈 깜박할 순간에 칼을 빼갰다오. 앉았던 자리에다 침을 한 번 뱉은 뒤 담장을 한 발로 차서 뛰쳐나가면 몇 년 동안은 나에게 어찌할 수가 없지요."

공이 말했다.

"내가 칼을 들어 너를 베면 어떻게 하겠느냐?"

장각이 말했다.

"사또께서 나를 죽일 재주가 있다면 내 알 바가 아니지만, 살고자 하는 방도는 또한 스스로 생각해내는 것입니다. 두 범이 서로 싸운다면 둘 다 온전치는 못하리다. '귀한 집 아들은 마루 끝에 앉지 않는다'고 주워들었습니다. 나처럼 보잘것없는 몸이야 아무래도 좋지만 사또께선 어찌 혈기를 부려 필부 같은 짓으로 자신을 가벼이 여기십니까?"

그제서야 공이 얼굴빛을 바꿔 자리를 권하고 의義로 타일렀다. 장각이 탄식하면서 드디어 굴복했다. 즉시 토포군관討捕軍官들을 장각에게 딸려 보내 그 부하들을 잡아오게 했다. 달포가 되도록 소식이 들리지 않자 사람들이 모두 믿지 않으며 '도둑에게 속은 것이다'라고 했다. 그러나 얼마 안 되어 과연 왔다. 부하 백여 명을 이끌고 귀순한 것이다.

잘 조사해 증거를 세우니 모두 맞아들었다. 그래서 그들을 교화해 양민으로 만들었다. 이로부터 귀신처럼 도둑들을 수색해 잡아들이니 도둑 떼들이 수그러들고 백성들도 약탈을 당하지 않아 사방이 평온했다. 공이 다른 고을로 전임 가면서 장각에게 "너는 장차 어디로 가겠느냐? 훗날에도 길이길이 착한 사람이 되겠느냐?"라고 물었다.

장각이 말했다.

"내 이미 사또의 알아주심을 입었으니 이 마음이 변함없습니다. 다만 이제부턴 다른 고을로 옮겨 가서 살겠습니다. 사또께서 이 뒤에라도 장각이 도둑 되었다는 소문을 만약 듣거든, 저를 만 번 죽여도 달게 받으리이다."

그 뒤로 장각이 온양군 북야촌北野村으로 옮겨가서 짚신을 삼아 판다는 소문이 들려왔다. 몇 년이 지나자 갑자기 간 곳을 알 수 없었다. 어떤 사람은 '머리를 깎고 중이 되었다'고도 했다.

_장지연《일사유사》

〔처사·선비〕

⊙ 한순계

옛날의 은자들은 저잣거리에 많이 숨었다. 설공薛公[1]은 한단邯鄲의 시장 바닥에서 아교를 팔며 숨어 지냈고 한백휴韓伯休는 장안 시장 바닥에서 약을 팔며 숨어 지냈다. 엄군평嚴君平도 성도成都 저잣거리에서 점卜을 팔며 숨어 지냈다.

그들이 세상을 길이 떠나는 데다 그 뜻을 두었다면 산꼭대기나 물가가 바로 그들이 숨어 살 곳이었다. 그런데도 비천한 일을 스스로 달게 여기며 시장 바닥에 숨어 지낸 까닭은 무엇이었던가? 시은市隱 한순계韓舜繼 선생이 숨어 살았던 까닭을 생각해보면 그 마음은 번거롭지 않았던 것을 알 수 있다. 스스로 숨어 지냄을 보였으니, 그곳이 시장 바닥이건

.............................

1 〈조주지趙州志〉에 따르면 조趙나라 사람 설공이 장漿을 파는 집에 숨어지내다가 위魏나라 공자 무기無忌를 만나서 장군이 되었다고 한다.

처사·선비 **339**

아니건 어찌 가리겠는가? 아아, 이를 봐서도 그가 숨어 지낸 뜻이 고상함을 알 수 있다.

선생의 자는 인숙仁淑이니 선조 때 사람이다. 처음에는 교하交河에 본적을 두었다가 중년에 송도로 옮겨와 살았다. 과의교위果毅校尉 만령萬齡이 아버지고, 효력부위效力副尉[2] 의정義貞이 할아버지다.

선생은 어머니를 모시는 데 지극히 효성스러웠다. 맛있는 음식을 바치지 못해 걱정하다가 구리를 부어 그릇을 만들어다 팔았다. 그가 만든 그릇은 정교하면서도 값이 또한 속임 없어서 물건을 사는 손님들이 날마다 선생의 가게로만 오고 다른 가게로는 가지 않았다. 다른 가게에서는 번번이 이익을 빼앗겼다.

선생은 "이익을 혼자만 가질 수 있느냐?"면서 양보하고 자기만 가지지는 않았다.

한번은 구리를 사다가 그릇을 주조鑄造하는데 화로에서 금빛이 번쩍이고 있었다. 자세히 살펴보니 모두 금이었다. 그래서 즉시 주조를 중지하고 구리가 조잡하다고 핑계하면서 죄다 거두어 주인에게 돌려주었다. 선생은 장사를 하면서도 도에 어긋나지 않았으니 값을 받는 것 또한 어머니를 봉양할 만큼만 가졌고 나머지는 여러 친척 가운데 가난한 자에게 나눠주었다.

한번은 어머니가 병이 들어 위급하게 되었는데 의원이 "검은 비둘기가 아니면 효험을 못 보겠소"라고 말했다.

...........................

2 과의교위는 정5품 무관이고, 효력부위는 정9품 무관이다.

때는 한밤중이었는데 선생은 큰길을 헤매며 흑흑 슬프게 흐느껴 울었다. 어떤 사람이 소매 속에 검은 비둘기를 넣고 지나가다가 "꿈속에 한 노인이 나타나서 나더러 이 비둘기를 그대에게 주라고 했소"라고 말했다.

어머니가 죽자 선생은 삼 년 동안 소금과 채소를 먹지 않았다. 화로와 풀무, 주물틀을 다 내버리고 죽을 때까지 다시는 시장을 향하지 않았다. 선생이 시장에 있었던 것도 어머니 때문에 장사한 것이다.

선생은 비록 시장에서 장사를 했지만 몸가짐이 매우 엄했다. 집안사람이 잘못하면 그와 더불어 말을 하지 않았다. 스스로 두려워져서 굴복케 했다. 밤에는 화로 곁에다 등불을 켜고서 옛사람의 책을 읽었다. 마음에 맞는 부분이 있으면 시를 짓기도 했는데 기이해서 외울 만한 시들이 많았다.

화담花潭 서경덕徐敬德 선생이 그와는 더불어 도를 논할 만하다고 여기어 산에 들어와 함께 강구하고 연마하자고 청했다. 그러나 선생은 어머니가 늙으셨다는 이유로 사양했다. 문성공文成公 이이李珥라든가 문간공文簡公 성혼成渾 같은 그 시대의 성현 군자들이 늘 도道로써 방문했으며 해가 기울 때까지 친숙하게 논했다. '시은市隱'이란 칭호도 이 두 성현에게서 나왔다.

유수 정언지鄭彦智가 선생의 덕행과 학문을 장차 조정에 아뢰어 선생의 정역征役을 덜어주십사 하고 청하려 했다. 선생이 알고는 "안 됩니다. 집戶이 있으면 정征이 있고 몸身이 있으면 역役3이 있는 게 백성의 본분입니다. 백성이 정역을 감당하지 않는다면 어찌 백성이라고 할 수 있겠습

韓舜繼

江陽　李慶民　編

熙朝軼事　上

古之隱者類多隱於市薛公賣膠隱於邯鄲市韓伯
休賣藥隱於長安市嚴君平賣卜隱於成都市彼其
志與世長辭則山巖水涯其隱也乃自甘鄙事隱於
販鬻何也及考市隱韓先生舜繼之爲隱也則知其
心未始屑屑然自見其隱又何市與匪市之擇哉鳴
呼親於此而驗其隱之高也先生字仁淑　宣祖時
人始籍於中世徙居松都事母至孝病甘饌不給

《희조질사》 첫 장에 실린 한순계의 전기.

니까?"라고 말했다.

자기의 셋째 아들을 다시 정병正兵[4]에다 넣고는 "이렇게 하는 것이 본분이다"라고 말했으니 선생이 숨었던 것도 본분 때문에 숨었던 것이다.

선생은 나이 쉰아홉에 죽었다. 죽기 전에 집사람들에게 알려 몸을 씻고 바로 뉘어달라고 부탁했다. 편안히 세상을 떠났는데 붉은 기운이 방안에 가득하다가 사흘이 지나서야 스러졌다. 사내옹四耐翁 안경창安慶昌이

............................

**3** 양인(良人, 평민)이 부담하던 국역. 16세 이상 60세 이하의 남자는 교대로 군역을 졌다. 이것이 번상군(番上軍, 정병)이며, 번상하지 않는 양인(봉족奉足 또는 보保)은 군포軍布를 두 필씩 바쳐서 번상군의 경비를 조달했다.

**4** 실제로 훈련받고 군무를 담당하는 정규군. 같은 군역이지만 현역이 아니라 그들의 경비를 부담하는 봉족 또는 보와 구분하기 위해 정병이라고 불렀다.

선생과 서로 가깝게 사귀었는데 "야인野人은 죽는 모습도 참으로 남들과 다르구나"라고 감탄했다. 그의 무덤은 송도 아무 마을 아무 언덕에 있다.

숙종 병인년(1686)에 유수 이숙경李塾竟이 선생의 덕행과 학문을 조정에 아뢰어 선생이 살던 마을에 정문을 세웠다. 지금 임금(영조) 기미년(1739)에는 유수 정우량鄭羽良이 또한 선생의 덕행과 학문을 조정에 아뢰어 선생에게 사헌부 지평을 내리게 했다.

선생은 금산 백석근白石斤의 딸에게 장가들어서 세 아들 응충應忠, 응렴應廉, 응훈應勳을 낳았다. 손자와 증손자는 많아서 다 쓸 수가 없다. 응충의 손자 섬選은 효자라서 정문을 세웠다. 섬의 아들 태진泰鎭 또한 효자로 이름이 났다.

_서명응徐命膺《보만재집保晩齋集》

⊙ 서기

　서기(徐起, 1523~1591)의 자는 대가<sup>待可</sup>이고 호는 고청초로<sup>孤靑樵老</sup>다.
이천 사람인데, 공주 공암사<sup>孔巖祠</sup>에서 제사를 지낸다. 수암<sup>守菴</sup> 박지화<sup>朴</sup>
<sup>枝華</sup>가 이렇게 묘갈명을 지었다.

　"공은 어려서부터 글을 읽을 줄 알았고, 일곱 살 때엔 마을 가운데 있
는 서당에서 글을 배웠다. 서당이 없어지려 하자 공이 그 선생에게 시를
지어 바쳤는데,

　　　서당을 오래오래 허물지 마셔서
　　　제가 성현을 배우도록 해주세요.
　　　書堂長勿毀, 使我學聖賢.

라는 구절이 있었다. 선생이 감탄하면서 그가 비범한 아이라는 걸 알았

다. 한번은 어머니가 병에 걸려 거의 죽게 되자 공이 손가락을 잘라서 그 피를 약에다 섞어 바쳤다. 어머니가 다시 기운을 차렸는데 그때 공의 나이 아직 열 살도 채 되지 않았다. 차츰 자라면서 학문에 더욱 힘써 제자백가와 온갖 기예를 섭렵하지 않은 것이 없었는데, 특히 선학禪學을 사모했다. 나이가 스물 남짓 되었을 때 비로소 우리 학문(유학)이 올바르다는 것을 알고서 지금까지 배웠던 것을 모두 버렸다. 이소履素 이중호(李仲虎, 1512~1554)의 문하에 나아가《대학》《중용》등 여러 책을 배웠다.

그 뒤에 공주 계룡산 고청봉 아래 공암동에다 집을 지었다. 고을의 선비들 가운데 공경하고 두려워하며 스승으로 받들지 않는 이가 없었다. 찾아오는 자들이 나날이 더욱 많아졌다. 그곳에서 십팔 년 지내는 동안 경전과 역사책에 깊이 젖어들어 흔연히 즐거워하며 밥 먹는 것까지 잊었다. 일찍이 학문 말고는 가슴속에 아무것도 생각해보지 않았는데, 나이 들면서 깨달음이 더욱 높고 밝아졌다. 만력 신묘년(1591)에 병으로 죽었는데 나이 예순아홉이었다. 이에 명銘한다.

아아, 대가待可가
우리 동방에 태어나,
젊어서 천하더니
늙을수록 가난해졌네.
힘써 그 많은 책을 읽어
그 몸을 빛내더니,
제자들을 받아들여

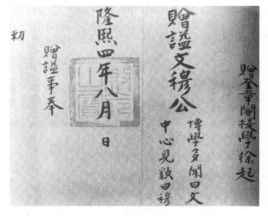
서기에게 내린 교지.

아이들을 바르게 길렀네.

고청봉은 높고

금강은 절로 흐르니,

두 가지 즐거움이 있어

처음부터 끝까지 누렸네.

산에 달이 있고

강에는 바람이 있어,

조각 빗돌을 세워

유궁幽宮을 표시했네."

_고시언《소대풍요》, 유재건《이향견문록》

⊙ 고두표

고두표<sup>高斗杓</sup>의 자는 운원<sup>運元</sup>인데 성품이 깨끗하고 속되지 않았다.

학문을 좋아했는데 특히《주역》에 조예가 깊어 미묘한 부분까지 밝게 깨달았다. 당시 학자들에게 크게 칭찬받았으니 고청<sup>孤青</sup> 이후의 제일인 자라고까지 했다. 늘 "우리 도<sup>道</sup>의 연원은 경<sup>敬</sup>이라는 한 글자에 있다"라고 하면서《심경<sup>心經</sup>》과《근사록<sup>近思錄</sup>》등의 책을 즐겨 읽었으며 마음속으로 체득해 깊이 간직했다.

평생 퇴계와 율곡을 우러러 받들었으며 그들이 남긴 책을 손에서 놓지 않았다.《태극도설<sup>太極圖說</sup>》을 읽다가 중정인의<sup>中正仁義</sup>의 가르침에 이르러선 마음에 깊이 새겼다.

병이 위독해지자 아내를 물리치고 자리를 바르게 하여 세상을 마쳤으니 평소에 지니던 몸가짐을 또한 볼 수 있었다.

_고시언《소대풍요》

⊙ 정윤

동리 선생東里先生의 성은 정鄭이고 이름은 윤潤이며 자는 덕공德公이다. 아버지는 희교希僑인데, 부자가 모두 속리산 아래에 숨어 살았다. 늙어 죽을 때까지 산을 나가지 않았으므로 고향 사람들이 시諡를 지어 올리길 동리 선생이라고 했다.

희교는 나이 열일곱에 윤을 낳았는데 아내가 일찍 죽었다. 윤은 가난 했으므로 또한 장가를 가지 못했다. 윤은 손재주가 많아서 음식과 의복 만드는 것을 때맞춰 돌봤고 그 솜씨도 부인네보다 나았다. 그래서 희 교가 죽을 때까지 맛보지 못한 생선이나 고기가 없었고 솜옷을 입어서 매우 편안했다. 윤은 상수리와 밤을 줍고 나뭇잎을 엮어서 스스로 굶주 림과 추위를 막았다. 윤이 마흔 살에 희교를 모실 때는 벌써 살림이 텅 비었다. 거처하는 방에는 사방 한 길이나 책을 쌓아 천여 권을 놓은 곳 이 사람 눕는 곳의 배나 되었다. 윤이 젊었을 때 어떤 사람이 희교에게 권하며 책을 팔아서라도 윤을 장가들이라고 했다. 희교가 그를 밀치면서 "내 차라리 자식이 없을 수는 있어도 이 책을 없앨 수는 없다"라고 말했다.

이것은 희교가 책을 좋아하는 버릇이 있어서만이 아니라 또한 대대로 내려온 것임을 중하게 여겼기 때문이다.

윤이 자라서 밭을 갈거나 나무를 할 때도, 낚시질을 하거나 주살사냥을 할 때도 반드시 책을 가지고 다녔다. 밤이 되면 나무에 불을 밝혔다. 우虞·하夏의 서書와 선진先秦·한漢·위魏의 시, 사史·전傳·자子·집集을 내리 외우는데 한 글자도 잘못이 없었다. 희교는 논論·책策을 잘했고 윤은 시詩·부賦에 뛰어났다. 고을의 자제들 중에 그에게 나아와 글 배우기를 청하는 자가 있어, 그를 밭두덩에 앉히고 붓과 벼루를 놓은 뒤 겨리를 풀고 왔더니 문장을 이미 지어놓았다.

어떤 사람이 "왜 과거를 봐서 급제하지 않고 이처럼 스스로 고생하는가?" 물었다.

희교가 웃으면서 "과거나 벼슬이야 어떻게 밭 갈면서 또한 할 수 있겠는가?"라고 반문했다.

묻던 사람이 그의 고결함에 더욱 탄복했다.

희교가 죽을 때 나이 여든을 넘었고 윤 또한 일흔이었는데, 염을 하는 것부터 무덤에 나무를 심는 일까지 자기가 손수 치렀지 남에게 맡기지 않았다. 보던 책도 모두 함께 묻었다. 오두막을 짓고 묘를 돌봤다. 상이 끝날 때까지 다시는 밭을 갈거나 낚시질을 하지 않으며 "어버이가 계시지 않으니, 이제는 내가 옷이나 먹을 것을 걱정하지 않으리라" 하면서 오직 풀뿌리나 씹고 물이나 마실 뿐이었다. 죽을 때 큰고모의 손자들에게 "아버님의 무덤 곁에 묻어다오"라고 부탁했는데 그때 윤의 나이 또한 여든이었다.

_조수삼〈추재집〉

⊙ 안광수

안광수安光洙의 자는 성로聖魯이고 호는 죽헌竹軒인데, 그의 아버지 때부터 성균관 부근 마을로 들어와서 살았다. 이때 성균관 마을의 풍속은 꼿꼿하다는 자들이 바둑이나 장기로 놀았으며, 인색한 자들은 남에게 돈놀이해서 이자나 뜯어내기에 바빴다. 예교禮敎의 가르침을 따르는 자는 적었다. 광수가 탄식하면서 말하기를 "태학太學은 이 나라 인재를 길러내는 곳인데 그 풍속이 이럴 수가 있단 말인가" 하고는 여러 자제들 가운데 총명한 자 칠십여 명을 가려서 학계學契를 만들었다. 그 이름을 제업문회齊業文會라고 했다.

자기 재주의 높고 낮음에 따라 각기 경經·사史·자子·전傳을 배우게 하되, 어버이를 섬기고 어른 공경하는 도리를 아침저녁으로 깨우치게 했다. 관혼상제에 대해서는 마을 사람들이 알기 쉽도록 자신이 도표까지 그려서 가르쳤으며 정자程子와 주자朱子의 예법을 벗어나지 않도록 했

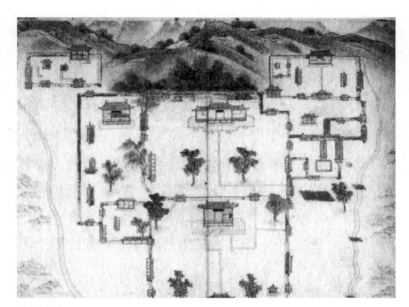

성균관 마을.

다. 달마다 초하루에는 생도들을 모아 과업이 잘되었는지 못되었는지 시험했으며 상을 주어 권장하거나 꾸짖어 징계했다. 그랬더니 성균관 마을의 자제들이 많이 깨달아 광수를 따르게 되었다. 그는 또한 "선비가 되기를 배우려면 풍류 있게 놀아야 한다. 그러나 그러지를 못하고 기상에 여유가 없어 무우舞雩에서 바람 쏘이고 시를 읊으며 돌아오는[1] 멋이 없어진 지 오래되었구나"라면서, 날씨 좋은 날 경치가 좋은 곳을 찾아서 제자들과 함께 술을 즐기며 시를 지었다. 그렇게 모은 시가 수백 편이나

..............................

1 공자가 제자들에게 각기 하고 싶은 일을 묻자 증점曾點은 "저는 날씨가 좋은 봄날 기沂에서 목욕하고 무우에서 바람을 쏘이다 시를 읊으면서 돌아오고 싶습니다"라고 했다.

되었으며 거기에 담긴 뜻 또한 원대했다. 이로 말미암아 재주를 이룬 자들이 매우 많았으며 다 자란 뒤에 관례를 치르고는 서리胥吏도 되고 전복典僕도 되었다. 모두들 묘우廟宇를 공경할 줄 알았고 석채釋菜[2]를 공손히 드렸다. 각기 맡은 일을 행해 모자람이 없었다.

광수는 한갓 말로만 가르칠 뿐 아니라 자기 몸으로 실천했다. 상喪을 치르며 채소만 먹기를 삼 년이나 했다. 아침저녁으로 곡을 하다 비록 병이 깊어졌지만 그만두지 않았다. 그밖의 일들도 본받을 만한 것이 많았다. 성균관의 어른이 그 인물됨을 듣고는 자주 상을 주어 그를 칭찬했다.

광수가 죽자 성균관 마을 사람들은 늙은이, 젊은이 가릴 것 없이 모두들 슬피 울었으며 함께 장사지냈다. 상을 당할 때부터 장사를 치를 때까지 일을 맡았는데 물러서는 사람이 없었다. 광수가 죽은 날과 태어난 날 사시四時의 절기마다 일찍이 글 배웠던 자들이 제물을 갖춰 제사를 지냈다. 이러기를 십여 년이나 한결같이 했다.

이에 이르러 노인들이 서로 모여 의논했다.

"우리 성균관 마을의 젊은이들이 노인 공경할 줄을 알고 노인들이 길에서 짐을 지거나 이지 않는 것은 안 선생의 힘이다. 옛날에 시골 선생이 죽으면 사당을 만들어 제사를 받든 것이 예다. 안 선생과 같은 분에게 어찌 글 배운 사람들만 제사지내도록 할 수 있겠는가."

드디어 서로 비용을 거두어 광수에게 제사를 지내주었다.

_서명응《보만재집》

..........................

2 소나 양 따위의 희생을 생략하고 채소 따위만으로 간소하게 공자의 제사를 지내는 것.

⊙ 신두병

신두병申斗炳은 어떤 사람인지 모른다. 정조 때 승문원承文院[1] 산원散員[2]이
었는데, 중국으로 보내는 외교문서는 모두 그가 맡아서 관리했다.

승문원에 일이 생기면 통보를 받지 않고도 반드시 남보다 먼저 왔다.
남들이 자기가 사는 곳을 알게 하지 않았다. 이렇게 몇 년을 일하다가
갑자기 사표를 내던지며 돌아가겠다고 말했다.

"홀로 된 누이가 있었는데 봉양할 사람이 없어서 제가 녹봉을 받아
왔습니다. 이제 누이가 죽었으니 녹봉을 받아 무엇에 쓰겠습니까?"

그러고는 옷깃을 떨치면서 가버렸다.

일찍이 한 사람과 친하게 사귀었는데, 그 사람을 찾아가 "이제 나는

----

1 중국과 일본으로 보내는 외교문서를 맡아 보던 관청. 글을 잘 짓던 문관들이 이곳을 거쳐
  출세했다.
2 정8품 군관 계급.

떠나네. 훗날 아무 해 풍악에서 만나세"라고 말하며 헤어졌다. 친구는 그를 황당하게 생각했다. 그해가 되자, 그 친구는 과연 풍악으로 놀러 갔다. 단발령에 이르자 두병이 패랭이를 쓰고 나타났다. 두 사람은 길에서 만난 채로 옛이야기를 했다. 술을 사다 마시며 맘껏 즐거워하곤 떠났다. 그 사람이 함께 놀러 가자고 말했더니 두병이 "가야 할 곳이 있어서 더 머물지는 못하겠네. 아무 해, 아무 달, 아무 날에 자네 선산으로 찾아 가겠네"라고 말했다.

그해가 되자 그 사람이 죽었다. 장사지내는 날에 두병이 술 한 병을 들고 왔다. 무덤을 찾아가 한바탕 통곡을 하고 떠나갔는데 끝내 종적을 알지 못했다.

호산거사가 말한다.

"신선이면서도 인간 세상에 노닐러 왔던 자로다. 그 누이를 위해 녹봉을 구했으니, 그 어진 효성과 우애를 알 수 있다."

_조희룡《호산외기》

◉ 박돌몽

박돌몽朴突夢은 공인貢人[1] 김씨 집의 종이었다. 말할 수 있을 때부터 글에 뜻을 두었지만 신분이 미천해 스승을 모실 수 없었다. 김씨 집 아이는 늘 마루에 앉아서 책을 읽었는데, 돌몽은 섬돌 위에서 곁눈으로 봤다. 비록 뜻은 몰랐지만 읽는 소리를 따라 글자의 음을 깡그리 외웠다. 아이가 혹시 음을 잊어버리면 도리어 돌몽에게 물어보기도 했다.

이웃에 정丁 선생이란 사람이 있었는데 집에서 아이들을 가르쳤다. 돌몽이 상투를 틀고 나서 선생에게 나아가 글 배우기를 원했더니 선생이 허락했다. 돌몽은 새벽마다 일찍 일어나서 책을 품 안에 넣고 문밖에 지켜 서 있다가 문이 열린 뒤에야 들어갔다. 선생이 자는 방 지게문 밖으

---

1 공계貢契의 계원. 대동법이 실시되면서 민간에서 납부하던 각종 토공土貢을 쌀(대동미)로 바치자 나라에선 각종 수요품이 필요하게 되었다. 민간에서 공동 출자기구인 공계를 조직하고 나라에서 필요한 물품을 공인들이 사다 바치면, 그 대가를 나라에서 지급했다.

로 다가가서 선생이 일어나기를 기다렸다. 선생이 그가 온 것을 알자 지게문을 사이에 두고 "돌몽이 왔느냐?"라고 물으면, 그제야 "네"라고 대답했다.

여러 제자들이 나중에 와서 모두 방으로 들어간 뒤에도 돌몽은 벙거지를 쓴 채로 의관을 정제한 학생들 사이에 나란히 있기가 꺼려졌다. 그래서 허리를 구부리고 감히 방에 올라가지 못했다. 선생이 임시로 절풍건折風巾을 쓰게 하면 방에 들어갔고, 수업이 끝나면 집에 돌아와 예전처럼 일했다. 김씨 집에서는 알지 못했다.

한 해가 지나자 《소학》《논어》《맹자》를 다 배웠다. 글을 아는 것이 날로 나아지자 선생도 그를 매우 기특하게 여겼다. 그가 하는 일은 횃불을 만들고 장작을 패는 것이었는데, 도끼를 휘두르고 장작을 묶는 사이에도 웅얼거리기를 그치지 않으니 집안사람들은 그를 바보라고 손가락질했다.

한번은 학질에 걸려 괴로워하므로 김씨 집에서 일을 시키지 않고 병을 고치라 했다. 돌몽은 자기 아내에게 "이게 바로 내가 독서할 기회요"라고 가만히 말하고는 곧 자기 방으로 들어가 의관을 정제한 채 무릎을 꿇고 앉아 글을 읽었다. 학질 기운으로 오한이 나면서 이빨이 더욱 세게 마주치고 떨렸다. 그래도 앉은 채로 외우기를 그치지 않자 사흘 만에 학질이 결국 떨어졌다.

그 뒤에 아내와 함께 탕춘천에서 빨래를 했다. 시냇가에 널찍한 바위가 많았으므로 돌몽은 빨래를 그만두고 바윗돌 위로 갔다. 관도 쓰지 않고 잠방이 차림으로 두 다리를 드러내고 앉아서 돌구멍에다 먹을 갈았

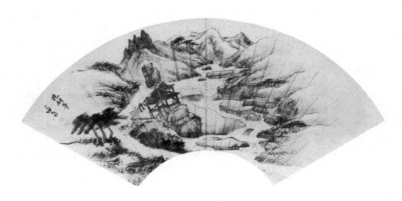

정선의 세검정 그림에 탕춘대 바위들이 보인다.

다. 큰 붓을 잡고《소학》의 문장을 쓰니 바위가 온통 글씨로 얼룩졌다.

　해가 서쪽으로 기울자 돌몽은 나무 그늘에 누워서 소리를 내어 길게 읊었다. 아득히 스스로 즐거웠다. 판서 조진관趙鎭寬[2]의 아들이 마침 탕춘천에 봄놀이를 나왔다가 돌몽이 하는 짓을 보고는 이상히 여겨 가까이 와서 물었다.

　"너는 무엇 하는 자냐?"

　돌몽이 천천히 일어나서 대답했다.

　"남의 집 종이오."

　"너의 주인은 사람이 아니구나. 어찌 경전을 배운 사람을 종으로 삼을 수 있느냐?´내가 너를 위해 너의 주인을 꾸짖고 종의 신분을 벗어나

.............................

2 1739~1808. 순조 때의 문신. 자는 유숙裕叔, 호는 가정柯汀이다. 구현과求賢科에 장원급제한 뒤 이조, 형조판서를 지냈다.

게 해주리라.”

“소인은 종인 까닭에 늙은 주인에게 근심 생기는 일은 의리로서 감히 할 수 없습니다.”

조 판서의 아들이 더욱 귀중하게 여겼다.

김씨 집 아들은 자라면서 더욱 뛰놀기만 하고 학문에 힘쓰지 않았다. 그 아버지가 성내며 꾸짖었다.

“너는 한가롭게 놀기나 하며 멋대로 지내니 새, 짐승이 고기를 보기만 할 뿐 먹을 계획을 못하는 것과 같구나. 너는 도리어 돌몽보다 못하다.”

이렇게 여러 차례나 꾸짖으니, 아들은 화낼 까닭이 없으면서도 돌몽만 보면 작대기를 들고 때리기 일쑤였다. 돌몽이 ‘내가 차라리 피해서 주인집 부자 사이를 안정시키는 게 낫겠다’라고 생각하고는 병을 핑계 대고 일을 맡지 않았다. 아내의 주인집으로 옮겨가 살았다. 그러나 아들은 화가 풀리지 않아서 달리 음모를 꾸며 해치려고 했다. 아내의 주인집에서도 돌몽 부부를 의심했다. 그렇게 되자 돌몽도 “나의 운명이구나. 누구를 원망하랴”라고 탄식했다. 아내를 데리고 남양군으로 이사 가서는 광주리 짜는 일로 살림을 했다. 한 해가 지나자 이정里正[3]이 그를 속오군束伍軍[4]에 편성했다. 돌몽이 “광주리를 짜는 것으로 입에 풀칠이나 하는 마당에 군조軍租를 어찌 낼 수 있으랴?”라고 생각하는데, 마침 군에서 향병鄕兵을 시험했다. 돌몽은 포를 쏘는 시험에 합격했지만 두 번째 시험

................................

3 지방행정조직의 최말단인 이里의 책임자.
4 역역을 지지 않는 양인良人과 천민 가운데 조련을 감당할 수 있는 자로 편성된 군대. 평시에는 군포軍布를 바치고 유사시에만 소집되었다.

엔 떨어졌다. 그래서 우울한 마음으로 서울을 그리워하다가 다시 김씨 집으로 돌아갔다.

얼마 되지 않아 전옥서典獄署의 아전이 되었다가 나이 마흔 남짓에 죽었다. 그가 간수가 될 때 조 판서의 아들이 힘써주었다.

정 선생의 이름은 치후致厚인데, 사람됨이 순박하고 학문에 힘썼다. 풍수지리설도 잘 알았다. 젊어서 교서관 관리가 되었지만 늙기도 전에 병으로 사퇴하고 돌아왔다. 그로부터 문을 닫아걸고 글을 가르쳤다.

_김낙서金洛瑞《호고재고好古齋稿》

박영석朴永錫의 자는 이극爾極이다. 어렵게 살면서도 글을 읽어 《시경》
《예기禮記》에 깨달음이 깊었다. 집이 가난해 관보官報를 베껴 살림을 했다.

사람됨이 온화하고 단정해서 즐거움과 노여움을 나타내지 않았다.
말 한마디 몸짓 하나까지도 남들에게 모범이 되었다. 마을의 소년들이
혹 다투다가도 곧 "박 군자朴君子가 알게 하지 말자"면서 싸움을 그만두
고 배우러 나오는 자들이 많았다. 가르침을 받는 무리가 수십 명이나 되
었다.

해가 바뀔 때마다 학생들이 세찬을 가지고 왔지만 그는 모두 받지 않
았다. 때때로 꿩이나 닭의 털을 구하면 학생들이 다투어 가져와 쌓였다.
꿩을 가져오는 자가 있으면 털만 뽑고 고기는 도로 돌려주었다. 그것을
방 위에 까니, 두께가 몇 치나 되었다. 거적을 덮고 앉으며, 구들에 불 때
지 않기를 거의 이십 년이나 했다. 내가 듣기로는 "그 아비가 병들어 죽

박영석의 문집 《만취정유고》.

게 되었는데 너무 가난해서 장작을 계속 댈 수가 없었다. 끝내 차가운 구들 위에서 죽었다. 이것을 한으로 삼아 따뜻한 구들에선 차마 지낼 수 없기 때문이다”라고 한다.

관보를 베끼는 일도 자기 힘으로 하고 일찍이 남에게 물건 하나 빌리지 않았다. 그러다가 어느 해엔가 갑자기 친구에게 돈을 빌리더니 천문을 보고는 아비의 무덤을 옮겨서 다시 장사지냈다. 그해 여름에 비가 죽죽 퍼부어 옛 무덤터가 골짜기 물에 휩쓸려내렸다. 천문과 풍수지리에 정통하지 않았다면 있을 수 없는 일이건만 일찍이 한마디도 이에 대해선 말한 적이 없었다.

이에 찬을 붙인다.

"옛날부터 효성에 대해 기록한 글이 많았지만, 구들에 불 때지 않고 평생 살았단 사람 이야기는 들어보지 못했다. 옛사람도 하기 어려운 일을 요즘 사람이 쉽게 해냈으니, 천추의 인물들을 두루 생각하다가 붓을 내던지고 한숨만 내쉰다."

_조희룡《호산외기》

박영석은 자가 이극이요 호는 만취정<sup>晚翠亭</sup>이다. 순화방<sup>順化坊</sup> 누각동<sup>樓閣洞</sup>에 살면서 날마다 한 방에 무릎을 꿇고 앉아《논어》를 쉬지 않고 읽었다. 성묘를 가거나 문상을 가는 날이 아니면 문밖을 나가지 않았고, 제삿날이 아니면 안방에 들어가지 않았다.

관보를 베껴서 팔아 살림을 하고, 아내는 남이 쓰던 묵은 솜을 타서 입에 풀칠을 했다. 그러나 서로 손님처럼 대하면서 원망하거나 탄식하지 않았다. 그래서 남들이 모두 '군자'라고 불렀다.

_장지연《일사유사》

◉ 김엄

　김엄金儼의 자는 수유守有인데 김해 사람이다. 집안이 대대로 보잘것없
는 데다 또한 일찍이 부모를 여의어 부부 두 식구가 산속에 오두막 하나
를 지었다. 지아비는 밭을 갈고 지어미는 베를 짜면서 가까스로 살림을
꾸려나갔다.

　엄이 나이 스물에야 비로소 학문에 뜻을 두었지만 가난해서 스승을
모실 수가 없었다. 또 자기가 직접 쟁기를 잡아야 했기 때문에 스승을
따라다닐 수도 없었다. 그래서 날마다 저녁밥을 먹은 뒤부터 잠자리에
들 때까지 어린아이들에게《동몽선습童蒙先習》, 증선지曾先之의《사략史略》
사마광司馬光의《통감通鑑》을 가르치는 이웃 서당으로 가서, 그 새기는 것
을 곁에서 따라 듣고 눈으로는 그 글자를 봤다. 한 번 귀와 눈을 거쳐 간
뒤에 그 글자를 잊지 않았다.

　한두 해가 지나 살림이 좀 늘자 한평생 괴롭게 일하던 모습을 차츰 감

추고, 이로부터 선비의 옷차림에다 갓을 쓰고 띠를 두르니 그대로 선비였다. 선비들의 모임이나 글 짓는 자리가 있다는 소식을 들을 때마다 삼십 리 안에서는 반드시 먼저 가봤다.

그러나 선비들의 모임이나 글 짓는 자리에 오는 사람들은 모두 한 고을의 그럴 듯한 양반 집안이었다. 엄의 집안이 대대로 미천한 데다 한낱 농사꾼에 불과한 것을 알고는 내밀치고 한자리에 앉지 않았다.

그러나 엄은 문밖에 서서라도 참관했는데 해가 다하도록 싫증 내지 않았다. 모임이 흩어진 뒤에라야 비로소 따라나갔다. 모임 가운데 나이가 많거나 덕이 있는 선비들이 어쩌다 감탄하거나 불쌍히 여겨 남은 술잔과 먹던 안주를 그에게 주기도 했다. 그는 두 손으로 공손히 받았지만 뜻은 먹는 데 있지 않았다. 그러고는 "학문을 어찌 여기에서 그치겠는가?"라고 탄식하더니, 이웃의 사대부 집에서 《효경孝經》《논어》 등을 빌려다 반년이나 엎드려 읽었다. 문장의 줄 수와 글자 수까지 헤아리고, 뜻을 널리 구해 서로 대조했다. 그 풀이를 익혀서 스스로 터득했다. 오랫동안 그렇게 하자 자세히 이해하게 되고 옳고 그른 것까지 가려내게 되었다. 그제야 매우 기뻐하며 "도道가 여기에 있구나"라고 말했다. 그러고는,

서 있을 때는 이 말이 네 앞에 늘어서 있음을 보고,

수레 안에 있을 적에는 이 말이 멍에 채에 기대어 있음을 보라.

立則見其參於前也, 在輿則見其倚於衡也.[1]

라는 열일곱 자를 써서 늘 앉는 자리 뒷벽에다 붙였다. 그 방 앞쪽 처마 밑에는 '모유재慕儒齋'라고 편액을 걸었다. 또 일 년 남짓 지나자 문학으로 인해 학문을 깨닫고 실제로 행했다. 집사람들도 교화되었다. 아내는 남편을 공경해 베틀 소리가 집 안에 울렸다. 머슴들도 주인에게 복종해 들판에서 '격양가擊壤歌'를 불렀다. 아들들도 다섯 살과 세 살이 되었는데 모두 총명하고 숙성해서 《천자문》과 《효경》을 읽게 했다.

예전 우리나라의 제도에 여러 대 걸쳐 벼슬이 없는 집안 사람은 군역軍役에 편입되어 군전軍錢을 내고 신역身役을 감당했다. 엄의 집안도 대대로 군역에 충원되었는데, 이때 이르러 고을 사또가 그의 문장과 행실을 경탄해 특별히 역을 면제해주었다.

이에 엄이 입신출세해서 도를 행하려 생각하고 자기가 배운 바를 시험했다. 그러나 불가하다 생각하고 "내 행할 때가 아직 되지 않았다"면서 집안일을 아내와 머슴에게 맡기고는 걸어서 서울까지 갔다. 성균관 아래 민가에다 숙소를 정하고는 조정의 명령과 사대부들의 벼슬 생활과 선비들의 학업과 시장 장사꾼들의 직업을 살펴보려 했다.

그때 마침 조정에 당파싸움이 한참 벌어져서 한쪽이 패했다. 이긴 쪽은 줄줄이 벼슬이 올라 관직을 받고 임금께 감사했으며, 축하객이 문을 메웠다. 진 쪽은 쫓겨나기도 하고 귀양 가기도 해서 정신없이 짐을 꾸려

........................

1 《논어》〈위령공衛靈公〉에 나오는 공자의 말. '이 말'이란 "말이 성실하고 신용이 있으며 행동이 진지하고 조심스러우면, 비록 오랑캐 나라에 가서도 받아들여진다言忠信 行篤敬 雖蠻貊之邦行矣"라는 공자의 말을 가리킨다.

면 섬으로 끌려갔다. 마치 별똥별이 떨어지듯 재촉하니 울부짖고 탄식하는 소리가 길에서 끊이지 않았다.

더욱 무서운 것은 도포를 찢어 얼굴에 씌우고 삼목三木[2] 낭두囊頭[3] 해 의금부로 끌려 들어가는 모습이다. 심문해서 곤장을 치면 뇌물을 바치는 자도 있고, 자복을 해서 목이 잘리거나 목이 매이는 자들도 있었다. 큰 옥사가 한번 일어났다 하면 열흘이나 한 달씩 끌었으니, 슬프고 처참한 빛이 하늘의 해까지 뻗쳤다.

엄이 매우 놀라 그 주인에게 물었더니 "갑을 양쪽이 권세를 다투고 이익을 다투어 사사로운 싸움으로써 큰 죄를 이루어 이런 지경까지 됐다오. 그 근본을 캐보면 충신이나 역적에 관한 것도 아니고, 착하냐 간특하냐에 달린 것도 아니라오. 다만 같은 놈끼리 뭉치고 다른 놈끼리는 내쳐서 세력을 얻으면 서로 보복하는 거지요. 글을 배우는 선비와 이익을 추구하는 시민들이 모두 이 때문에 흔들려서 일을 손에 잡을 수가 없다오"라고 말했다.

엄이 길게 탄식하면서 "내 만약 벼슬을 해서 조정에 선다면 마땅히 힘껏 상감께 아뢰어서 당파싸움이 끊어지도록 조정을 하겠소"라고 했더니, 주인이 웃으면서 말했다.

"손님은 정말 어리석구려. 손님의 문벌로는 요행히 과거에 오른다 해도 당파싸움을 하는 집안사람이 과거에 오른 것과 다르다오. 처음엔 사

....................................
2 목과 손과 발에 씌우는 형틀.
3 자루를 뒤집어씌우는 벌.

부학당四部學堂에나 자리를 주고, 몇 년이 지나도 높고 좋은 지위로는 통할 수 없을 것이오, 명색이 비록 과거 급제라지만 어찌 바른말 할 수 있는 벼슬에 오르겠소?"

엄이 말했다.

"그게 정말 그렇겠구려."

곧장 짐을 꾸리고는 집으로 돌아갔다.

_장지연《일사유사》

바둑

⊙ 유찬홍

　　유술부<sup>庚述夫</sup>의 이름은 찬홍<sup>纘弘</sup>이니, 고려 태사 금필<sup>黔弼</sup>의 후손이다. 이웃에 서당 훈장이 있었는데 학생 수십 명이 모였다. 술부도 그곳에 가서 배웠는데 총명하고 빼어나서 외우기를 잘했다. 여러 학생들이 반을 나누어 과업을 받고, 상벌 계획을 세웠다. 훈장이 학생들에게 말했다.

　　"내일 아침에 〈이소경<sup>離騷經</sup>〉을 외우는 학생이 있으면 상까지 주겠다."

　　술부는 집으로 돌아와 《초사<sup>楚辭</sup>》[1]를 찾아 옆에 끼고 학사 정두경<sup>鄭斗卿</sup>의 집을 찾아가서 문지기에게 말했다.

　　"들어가 공을 뵙고 '유찬홍이란 자가 《초사》를 배우고 싶어 왔다'고 전하소."

......................

1 초나라 사람의 노래를 모은 책, 굴원<sup>屈原</sup>의 글 스물다섯 편과 제자 송옥<sup>宋玉</sup>의 글 외에 가의<sup>賈誼</sup>를 비롯한 한<sup>漢</sup>나라 시인들의 노래도 몇 편 덧붙어 있다. 〈이소경〉은 그 첫째 노래다.

정공은 평소에 약속 않고 만나는 것을 몹시 가렸는데 이때 만나서도 가르침이 또한 매우 간략했다. 술부는 곧 돌아와서 〈이소경〉을 읽었다.

날이 밝자 학생들이 모두 모여들었다. 술부도 소매에서 《초사》를 꺼내 들고 훈장 앞에 나아가서 돌아앉아 외웠는데 한 글자도 틀리지 않았다. 훈장은 크게 놀랐다. 술부는 자기의 재주를 스스로 믿고 다시는 공부에 힘쓰지 않았다.

이따금 바둑 두는 사람을 따라 노닐며 그 솜씨를 다 배웠다. 아침에 강할 때마다 훈장은 목찰로 그의 오른쪽 손가락을 치면서 "너에게 글 읽지 못하도록 하는 것이 이놈이다"라고 말했다.

그러나 바둑 두기 좋아하는 그의 버릇은 더욱 심해져서, 바둑 잘 두는 사람들과 겨루더라도 감히 그를 당해낼 자가 없었다. 일시에 국수國手로 치켜세워졌다.

이보다 앞서 종실 덕원군德源君이 신기神棋로 이름났었다. 그때 윤홍임尹弘任이란 자도 바둑을 잘 두었지만 덕원군에게는 한 수가 뒤졌다. 그러나 덕원군이 늙자 홍임이 이기게 되었다. 어떤 사람이 이렇게 평했다.

"덕원군이 늙어서야 홍임이 겨우 이겼는데, 술부는 한창 강성한 때의 홍임을 압도했다. 술부야말로 덕원군의 맞수다."
술부는 젊어서부터 호기가 대단했으며 몹시 술을 좋아하고 시를 잘 지었다. 게다가 바둑 솜씨까지 있어서 높은 벼슬아치와 사대부들 사이에 두루 노닐었다. 여러 고관들이 그의 풍류를 듣고 다투어 윗자리에 불러들여 바둑 두는 것을 보고자 했으므로 그저 보내는 날이 없었다. 아래로는 시중의 부잣집까지 술과 음식을 가득 차려놓고 그를 불러갔다. 술부가 바둑돌을 한번 놓으면 옆에서 보는 사람들이 마치 울타리처럼 둘러섰다. 남의 발 위에 발을 포갤 정도로 서서는 하루 종일 떠나지 않았다.

술부는 성질이 거만해서 취하기만 하면 자리에 있던 사람들에게 욕을 퍼부었다. 대개는 귀를 막고 피했지만 그중에 혹 성내며 마주 욕하는 사람도 있었다. 술이 깨었을 때 더불어 말하더라도 그가 하는 말이 모두 남의 뜻을 눌렀으므로 듣는 사람들이 기뻐하지 않았다. 술 때문에 저지른 잘못이라고 참아주지 않고 그를 저버렸다.

결국 술부는 이러한 일 때문에 기구하게 살았고 여러 차례 어려움을 겪었다. 세상에서 뜻을 얻지 못하니 늘그막에 더욱 술을 즐기게 되었다. 제멋대로 살면서 집안사람과 살림도 돌보지 않았다. 평소에 가깝던 친구 몇 사람과 함께 몰려다니며 시 짓는 모임과 술 마시는 모임을 가졌다. 동네를 떠돌아다니며 밤낮으로 즐겨 마셨다.

술이 떨어지면 이따금 남의 집까지 들어가 술을 뒤져 마셨다. 술이 취하면 아무 데나 앉아서 노래를 불렀다. 밤이 새도록 그치지 않은 적도 있었다. 하루는 술에 취해서 이웃 여자의 집에 들어갔는데 그 집에서 소송을 하는 바람에 남한산성으로 귀양을 갔다.

부윤은 술부의 소문을 들었으므로 그를 보자마자 자리에 앉게 하고는 함께 술을 마셨다. 술이 취하자 술부는 부윤을 흘겨보기도 했고 '너'라고 부르기도 했다. 옆에서 보는 사람들이 목이 움츠러들 정도였다. 그러나 부윤은 죄를 주지 않았다. 술부가 평범한 사람이 아님을 알았기 때문이다.

그 뒤에 어떤 재상이 그의 억울함을 임금에게 아뢰어 귀양을 풀어주

새로 발견된 유찬홍의 문집 첫 장.

었다. 돌아와서는 사역원 판관이 되어 동지사를 따라 북경에 갔다. 옛날에 쌓은 만리장성과 발해 동쪽에 있는 커다란 비석을 두루 보면서 감회가 깊은 곳을 만나면 문득 가득 찬 술잔을 들며 몹시 취하곤 했다. 사신들과 더불어 시를 주고받으며 동료 역관들을 예전처럼 깔보았다. 동료들이 그를 매우 미워했다.

집에 돌아온 뒤로 울적하게 이십여 년을 지내다 죽으니 그의 나이 일흔이었다. 일찍이 자기의 호를 춘곡자<sup>春谷子</sup>라고 했다. 그가 지은 시는 모두 흩어져서 거두지 못했다. 겨우 몇백 수가 그의 집에 남아 있을 뿐이다.

내가 태어난 것이 술부보다 이십오 년이나 뒤졌지만, 술부는 나를 평범한 사람으로 보지 않았다. 사람들이 많이 모인 자리에서 술을 즐겨 마실 때마다 비록 평생 동안 친하게 알고 지내던 사람에게라도 골탕 먹이는 말을 하지 않은 적이 없었는데, 오직 나에게만은 그러지 않았다. 나는 그래서 그 사람을 매우 자세히 안다.

그는 옛사람이 이른 바처럼 '제멋대로 살아가고, 굴레를 씌울 수 없는' 사람이다. 재주를 지녔지만 쓰일 곳이 없었으므로 울적하고 불평스런 기운을 모두 바둑과 술에 내맡겼다. 때를 만나지 못해 묻혀 지내다가 생애를 마쳤다. 어떤 사람은 그를 '망령된 사람'이라고도 했지만, 그의 재주는 참으로 기이했으며 생각은 똑똑했다.

당세에 쓰였더라면 어찌 남들보다 못했으리오만, 가난하고 천한 생활로 괴로워하다가 끝내 떨치지 못하고 죽었으니 아아, 슬프다. 나는 그가 일생 즐긴 것이 한갓 왕적신王積薪[2]에 지나지 않음을 슬퍼한다. 술부로 하여금 자기가 전업했던 바둑에서 원대한 사업으로 바꿔 옮기게 했더라면 볼 만했을 것이다. 어찌 이에서 그쳤을 뿐이겠는가.

_홍세태《유하집》

.........................

2 당나라의 이름난 바둑꾼.

⊙ 이필

이필李泌의 자는 치문稚聞이며, 합천 사람이다. 그는 기이한 재주가 있어 한두 가지로만 이름난 게 아닌데, 그 가운데서도 점치는 것과 산수, 바둑에 더욱 정통해 사람들이 삼절三絶이라고 칭찬했다.

그가 일찍이 서울에 놀러 갔더니 권세 있는 집안에서 그의 소문을 듣고 자기 집에 불러들여 매우 가깝게 지냈다. 그때 어떤 바둑꾼이 국수로 불리며 이름을 떨치고 있었다. 벼슬아치가 이필에게 "내가 그대를 저 국수와 대국시켜보고 싶은데 어떻겠는가?" 물었다.

이필이 "한 판이라면 좋지만 다시 두는 건 싫습니다"라고 답했다.

벼슬아치가 "어째선가?"라고 물었다.

이필이 "제가 저 국수의 바둑 수를 보니 저보다 꼭 한 수가 더 있습니다. 그러나 그는 정신이 약하므로 저와 처음 두면 정신이 반드시 헛갈릴 것입니다. 그래서 제가 기이한 수를 써서 이길 수 있습니다. 그러나 다

김준근의 풍속도에 보이는 바둑 두는 모습.

시 두면 정신이 가라앉아 반드시 국수가 이길 것입니다"라고 설명했다.

드디어 한 판을 두어 이필이 이기니 벼슬아치가 기이하게 여겼다.

정조가 한번은 광릉으로 거둥하면서 날을 보는 관리에게 날을 잡으라고 명하니, 이필이 점을 쳐보고 친한 벼슬아치에게 "불길합니다. 큰비가 내릴 겁니다"라고 말했다.

그 벼슬아치는 이필에게 점치는 재주가 있는 것을 알기 때문에 이튿날 아침이 되자 임금에게 아뢰었다.

"신이 아는 자 가운데 이필이란 자가 있은데 점을 잘 칩니다. 그가 신에게 말하길 '거둥 날짜에 큰비가 온다'고 했습니다. 만약 그 말이 맞는다면 어찌 함부로 거둥하실 수 있겠습니까?"

임금이 날 잡는 것을 그만두라 명하고 이필의 말을 시험해보기로 했는데 과연 그날 큰비가 내렸다. 임금이 기이하게 여겨 이필을 편전으로 불러 가까이 오게 했다. 함께 《주역》을 이야기하다가 돌아오니 사람들은 "필이 반드시 벼슬을 얻을 것이다" 하고 말했다.

얼마 안 되어 임금이 세상을 떠나니 필이 마음속으로 가슴 아파했다. 집에만 틀어박혀 지내며 늘 답답한 마음으로 세상을 마쳤다. 그는 자기의 호를 상청자上清子라고 했다.

_장지연《일사유사》

김종귀金鍾貴는 바둑으로 이름을 날렸다. 세상 사람들이 나라에서 으뜸가는 솜씨라고 칭찬했는데, 나이 아흔이 넘어 죽었다.

종귀 다음으로는 김한흥金漢興, 고동高同, 이학술李學述 세 사람이 있었다. 학술은 아직도 살아 있다.

한흥은 종귀와 나란히 이름을 날렸는데 그때 나이가 더 젊었다. 자기에게 맞설 사람이 없다고 생각해오다가 한번은 종귀와 바둑을 겨루게 되었다. 구경하는 사람들이 고슴도치 털처럼 모여들었다. 한흥의 눈빛은 바둑판을 꿰뚫을 듯했다. 종횡으로 두어 나가는데 마치 말이 달리듯, 굶주린 매가 덮치듯 했다.

종귀는 손이 둔해져서 바둑알을 놓는 것조차 무서워하는 듯했다. 그 형세를 살펴보니 벌써 반쯤 두었다. 구경하던 사람들이 서로 귀에다 대고 "오늘 대국은 한흥에게 으뜸자리를 물려줘야겠군" 하고 수군거렸다.

종귀도 바둑판을 밀치며 탄식했다.

"늙어 눈이 흐려진 탓이야. 내일 아침을 기다렸다가 정신이 좀 맑아지면 다시 두자."

옆에서 보던 사람들이 말했다.

"옛부터 명수들이 한 판을 이틀씩 두었다는 말은 듣지 못했습니다."

종귀는 손으로 눈을 비비고 나서 다시 바둑판을 끌어당기고 앉았다. 바둑판을 한참 동안 바라보다가 갑자기 기이한 한 수를 냈다. 마치 흐르는 물을 끊어내듯, 관문을 깨부수고 달려나오듯 다 졌던 판을 끝내는 이겨버렸다. 구경하던 사람들이 모두 놀라고 탄식했다. 이야말로 '잘못 두지 않는 것을 두려워 않고, 잘못 두는 것을 두려워하는 자'라고 말할 만하다.

호산거사는 이렇게 말한다.

"예부터 전해지는 노름 가운데 가장 오래 된 것은 바둑이다. 그 개합開闔이라든가 조종, 진퇴, 취사, 기정奇正, 허실 등은 참으로 병법 가운데서도 윗길이다. 혁추奕秋[1], 두부자杜夫子, 왕항王抗[2], 왕반王彪, 왕적신王積薪의 미끄러운 재주는 무엇이라고 말해야 할지 알 수가 없다. 아직도 전하는 바, 왕적신이 만났다는 시어미와 며느리 이야기[3] 같은 것이 사실이야 있고 없고 간에, 황탄해 믿을 수가 없다. 지금 남아 있는 기보들 가운데 이른바 크고 작은 철망鐵網, 권렴捲簾, 변금迈金, 정난井欄 따위의 여러 수는

..........................

1 혁추는 온 나라 안에서 바둑을 가장 잘 두는 사람이다(《맹자孟子》〈고자告子〉 상).
2 남북조 시대 남제南齊 사람. 바둑을 잘 두었다.

모두 모방한다고 해서 익힐 수 있는 게 아니다. 육상산<sup>陸象山</sup>이 바둑판을 높이 걸어놓고 올려보다가 하도<sup>河圖</sup>의 수를 깨달았지만, 총명하고 재주 있는 선비가 마음을 다해 연구한다고 해서 되는 것은 아니다. 엄우<sup>嚴羽</sup>가 '시에는 별다른 재주가 있으니 배우는 것과 관계 있는 게 아니다' 하고 말했는데, 나는 바둑의 도<sup>道</sup> 또한 그렇다고 생각한다."

_조희룡《호산외기》

.............................

3 왕적신이 명고明皐를 따라서 촉蜀으로 가는 길에 깊은 골짜기 어느 집에 유숙했다. 오직 시
어미와 며느리만 살고 있었고 집 안에는 촛불도 없었다. 며느리와 시어미가 각기 동쪽과 서
쪽 방에 앉아 대화를 하는데, 얼마 뒤 시어미가 말했다. "내가 벌써 졌구나. 내가 아홉 판을
이긴 데서 그쳤구나." 날이 밝자 왕적신이 예를 갖춰 물었다. 며느리가 이내 공수攻守, 살탈
殺奪, 구응救應, 방거防拒의 법을 가르쳐주더니 "이만하면 인간 세상에선 대적이 없겠다"라
고 말했다(진요문,《천중기天中記》).

⊙ 정운창

정운창鄭運昌은 (전라도) 보성 사람이다. 어려서 병을 잘 앓아 혼자서 바둑을 두며 심심함을 달랬는데, 십 년이 되자 갑자기 깨달음이 있는 듯했다.

그가 처음 서울에 올라왔을 때는 그의 솜씨를 알아주는 자가 없었다. 당시 금성 현령을 지냈던 정박鄭樸이 바둑을 잘 둔다고 이름이 알려졌었다. 운창은 정박이 남산에서 바둑 모임을 연다는 것을 알고는 찾아가서 구경했다. 바둑 두는 자가 실수를 하자 운창이 씩 웃었다. 그러자 정박이 돌아보며 말했다.

"그대도 바둑을 잘 두는가?"

운창이 겸손하게 말했다.

"시골 사람이라 일찍부터 포위하면 먹는다는 것쯤이나 압니다."

정박은 그의 용모가 촌스러운 것을 보고 가장 못 두는 사람을 내세워

맞두게 했다. 여남은 수를 두자 정박이 말했다.

"너는 맞수가 안 된다."

그 다음 잘 두는 사람에게 두게 했다. 겨우 반 정도 두었는데 (역시) 정박이 말했다.

"너도 맞수가 안 된다."

다시 자기에 버금가는 사람에게 두게 했다. 바둑이 끝났는데 계가計家할 것도 없었다.

"너희들은 맞수가 안 된다."

정박은 결기를 내며 바둑판을 끌어다 스스로 상대했다. 세 번 싸워서 세 번을 지자 곁에 (구경하던) 사람들이 모두 말했다.

"그대는 누구인가? 국기國碁로다."

이에 운창의 이름이 하루 만에 서울에 퍼지게 되었다.

어느 정승이 바둑을 매우 좋아했는데, 운창을 불러다가 김종기金鍾基[1], 양익빈梁益彬, 변응평卞膺平 같은 무리들과 날마다 바둑을 겨루게 했다. 그러나 운창이 높은 수를 보이지 않자 정승은 그가 힘을 들이지 않는다고 생각해 남원의 상화지霜華紙[2] 이백 장을 내걸고 타일렀다.

"힘을 써서 열 번을 이기면 (이 종이를) 네게 주고, 종기를 매질하겠다."

그러자 운창이 바둑돌을 내려놓았는데 당당하게 완벽한 수를 내놓았다. 포위하는 것은 성채 같고 끊는 것은 창끝 같았으며 세우는 것은 지

........................

1 조희룡의 《호산외기》에 실린 김종귀金鍾貴와 같은 인물인 듯하다.
2 윤이 나고 질긴 고급 종이. 순창이나 남원에서 만든 것이 유명하다.

팽이를 짚은 것 같고 합치는 것은 바느질한 것 같았다. 응하는 것은 쇠
북 같고 우뚝 솟은 것은 봉우리 같았으며 덮는 것은 그물 같고 비추는
것은 봉홧불 같았다. 함정에 빠뜨리는 것은 도끼 구멍에 끼우는 것 같고
변화하는 것은 용 같았으며 모이는 것은 벌 같았다. 김종기는 땀이 흘러
이마를 적셨지만 당해낼 수가 없었다. 세 판이 지나자 종기가 뒷간에 가
려고 일어서며 운창에게 나오라고 눈짓했다. 한참 있다가 들어와서 다
시 바둑을 두는데 운창이 때로 실수했다. 종기가 빌었기 때문이다.

　운창은 서울에서 으뜸가는 고수가 되었는데, 이십여 년 만에 죽었다.
그 뒤에 이한홍李漢興[3]이란 자가 나왔다. 기사彛史는 말한다.

　"바둑 두는 사람들의 논평에 '정운창은 최기상崔起尙에게 넉 점이 모
자라고, 최기상은 덕원령德源令[4]에게 넉 점이 모자란다'는 말이 있다. 그
러니 덕원령이 가장 잘 두었던 셈이다. 또 들으니 바둑의 솜씨에는 천재
와 인공의 차이가 있다고 하는데, 운창의 경우야 어찌 인공적으로 이뤄
진 바둑이라고 하겠는가? 운창은 장기도 잘 두었는데 당시에 맞둘 자가
드물었다고 한다."

_이옥李鈺 〈정운창전鄭運昌傳〉《문무자문초文無子文鈔》

..........................

**3** 유재건의 《이향견문록》에 김한흥金漢興이라는 국수가 나오는데, 같은 사람인 듯하다.
**4** 덕원령의 이름은 이서(李曙, 1449~1498)고 자는 정수晶曳다. 세조의 셋째 아들로 바둑을
　잘 두어 일수기一手棊라고 불렸다.

⊙ 김한흥

국기國碁 김한흥金漢興의 자는 정심定審이다. 젊어서부터 바둑을 잘 둔다고 이름이 났다. 모습이 단아한 데다 말이 없고 편안해 당시 사람들이 바둑 속의 군자라고 칭찬했다.

남들과 바둑을 둘 때 상대방이 질질 끌고 오래 생각하며 바둑돌을 놓지 않아도 꺼리지 않았다. 또 상대방의 옆에서 훈수를 두어도 꺼리지 않았으며, 한 번 놓은 바둑알을 다시 물러달라고 억지로 졸라대도 싫어하지 않았다.

상대방이 바둑알을 놓으면 곧 응수했다. 한 판을 비록 하루 종일 두더라도 한마디 대꾸가 없었다. 마음을 집중하고 앉아 있는 모습이 참으로 덕 있는 사람이었다. 옛사람이 "거문고로써 성性을 기르고, 바둑으로써 덕을 기른다"라고 말했는데 참으로 맞는 말이다.

_유재건《이향견문록》

〈충렬〉

문기방文紀房의 자는 중률仲律이다. 고려의 명신 강성군江城君 익점益漸의 후손인데, 대대로 장흥에 살았다. 아버지 형炯이 꿈을 꾸었는데 지붕 위에 커다란 별이 날아서 내렸다. 그 빛이 땅을 비추었는데 곁에 있던 사람들이 방성房星[1]이라고 말했다. 깜짝 놀라서 깨고 보니 땀이 등을 가득 적셨다. 이날 밤에 아들을 낳으니 이름을 기방紀房이라고 지었다.

어렸을 때 죽마竹馬 타는 놀이를 했는데 종이를 잘라서 깃발을 만들었다. 자기를 장군이라고 불렀는데 그 명령에 따르지 않는 아이가 하나도 없었다. 열다섯 살에 역사책을 읽다가 장순張巡, 허원許遠[2] 열전에 이르러

---

1 이십팔수의 네 번째 별. 수레와 말을 주관한다.
2 당나라 현종 시대 충신들. 안녹산의 난 때 수양성을 지키다가 병졸과 군량이 딸려 성이 함락되자(757) 함께 죽었다.

비분강개해 무릎을 치더니 책을 덮고는 눈물을 흘렸다.

힘이 남보다 뛰어났으며 말타기와 활쏘기를 잘했다. 종조제<sup>從祖弟</sup> 명회<sup>明會</sup>와 함께 신묘년(1591) 무과에 급제해 수문장이 되었다.

임진년(1592)에 섬 오랑캐들이 크게 쳐들어오자 기방은 명회와 함께 시골 병졸들로 의병을 일으켜 전라 병사<sup>全羅兵使</sup> 이복남<sup>李福男</sup>을 따랐다.

정유년(1597) 8월에 왜적이 숙성령<sup>宿星嶺</sup>을 넘어오자, 병사<sup>兵使</sup>도 순천으로부터 다시 남원으로 왔는데 병졸들은 모두 흩어지고 겨우 측근 오십여 명만 남았다. 왜적의 선봉은 성 아래까지 밀어닥쳤다. 기방은 명회와 함께 눈을 부릅뜨고 손에 침을 뱉으며 "오늘 죽음을 무릅쓰고 싸워서 나라 은혜에 보답하자"라고 외쳤다.

북을 치면서 남문을 거쳐서 남원성 안으로 들어가니 적들이 성을 겹겹이 에워쌌다. 활을 당겨 마구 쏘며 셀 수 없이 적을 죽였다. 오른손 손가락이 다 떨어져나가자 다시 왼손으로 적을 쏘았다. 왼손도 떨어져나가자 기방이 시 한 구절을 외쳤다.

나라 위해 죽을 뜻 평생토록 지녀왔으니
허리에 찬 큰 칼이 이를 알리라.
平生殉國志, 腰下玉龍知.


명회가 이어서 외쳤다.


북소리 속에서 내 힘이 다했으니

위태로운 이 나라 사직을 누가 붙들건가.

力盡鼓聲裏, 誰扶社稷危.


저고리 소매에다 피로 글씨를 쓰고는, 드디어 병사와 함께 싸우다 죽었다. 이날이 바로 정유년 8월 16일이다. 종 감금(甘金)이 피로 쓴 저고리를 가지고 죽어 넘어진 시체들 속에 엎드려 있다가 빠져나와서 집으로 돌아왔다. 그들이 나라 위해 싸우다 죽은 모습을 자세히 얘기한 뒤에, 피로 글씨를 쓴 저고리를 고산(高山)에 묻었다.

_홍양호《이계집》

⊙ 강효원

강효원姜孝元은 진주 사람이다. 인조 정축년(1637)에 소현세자가 청나라에 인질로 잡혀가자 세자시강원世子侍講院[1]에서 모시고 따라갔다. 그는 시강원의 서리로서 심양瀋陽까지 따라 들어갔다. 필선弼善[2] 정뇌경鄭雷卿이 그 충성스럽고도 신실한 점을 살펴서 믿을 만하게 여기고 매우 아꼈다.

은산殷山의 관노官奴 정명수鄭命壽가 오랑캐의 앞잡이가 되어서 하고 싶은 대로 행하며 못하는 짓이 없었다. 정뇌경이 성을 내면서 그를 죽이려고 계획했는데, 강효원이 반대하면서 말했다.

"우리나라가 청나라 사람에게 능욕당한 지 오래되었습니다. 지금 청

.............................

1 왕세자를 모시고 경서經書와 사적史籍을 강의하며 도의를 가르치는 관청. 영의정이 겸하는 사師와 좌우의정 중 한 사람이 겸하는 부傳 밑에 여러 선생과 무사가 있다.
2 세자시강원에서 세자에게 강의를 하는 정4품 벼슬.

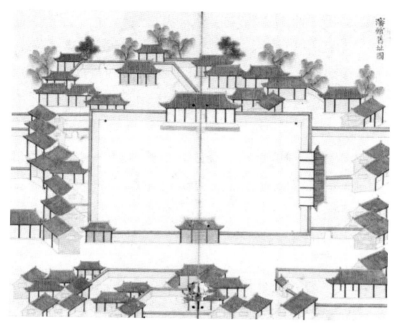

소현세자가 인질로 잡혀가서 머물렀던 심양관의 옛 모습. 1760년 연행사를 수행했던 화가 이휘중이 심양관을 그렸는데, 이미 사라진 심양관 옛터에 세워진 찰원을 대신 그렸다.

나라 사람들을 다 죽이지 못하면서 한낱 고아마홍(古兒馬紅, 정명수의 청나라 식 이름)을 죽이고 어찌 만족하겠습니까? 비록 죽인다 한들 결국은 청나라 사람들의 원한만 더 심해지기에 족할 뿐입니다. 하물며 고아마홍은 쉽게 죽일 수 없는 자가 아닙니까?"

정공은 듣지 않고 끝내 그와 더불어 왔다 갔다 하며 모의하다가 일이 누설되어 그르치고 말았다. 그 일을 아는 사람들은 머뭇거리거나 두려워하다가 달아났다. 그러나 강효원만은 두려워하거나 감추지 않고 드디어 정공과 함께 죽었다. 죽을 때 재상 가운데 마음을 돌이켜 명수를 두둔한

자<sup>3</sup>를 크게 꾸짖어 "네 어찌 이러한 짓을 차마 하느냐"라고 외쳤다.

조정에서는 그의 시체를 찾아와서 동대문 밖에 묻어주고는 경조좌윤 京兆左尹<sup>4</sup>의 벼슬을 상으로 내렸다. 그의 집 앞에는 정려문旌閭門을 세웠으며 대대로 그 녹을 물려받게 했다. 그는 처음 잡혀갈 때부터 자기가 반드시 죽게 될 것을 알았으므로 머리털을 잘라서 옷 속에 넣어 어머니께 편지까지 부치고 헤어졌다. 죽을 때 자기를 따라온 사람에게 부탁하기를 "내 지금 나라를 위해 죽으니 무엇이 한스럽겠나. 조선에 돌아가거든 집안사람들에게, 마치 내가 있는 것처럼 늙으신 어머님을 잘 모셔달라고 말해 주게나"라고 했다.

_유재건《이향견문록》

..........................

3 먼저 포로가 되어 와 있던 정명수가 청나라 임금의 총애를 받자 우리 임금을 모독하고 나라를 팔아서 해를 끼치는 일이 많았다. 정뇌경, 강효원은 정명수를 제거할 기회를 엿보다가 조선에서 보내는 예물을 정명수가 도둑질하는 것을 보고 이 역적과 사이가 좋지 않은 청나라 사람을 시켜 죄상을 고발하게 했다. 그러나 세자의 빈객으로 청나라에 오래 있던 박노가 이를 반대해 사건이 뒤집혔다. 인조 임금은 정뇌경과 강효원을 살리려고 했지만 사정을 잘 아는 영의정 최명길이 박노의 소장이 옳다고 해서, 결국 인조 14년(1639) 4월 두 사람은 심양에서 사형당했다.

4 경조는 한성부漢城府의 변칭. 좌윤은 한성부 판윤을 보좌하던 종2품 벼슬.

숭정 정축년(1637)에 소현세자<sup>昭顯世子</sup>와 효종 대왕(당시 봉림대군)이 인질로 심양에 잡혀갔다. 구인후<sup>具仁厚</sup>가 여덟 장사를 추천해 따라가게 했으니 박배원, 조양, 신진익, 장애성, 오효성, 김지웅, 박기성, 장사민이 그들이다. 보살피고 지켜주는 것이 처음부터 끝까지 한결같았다.

갑신년(1644)에 세자와 대군의 일행이 우리나라로 돌아오게 되었다. 현종(당시 봉림대군의 아들)께서는 나이 겨우 네 살이었는데 가마에 타려고 하지 않았다. 사람을 시켜 업어주게 해도 울음을 그치지 않았다. 오직 오효성<sup>吳孝誠</sup>이 업어줄 때만 울기를 그쳤다. 그래서 수천 리를 걸어오는 동안 오효성의 옷 등쪽이 다 닳았다.

그 뒤에 효종께서 명하시어 여덟 장사의 모습을 병풍에 그리게 했는데, 오효성은 현종을 업고 가는 모습을 그렸다. 병신년(1656)에 별군직청<sup>別軍職廳</sup>을 설치하고 여덟 장사에게 좋은 옷을 입히고 많은 봉급을 주었다. 밤낮으로 왕궁을 모셔 지키게 하고 자손 대대로 그 벼슬을 물려받게 했다.

　하루는 효종께서 드시어 술상을 차리셨다. 술이 무르익자 오효성을 부르시어 팔을 잡고 말을 건네려 하셨다. 그 친밀한 뜻을 보이려 하신 것이다. 그러나 효성은 머리를 조아리며 굳게 사양했다. 임금께선 매우 노하셔서 큰 거문고를 들어 그의 오른편 어깨를 치셨다. 팔을 다치게 하니 곧 팔이 마비되어 움직이지를 못했다. 임금께서 술이 깨시자 뉘우치시고 더욱 사랑을 베푸셨다.

_이덕무李德懋《앙엽기盎葉記》

⊙ 박의

박의朴義는 호남 고창高敞사람인데, 매우 용맹할 뿐 아니라 말을 잘 타고 활을 잘 쏘았다. 무과에 급제해 부장部將이 되었다.

인조仁祖 병자년(1636)에 병마절도사 김준룡金俊龍이 임금을 지키러 오다가 수원에 이르러 오랑캐들과 맞부딪쳤다. 광교산光敎山에서 크게 싸움이 벌어졌는데, 박의는 그때 김준룡의 휘하에 있다가 양고리揚古利를 쏴 죽였다. 양고리는 만주 정황기正黃旗에 속하는 장군인데, 영금寧錦의 전투에서 명나라 용맹한 장수들도 그를 당해내지 못했다. 여러 번 공을 세워 초품공超品公[1]에 올랐으며 누루하치奴兒合赤의 딸에게 장가들었다. 죽고 난 뒤에 무훈왕武勳王에 봉해졌다.

..........................

1 청나라에서는 문관과 무관의 계급을 정과 종 각9품으로 나눴다. 그 위에 공公 · 후侯 · 백伯 세 가지 벼슬은 품으로 헤아리지 않았는데, 이를 초품이라고 했다.

그들이나 우리나 모두 믿을 만한 역사책을 가지고 있으니 살펴볼 수가 있었다. 그러나 박의가 어떠한 사람인지, 쏴 죽인 자가 어떠한 사람인지, 과연 쏘았는지도 알지 못했다. 저들 가운데 혹 이에 대해 말하는 사람이 있더라도 도리어 노하며 조롱한다고 생각했다. 비록 박의가 스스로 말했더라도 또한 꾸짖으며 망령되다고 생각했을 것이다. 이것이 바로 박의가 한 일을 지금까지 들어본 사람이 없는 까닭이다.

고려의 김윤후金允侯와 처인處仁 스님은 몽고 원수 살례탑撒禮塔을 쏴 죽이고 대장군 벼슬을 받았다. 의와 같은 사람은 벼슬이 겨우 직동 만호直洞萬戶[2]에 지나지 않았으니 사람들이 이 때문에 그를 더욱 슬피 여겼다. 그러나 그의 기이한 공은 김윤후와 똑같다고 하겠다.

_유득공柳得恭《영재집泠齋集》

..........................

2 만호는 본래 1만 호의 민가를 다스리던 무관 벼슬이다. 그러나 조선조에 들어와서는 민가 수와 관계없는 진장鎭將의 품계를 나타냈다. 육군보다는 수군에 이 벼슬이 많았으며, 주로 종4품관이 임명되었다. 직동은 그가 지키던 진영의 이름이다.

⊙ 이형익

 이형익李亨翼은 침을 놓는 의원이다. 승정 병자년(1636)에 임금의 피
난 행차를 모시고 남한산성에 들어갔다. 바로 앞서 청나라 군사들이 서
쪽 변방에 쳐들어왔는데 관찰사와 절도사가 모두 달아났으므로 겨우
하룻밤 만에 서울까지 밀어닥쳤고 임금은 남한산성으로 피난 가게 된
것이다.

 그런데 재상은 화의和議을 주장하면서 명나라 천자를 배반하고 오랑캐
에게 신첩臣妾이 되려고 했다. 형익은 곧 눈물을 흘리며 임금께 아뢰었다.

 "아아, 이 어찌 된 일입니까. 군과 부자가 성을 등지고 한 번 싸워서
종묘사직을 위해 죽는 것이 의로운 일입니다. 원손元孫과 대군께서 강화
도에 계시니 종묘사직을 다시 회복하기 바랄 수 있거늘, 그러지 못하고
오랑캐와 더불어 화해하시면 전하께서 비록 도성으로 돌아가시더라도
무슨 면목으로 신하와 백성들을 보시겠습니까? 서쪽 변방의 장병들이

적 앞에서 임금을 버린 죄는 목을 베어 마땅합니다. 청컨대 화의를 주장하는 신하와, 군대를 옹위해 임금을 지키지 못한 자들을 함께 목 베어 병사들의 기운을 돋우소서."

임금께서 들으시고 "네 말이 의분에 넘치니 내 마땅히 생각해보리라" 하고 말씀하셨다.

얼마 안 되어 화의는 이뤄지고 형익은 슬프고 분해서 죽었다.

_윤행임 《석재고》

⊙ 김여준

　장사 김여준金汝峻은 김해 사람인데, 집안 대대로 무예를 업삼았다. 여
준은 스무 살쯤 무과에 급제해 용기와 힘으로 이름났다.

　인조 정축년(1637)에 효종 임금은 아직 봉림대군이셨는데 인평대군
과 함께 심양으로 잡혀가셨다. 공은 군관으로 뽑혀 정성을 다해 모시고
따랐다. 가다가 옥하관玉河關에 이르렀는데 달밤에 기러기 우는 소리가
들렸다. 효종께서 〈월명비안가月明飛雁歌〉를 지어 공에게 부르게 하시고
는 서글픈 눈물이 흐르는 것도 깨닫지 못하셨다.

　심양에 이르러서는 공이 아침저녁으로 모셔 무예와 용기로 이름났
다. 적중에서도 김 장사라고 불렸다.

　오랑캐 가운데 우거禹巨란 자가 있었다. 얼굴이 매우 사납게 생기고 몸
집도 아주 컸다. 그 힘도 견줄 자가 없었는데 씨름으로 힘을 겨루자고
덤벼왔다. 공이 추장에게 "혹시라도 죽게 되면 어떻게 하겠소?"라고 물

충렬　401

었다.

추장이 "이것도 또한 군법軍法이니 비록 죽더라도 어찌 탓하겠소?"라고 대답했다.

공이 우거의 콧구멍이 매우 큰 것을 보고는 주먹으로 그 콧구멍을 냅다 쳤다. 우거가 머리를 돌려 피하자 공이 얼른 그 허리를 껴안고 섬돌 모서리에다 짓쫗었다. 우거는 피를 토하고 죽었다. 추장은 매우 애석히 여기면서도 죄를 주지는 않았다.

하루는 추장이 여러 막료들에게 잔치를 베풀었다. 공이 평소엔 술을 즐겼으나 심양으로 잡혀온 뒤에는 술을 딱 끊고 마시지 않았다. 이때 추장이 억지로 술을 마시게 하자 공이 사양하여 말했다.

"나의 성질이 미치고 망녕된 데다 술을 먹으면 더욱 심해지니 비록 거슬리더라도 혹 용서해주겠소?"

추장이 말했다.

"술 취해 잘못한 것을 누가 탓하겠소?"

공이 그제야 몇 말 술을 들이켜고서 술잔을 내던지며 크게 소리쳤다.

"조선은 예의의 나라다. 우리나라가 네놈들에게 잘못한 적이 없거늘 누린내 나는 오랑캐놈들이 어찌 감히 이다지도 업신여긴단 말이냐? 네놈들의 살을 씹어 먹지 못하는 게 한스러울 뿐이다."

공의 몸짓이 갑자기 거칠어졌다. 추장이 좌우 부하들에게 그를 붙들도록 했다. 비록 즐겁지는 않지만 자기가 술을 마시라고 허락했으므로 어쩔 수가 없었다.

을유년(1645)에 고국으로 돌아왔지만 다시는 벼슬하지 않았다. 전라도 영암에서 은퇴해 살다가 세상을 마쳤다.

효종이 즉위해(1650) 사람을 보내 불렀지만 공은 벌써 죽었다. 효종이 슬퍼해 마지않으며 벼슬을 내리시고 남은 아들을 위로했다. 또한 달 밝고 기러기 나는 밤이면 김 장사를 그리워하는 것으로 제목을 삼아 많은 선비를 시험 보이셨다.

외사씨는 이렇게 말한다.

"김 장사의 절개는 뇌해청雷海淸과 같아 호랑이의 아가리에서 끝내 자신을 보전했다. 고국으로 돌아온 뒤에는 평온하게 살면서 시골에서 늙어 죽었을 뿐 고민하지 않았으니, 개자추介子推[1]의 무리라고 말할 수 있다. 그러나 내 일찍이 야사野史에 실린 것을 보니 '정축년 효종께서 심양으로 잡혀가실 때 능천부원군 구인후具仁垕가 박배원朴培元, 조양趙壤, 신진익申晋翼, 장애성張愛聲, 오효성吳孝誠, 김지웅金志雄, 박기성朴起星, 장사민張士敏 등 여덟 장사를 추천해 모시고 따라갔다가 고국으로 돌아온 뒤에 특별히 별군직청別軍職廳을 만들고 여덟 장사가 밤낮으로 모시고 지키게 하며 또 그들의 초상을 병풍에 그리도록 했다'고 하던데 오직 김 장사의 이름만은 보지 못했으니 어찌 된 일인가? 산속으로 돌아가 늙었기 때문에 드디어 그의 사적이 다 없어지고 전하지 않는 것인가? 내 이에 김 장사의 뜻을 더욱 슬피 여기면서, 자신의 자취를 스스로 감춘 것을 아쉬워한다."

..........................

1 춘추시대 진문공晉文公이 망명했을 때 그를 모시고 다니던 사람. 개자추는 문공이 귀국해 즉위한 뒤에도 녹봉을 받지 못하게 되자 어머니를 모시고 면산(綿山, 훗날 문공이 개산介山으로 개명)에 숨었다. 문공이 뉘우치고 찾아왔지만 찾지 못하자 그를 나오게 하려고 산에다 불을 질렀다. 그러나 그는 끝내 나오지 않고 어머니와 함께 타죽었다.

근세의 사람 만성晚醒 박치복朴致馥은《대동속악부大東續樂府》에 김 장사
의 노래를 지어 실었다.


옥하관 달빛은 서리처럼 차갑고

청성령 밖에는 기러기 소리만 길어라.

외로운 만 리 길 말고삐 잡고 나서

임금 위한 마음에 제 몸까지 내버렸네.

호랑이 같은 힘에다 해라도 꿰뚫을 정성

그대 믿는 임금의 마음, 산을 기댄 듯했어라.

_장지연《일사유사》

⊙ 전**만거**

　전만거田滿車는 해주 사람이다. 수양산 아래에 숨어 살았는데 나이 일흔이 되도록 공명정대하고 비분강개했다. 아내와 함께 수양산 들판에서 밭을 갈며 밤에는 글을 읽었다. 그러나 그가 어질다는 것을 아는 사람은 없었다.

　숙종 기묘년(1699)에 크게 흉년이 들어 조정에서는 청나라에 구호를 청했다. 간신諫臣 정호鄭澔가 청나라의 쌀을 얻어먹는 것은 안 된다고 반대했지만 조정의 의논이 굳게 정해졌다. 드디어 청나라에서 동쪽 바다에 쌀 실은 배를 띄워 여러 지방으로 나눠주었다. 만거는 시를 지어서 그 쌀을 사양했다. 그 시는 이렇다.

　　내 들으니 청나라 곡식을
　　동쪽으로 실어온 게 이만 석이라네.

황해도 백성에겐 그 쌀 꿔주지 마소.

수양산 고사리가 아직도 푸르다오.

聞道燕山粟. 東輸二萬斛.

莫貸海西民, 首陽薇蕨綠.


내 본디 청빈케 살아

밭 가는 소 한 마리가 밑천이었다오.

그놈으로 밭 갈다가 한가위 되자

산골짜기로 달아나라고 놓아주었지.

그놈 타고 인간들 사는 세상으로

나갈 생각은 없었으니

그놈이 혹 귀 씻은 물을

먹지나 않을까 걱정되서라오.

我本清寒有一牛, 輟耕閒放峽中秋.

騎來不向人間路, 恐飮當年洗耳流.


　　그러고는 산속으로 달아나서 고사리를 캐어 먹고 살았는데 언제 죽
었는지 알지 못한다.

_윤행임《석재고》

이진화李震華의 자는 욱재郁哉다. 숙종 기사년(1689)에 역적 무리가 나라의 정권을 잡고서 인현왕후仁顯王后을 폐했다. 이때 공은 승정원 검률(檢律, 종9품)이었는데 큰길로 바삐 달려가서 지붕이 있는 가마를 빌려다가 요금문曜金門[1] 안으로 가져와 본궁까지 받들어 나아갔다. 공은 관복을 차려입고 울면서 모시고 나갔다.

중전이 다시 복위된 뒤(1694)에 임금께서 그를 불러들여 칭찬하시며 소원을 물으셨다.

그가 대답하기를 "신이 지닌 벼슬로도 족하오니 어찌 감히 다른 벼슬을 바라겠습니까?"라고 했다.

그래서 계속 승정원 검률로 남아 있도록 명하셨다. 이공은 한낱 낮은

........................
1 창덕궁 서쪽 대문이 경추문景秋門이고, 그 북쪽에 있는 작은 문이 요금문이다.

벼슬아치였건만, 임금께서 노하시어 어떤 일이 벌어질지 알 수 없었던 그날을 당해 창황한 가운데도 몸을 빼내 혼자서 폐위된 국모國母를 모시고 나갔다. 비록 옛날의 충신열사들과 견주더라도 부끄러움이 없을 것이다. 또한 임금께 아뢴 말도 이처럼 조촐했으니 그가 어찌 죽고 사는 문제나 가난하고 출세하는 문제 때문에 마음이 흔들릴 자겠는가.

_서병도《흠휼당지欽恤堂志》

⊙ 안용복

　안용복安龍福은 동래 사람이다. 수군에 예속되어 있었는데 일본 말을
잘했다. 숙종 을해년(1695)에 바다에 떠밀려다니다 울릉도에 들어갔는
데 왜놈들을 만나 일본의 오랑도五浪島로 붙잡혀 갔다.

　그때 대마도 도주島主는 울릉도를 점령하려고 우리나라의 변방 신하
(동래 부사)와 말다툼하기를 그치지 않았지만, 정작 왜놈의 관백關白[1]은
모르고 있었다.

　용복이 오랑도 도주에게 말했다.

　"울릉도에서 우리나라까지는 하루 남짓 거리지만 일본까지는 닷새
거리니 우리나라에 속한 것이 아닙니까. 조선 사람이 스스로 조선 땅을
다니는데 어째서 붙잡아둡니까?"

.............................

1　옛날 일본에서 왕을 대신해 정무를 총괄한 관직.

도주는 용복을 굴복시킬 수 없음을 알았기에 백기주伯耆州로 풀어 보냈다. 그곳 태수는 두터이 대하면서 은덩이까지 주었지만 용복은 받지 않고서 말했다.

"일본이 다시는 울릉도를 가지고 말썽 부리지 않기를 바랄 뿐이지, 이런 은덩이를 받는 것은 나의 뜻이 아니오."

태수는 드디어 관백에게 아뢰고는 서류를 작성해 용복에게 주었는데 "울릉도는 일본 땅이 아니다"라고 쓰여 있었다. 이때 왜관倭館에서 큰 사건을 일으킬 것만 같아서 우리나라 사람들이 걱정을 했지만, 대마도 도주에게 속고 있는 줄은 몰랐다. 용복은 너무나 분해서 울산 바닷가로 달려갔다. 거기에는 뇌헌雷憲이라는 장사꾼 중이 배를 대고 있었다. 용복이 그에게 "울릉도에는 미역이 많은데, 내가 그 길을 그대에게 가르쳐주겠다"라고 꾀었다. 중은 즐거워하며 따라나섰다. 곧 돛을 올리고 사흘 밤 만에 울릉도에 배를 대었다. 그때 마침 왜놈의 배가 동쪽으로부터 왔다. 용복이 여러 사람에게 그들을 묶으라고 했더니 배 안에 있던 왜놈들이 겁나서 나서지도 못했다. 용복이 혼자서 앞으로 나가 성을 내며 꾸짖기를 "무슨 까닭으로 우리 국경을 침범하느냐?"라고 했다.

용복은 또 송도松島까지 쫓아가서 "송도가 바로 우산도于山島다. 너희들은 우산도 또한 우리 땅이란 말을 듣지 못했느냐?"라고 꾸짖었다.

지팡이를 휘둘러 그들의 가마솥을 깨부수니 왜놈들은 크게 놀라서 달아났다. 용복이 다시 백기주에 이르러 그런 상황을 말하니 태수가 그들을 모두 붙잡아 죄를 다스렸다. 용복이 이에 울릉도 감세관監稅官이라 사칭하고서 당堂에 올라 태수와 대등한 예를 차리며 큰소리쳤다.

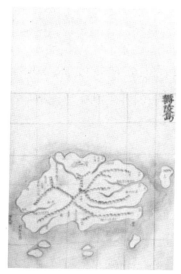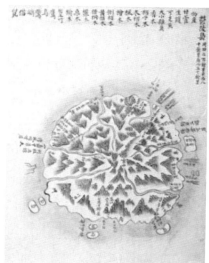

울릉도를 바깥에서 보고 그린 채색 지도(규장각 소장).

　"대마도 도주가 가운데 끼어 속이는 짓이 어찌 울릉도 사건 한 가지뿐
이겠습니까? 우리나라가 보내는 물품들을 도주가 일본으로 전매轉賣하
면서 농간질을 많이 합니다. 우리나라에선 쌀 열다섯 말을 한 섬으로 해
서 보내는데 대마도에서 일곱 말을 한 섬으로 만들고, 베 서른 자를 한 필
로 했는데 대마도에서 스무 자를 한 필로 했습니다. 종이 한 묶음이 매우
긴데, 도주가 잘라서 세 묶음으로 만들었습니다. 관백이 어찌 이러한 사
실을 알겠습니까? 나를 위해서 관백에게 편지를 전해줄 수 있겠소?"
　태수가 허락했다. 대마도 도주의 아비가 그때 마침 에도江戸에 있었는
데 이 소식을 듣고는 크게 놀라 태수에게 애원했다.
　"그 편지가 아침에 들어가면 우리 아이는 그날 저녁으로 죽습니

다. 태수께서 그 사실을 잘 생각하소서."

태수가 돌아와서 용복에게 말했다.

"이번만은 글을 올리지 말고 빨리 돌아가시오. 만약 대마도 도주가 영토 문제로 다시 말썽을 일으키거든 사람을 시켜서 내게 글을 보내주면 되오."

이에 왜에서도 다시는 속일 수 없음을 알고 동래부에 글을 보내 "다시는 울릉도에 사람을 보내지 않겠다"라고 사과했다.

이때 조정에서는 울릉도를 쪼개 왜에 주자는 의논도 있었다. 용복은 아무 벼슬을 맡은 일도 없었고 엄한 명령을 받은 것도 아니었다. 그런데도 만 번 죽을힘을 내서 수륙 만여 리를 건너다니며 저들 오랑캐 꾸짖기를 마치 어린애 꾸짖듯 해서 대마도 도주의 간사한 꾀를 꺾어 눌렀다. 울릉도 온 섬이 왜나라에 들어가지 않게 했으니 그 공이 장하다고 말할 만하다.

_윤행임《석재고》

....................

* 안용복은 나라의 허락 없이 국제문제를 일으켰다는 이유로 조정에 압송되어 사형까지 논의되었다. 남구만이 간곡히 만류해 1696년에 유배되었다. 1697년 대마도에서 자신들의 잘못을 사과하고 울릉도를 조선 땅으로 확인한다는 막부의 통지를 보냈지만, 안용복의 죄는 풀리지 않았다.

⊙ 최충신

최충신<sup>崔忠臣</sup>은 성환역<sup>成歡驛</sup>의 아전이다. 대대로 성환역에서 아전으로 살았는데, 나이 일흔 되었을 때 무신년 난리[1]를 만났다. 반란군의 세력은 불붙듯 퍼졌으며 호남과 영남은 경계가 엄했다. 역승<sup>驛丞</sup>[2] 강백<sup>姜柏</sup>은 달아났고 마을은 텅 비었다. 병아리와 강아지들까지 들판에 퍼져서 울부짖었다. 최 노인은 차마 달아날 수가 없어서 늙은 병졸과 함께 관사를 지키고 있었다.

반란군 괴수 이인좌는 삼천 병력을 이끌고 역에 주둔했다. 밤이 되자

--------------------------

1 1728년에 소론<sup>小論</sup> 일파인 이인좌<sup>李麟佐</sup>가 일으킨 반란. 억울하게 죽은 경종<sup>景宗</sup>의 원수를 갚는다고 밀풍군<sup>密豐君</sup> 탄<sup>坦</sup>을 추대하고 나섰다.

2 서울을 중심으로 각 지방에 이르는 중요한 도로에 말과 관리를 두어 공문서를 전달하고 공무 여행자의 숙박과 편의를 돌봐주던 역驛, 참站이 있었다. 몇 개의 역참을 관리하던 벼슬이 찰방(察訪, 종6품)인데, 고려 때의 이름인 역승으로도 불렸다.

음악을 연주하고 술을 마셨다. 최 노인은 부지런히 날라다 주었다. 사경[3]이 되자 적들은 모두 깊이 잠들었다. 야경꾼의 딱따기 소리도 들리지 않고 깃대에 걸려 있던 등불도 다 꺼졌다. 마치 아무도 없는 것처럼 고요했다.

최 노인은 병졸에게 시켜 역 뒤에 있는 봉우리에 몰래 숨어서 "성화역 아전들아"라고 외치게 하고는 자신이 "예이"라고 대답했다.

"의금부에서 천여 명 기병들이 지금 역적을 잡으러 왔다. 너희 역승은 어디 있기에 말을 거느리고 대령치 않느냐? 곧 대령치 않으면 목을 베리라."

최 노인이 그 소리가 나자마자 대답을 하며 나섰는데, 그 소리가 숲과 골짜기를 흔들었다. 날래게 뛰어다니며 좌우로 충돌하더니, 곧 말들을 뜰에 풀어놓아 발굽으로 땅을 박차고 달리면서 어지럽게 했다. 적들은 바야흐로 술 취해 잠을 자다가 갑자기 변이 일어나자 황급히 깜짝 놀라며 어찌할 줄을 몰랐다. 태반은 흩어져 달아났다. 이인좌는 급히 군대를 후퇴시켰지만 호령이 끝내 들리지를 않아서 곧 원수<sup>元帥</sup>에게 붙잡혔다.

최 노인은 늙어 죽었는데 이름이 또한 전해지지를 않아서 고을 사람들은 그를 최충신<sup>崔忠臣</sup>이라고 부른다.

_윤행임《석재고》

------------------------

3 새벽 두시 전후.

《장인》

⊙ 신아[1]

탄재炭齋의 성은 신申으로, (경상도) 청도군에 살면서 칼을 만들던 벙어리 대장장이다. 그는 이름이 없으므로 호로써 행세했다. 그는 칼을 잘 만들었는데, 날카롭고도 가벼워서 가끔 일본의 것을 능가했다. 칼 만드는 대장장이들은 대개 쇠를 고르지만 탄재는 쇠의 품질을 묻지 않고 값만 물었다. 값비싼 것이 상품이기 때문이다.

탄재는 성격이 몹시 포악해서 자기에게 거스르는 자가 있으면 부젓가락과 쇠망치를 겨누었다. 한번은 경상 감사가 그에게 일을 시켰는데 사자 앞에서 상투를 자르며 거절했다.

탄재는 물건에도 박식했다. 군수가 자기의 구슬갓끈을 살펴보게 하자, 침으로 금을 긋고 지푸라기를 꽂아 일본 오랑캐의 채색이 영롱한 호

........................

1 申啞, 벙어리 신씨.

박처럼 만들었다. 그러고는 연경燕京에서 사온 것이라고 알려주면서 손을 들어 남에서 북으로 또 동으로 돌려 보였다. 사람들이 아직도 믿지 못하는 기색을 보이자 탄재가 크게 노했다. 갓끈을 잘라 불 속에 던지자 송진 냄새가 났다. 군수가 말했다.

"이젠 자네의 말을 믿겠네. 그러나 갓끈이 못쓰게 되었으니 어찌하겠나."

탄재는 집으로 달려가 한 줌 움켜가지고 와서 돌려주었는데 모두 같은 것들이었다.

태어나면서 벙어리인 자는 귀도 먹는 법이라, 탄재는 벙어리에다 귀머거리였으므로 다른 사람과 말을 주고받을 수 없었다. 오직 고을 아전 가운데 손짓으로 말을 대신할 줄 아는 자가 있어, 몸짓으로 말을 하면 서로 그 마음의 곡절을 다 표현할 수가 있었으므로 언제나 그가 와서 통역해주었다. 아전이 탄재보다 먼저 죽자 탄재가 그 집에 가서 그의 널을 때리며 하루 종일 개같이 부르짖었다. 얼마 뒤에 그도 병으로 죽어 탄재가 만든 칼은 이제 세상에 드물다.

탄재는 처음 아내를 얻었을 때 몹시 흡족해했는데 우연히 아내의 월경대를 보고는 매우 더럽게 여겼다. 그때부터 아낙네가 짓는 밥은 먹지 않았다. 그의 조카가 쌀을 씻고 밥을 지어서 끝까지 봉양했다.

매계자梅谿子는 이렇게 말한다.

"그가 상투를 끊은 것은 마치 여인이 정절을 지키는 것과 같았고, 호박을 알아본 것은 성인이 태어나면서 아는 것과 같았다. 이 벙어리는 혹시 도를 지닌 자였는가? 그렇다면 한갓 대장장이만은 아닐 것이다. 아!

아전이 죽었다고 애통해했으니, 마음 알아주는 사람 만나기 어렵다는 게 그런 것이 아니겠는가? 내가 일찍이 그가 만든 칼을 얻었는데 날카롭기가 머리카락을 날릴 수 있을 정도였고 얇기가 당장 부서질 것 같을 정도였다. 칼을 감정하는 이들이 '잘 만들긴 했지만 약간 건조하니, 삶은 고기를 베어보면 좋아질 것입니다'라고 했다."

_이옥 〈신아전申啞傳〉《문무자문초》,

효자

⊙ 문계달

문계달文繼達의 자는 비승丕承인데, 그 선대는 본디 호남 남평현 사람이다. 중세에 영남으로 이사해 할아버지 때부터 비로소 삼가현 병목리에 살았다.

군은 무인의 아들이라 비록 배운 것은 없지만 지성至性이 있기 때문에 그 고을 은군자隱君子 조경덕曹敬德 선생이 자기 딸을 아내로 주었다. 군은 그를 아버지로 섬겼다.

군의 아버지 임任이 일찍이 주인을 죽인 종을 잡아 재판으로 다스리다가 도리어 그 도적들에게 죽임을 당했다. 군은 날마다 울부짖으며 사또에게 소송했다. 그러나 원수의 친족들이 힘껏 뇌물을 써서 벗어나고 말았다.

군은 어머니와 헤어지면서 "원수를 갚지 않으면 맹세코 그놈과는 이 세상에 같이 살지 않겠습니다"라고 말했다.

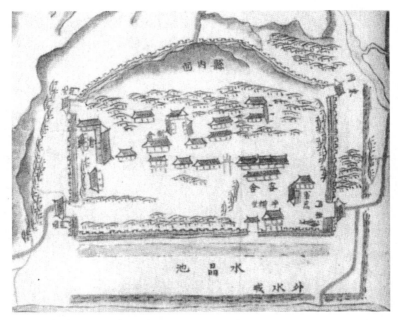

문계달이 살았던 삼가현 옛지도 관아 부분.

 칠 년이나 상복을 벗지 않은 채 여러 고을을 돌아다니며 호소했는데
몸이 파리해질수록 더욱 애처로웠다. 남쪽 지방 인사들이 그의 행실에
감동해 다투어 함께 그 종들을 원수로 여겼다. 원수들은 어찌할 바를 몰
라 밤낮으로 도리어 죽이려는 계책만 세웠다.
 군은 객지에서 갖은 괴로움을 겪었지만 답답하게도 도리가 없었다.
그래서 늘 칼을 갈며 결투하다 죽을 생각을 했다.
 하루는 산골짜기를 지나는데 날은 저문 데다 혼자 가게 되었다. 그런
데 사나운 호랑이가 나타나 으르렁거리며 길을 막고는 앞으로 나아가
지 못하게 했다. 한참 뒤에 과거 보러 가는 선비들이 있어 함께 가자 호

랑이는 곧 사라졌다. 그래서 앞으로 나아가니 원수가 과연 시퍼런 칼을 끼고 산골짜기에 잠복하고 있었다. 많은 사람들이 오는 것을 보고는 계획이 틀어졌는지 흩어지려고 했다.

군이 그들을 맞아 크게 외치면서 칼을 빼어 싸웠다. 여러 선비들이 매우 놀라 함께 원수를 잡아 고을에 고발해 다스리게 했다. 과연 주모자가 자백을 하자 태수도 놀라 탄복하며 군에게 어질다고 칭찬했다. 반노叛奴들도 끝내는 자백해, 주인을 죽이고 도둑질한 자 열네댓 명을 모두 죽였다.

군 또한 힘이 빠져서 도중에 죽었는데 아들이 없었다. 군이 죽자 그가 타던 말도 사흘이나 눈물을 흘리다 죽었다. 고을 노인들도 눈물을 흘리며 '영남 효자의 이적'이라고 서로 말했다.

아아, 슬프다. 사무치는 원한은 새, 짐승에게도 오히려 알려지겠거든 하물며 사람에게 있어서랴. 삼 년 전 여름에 내가 남쪽을 노닐다 그 고을에 들렀다. 노인들을 만나 그 사실을 물었더니 효자가 죽은 지 벌써 삼십 년이나 되었다고 한다. 고을 사람치고 그의 지극한 행실에 감격하지 않는 이가 없었고 또한 조경덕 선생을 칭송했다.

그의 아우 홍달弘達이 돌에 글을 새겨 무덤을 표시하겠다고 청해왔다.

_허목許穆《미수기언眉叟記言》

◉ 김창국

김창국金昌國은 강화도 사람이다. 집이 가난해서 진무사鎭撫使[1]의 친교
親校에게 예속되었을 때도 밤이면 옛사람의 책을 읽으면서 스스로 즐겼
다. 부모를 섬기는 것도 매우 효성스러워 음식에서 어쩌다 조심하지 못
해 모래라도 나오면 반드시 아내의 종아리를 쳤으며, 아내 또한 뉘우치
고 눈물만 흘릴 뿐 원망하는 마음이 없었다.

우리나라 풍속에 해마다 정월이 되면 반드시 점쟁이에게 명命을 묻곤
했다. 창국이 아버지의 명이 긴지 짧은지 물었더니 '열두 해를 넘기지
못한다'고 점괘가 나왔다. 창국은 말도 못하고 눈물만 흘렸다. 그날부터
날마다 목욕재계하고 마니산의 신에게 빌었다. 비가 오거나 바람이 불

.............................

1 바다를 지키는 진무영鎭撫營은 강화도에 본영을 두었는데, 우두머리인 진무사(종2품)는
   강화 유수가 겸임했다.

거나 춥거나 덥거나 잠시도 게을리하지 않고 하루에 두 번씩 기도드렸다. 열두 해가 지났는데도 아버지는 돌아가시지 않았다. 이 고을에서 조정에 아뢰기를 "김창국이 십 년 동안 아비의 목숨을 빌어 죽음을 벗어났으니 참으로 효자입니다" 했다.

조정에서 그 고을 앞에 정문旌門을 세워 "해동금루海東黔婁"[2]라고 했다.

_윤행임《석재고》

....................

2 금루는 춘추시대 제齊나라 사람이다. 청렴하고도 절조가 있었으며, 벼슬하려고 하지 않았다. 노나라 공공恭公이 그를 재상으로 삼으려 했고, 제나라 위왕威王이 그를 경卿으로 초빙했지만, 모두 가지 않았다. 너무나 가난해서 죽은 뒤에 보니 이불이 몸을 가리지 못할 정도였다. 그의 사적은《고사전高士傳》에 실려 있으며, 아내는《열녀전》에 실려 있다.

⊙ 박태성

효자 박태성朴泰星의 조상은 밀양 사람이다. 젊었을 때는 한성漢城에 살았는데 한성 사람들이 그를 박 효자라고 불렀다. 늙어서는 고양高陽의 청담淸潭에 살았는데 청담 사람들은 그가 사는 곳을 효자동이라고 불렀다.

효자가 태어난 지 삼 년 만에 아버지가 죽었다. 좀 자라난 뒤에 어머니 앞에 무릎을 꿇고 아뢰었다.

"아버님께서 살아계실 땐 얼굴을 뵙지 못하고 돌아가실 때도 상을 입지 못했으니, 제 마음을 어떻게 하겠습니까. 청컨대 뒤늦게나마 상복을 입게 해주소서."

어머니가 막으며 말했다.

"너의 아버지가 불행하게도 일찍 죽었지만 내가 참고 살아온 것은 너를 위해서였다. 그러니 네가 죽은 사람을 위해서 죽는 것과 산 사람을 위해서 사는 것 가운데 어느 쪽이 낫겠느냐? 다행히도 이처럼 장성하게 자랐으니, 살아 있는 사람에게만 헤어짐이 있는 게 아니라 죽은 자 또한 죽지 않은 것이니라.”

효자가 눈물을 흘리면서 어머니의 명을 공경스럽게 받들고는 결국 상복을 입을 생각을 버렸다. 마늘과 고기를 멀리하고 죽만 먹기를 삼 년이나 했는데, 어머니도 다시는 강요하지 않았다. 어머니가 일찍이 병으로 자리에 눕자 효자는 허리띠도 풀지 않은 채로 봉양했다. 죽은 반드시 자기가 끓였으며 약도 반드시 먼저 맛보았다. 평생토록 재산을 혼자 쌓아두지 않았고 쓸 때도 대충 하지 않았다. 일이 있으면 반드시 어머니께 아뢴 뒤에 행했다.

모신 지 사십육 년 만에 어머니가 죽었다. 어머니가 죽은 지 칠 년 되는 해는 바로 아버지가 죽은 지 육십 년째가 되는 해였다. 그는 아버지의 무덤에 가서 울며 뛰었고 왼쪽 소매를 벗었으며 삼베띠를 둘렀다. 상복을 입고 막대를 짚어 초상 때처럼 했다. 산 아래에다 오두막을 짓고 날마다 두 차례씩 무덤에 올라 슬프게 울었는데 비록 눈보라가 치더라도 그만두지를 않았다.

산길에는 위태로운 바위가 많았으며, 빠른 여울과 빽빽한 숲 때문에 사람들이 멀리 떨어져 살았다. 길에서 맹수들과 마주치기도 했지만 태연하고 침착하게 거했다.

서리 내린 아침이나 달빛 어두운 밤에 효자가 홀로 거닐며 자기 그림자를 돌아보노라면 숙연해져서 산도깨비들도 감히 희롱하지 못했다. 어떤 새가 효자와 함께 울곤 했는데 그치는 것도 일정한 박자가 있었다.

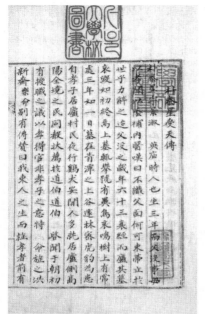

평민전기집 《호산외기》 첫 장에 효자
박태성의 전기가 실려 있다.

효자가 울면서 곡하면 새도 따라서 울었고, 효자의 곡이 그치면 새 또한
울음을 그쳤다. 그 새의 몸은 메추리처럼 생겼고 빛깔은 비둘기 같았는
데, 사람들이 끝내 그 이름을 알지 못했다. 사천槎川 이병연李秉淵과 조각
로(趙閣老, 미상)가 〈이조시異鳥詩〉를 지었다.

　대상을 마치고 여러 아들에게 이르기를 "내 이제는 마을로 돌아가지
않고 무덤가에서 생애를 마치리라. 아마도 신령한 짐승이 지켜주나보
다"라고 했다.

　이에 집을 옮겨서 따라온 자들이 있었는데 사 년이 되자 마을을 이루
었다. 관찰사가 자기 수하로 불러들이려 하자 효자가 굳이 사양했다. 관

찰사가 의롭게 여기고 허락했다.

때는 지금의 임금께서 왕위에 오르신 지 이십일 년 되었는데, 효도의 도리를 두터이 하려고 팔도 고을의 사또들에게 초야에 묻혀 예절과 행동이 뛰어난 자들을 찾게 하셨다. 고양 군수가 박 효자를 아뢰자 그 고을에 정문을 세우라고 명하셨다. 효자가 감당하지 못하겠다고 공손하게 사양하자 어떤 사람이 "나라님의 명이니 어길 수가 없다"라고 충고했다.

마을의 자제들이 함께 그 일을 이루었는데, 정문에 쓰기를 "효자 박태성의 문孝子朴泰星之門"이라고 했으니, 아아, 아름답도다.

_이경민《희조질사》

⊙ 홍차기

　동자 홍차기洪次奇는 충주 노은동老隱洞 사람이다. 그가 아직 배 속에 있을 때 아버지 인보寅輔가 살인사건에 끼어들어 감옥에 잡혀 들어갔다. 몇 달 동안 젖을 먹이고 나서, 어머니 최씨가 그 억울함을 아뢰어 풀려고 서울로 올라갔다. 차기는 가운데아버지에게서 자라면서, 아버지를 가운데아버지라 부르고 자기가 인보의 아들이라는 것은 알지 못했다.

　몇 년 자란 뒤에 여러 아이들과 놀다가 갑자기 깜짝 놀라 울며 먹지도 못했다. 가운데어머니가 까닭을 물어도 대답을 안 하다가 한참 뒤에야 그쳤다. 이러기를 한 달에 세 번이나 해서 집안사람들이 괴상하게 생각했다. 뒤에 고을에서 온 사람이 밝히기를 "그날이 바로 관청에서 죄수들을 신문하는 날이다" 하니, 듣는 사람마다 기이하게 여기지 않는 이가 없었다. 집안사람들이 그러한 모습을 보면서도 마음을 다치게 할까 걱정되어 그 아버지의 일을 더욱 감추었다.

그가 열 살이 되자 그의 아버지는 자기가 너무 늙어 감옥을 나갈 기약이 없음을 염려하다가 하루아침에 목숨이 다해 아들의 얼굴도 보지 못할까 걱정이 되어, 집안사람에게 사실대로 말하고 데려오게 했다. 감옥문에 이르자 차기는 아버지를 끌어안고 크게 통곡했다. 그러고는 읍내에 머물며 떠나지를 않았다. 땔나무를 해다가 쌀과 바꿔 아버지를 모셨다. 그렇게 몇 해가 지나는 동안 최씨는 여러 차례 위에다 호소를 했지만 대답을 못 듣다가 끝내는 서울에서 객사客死했다. 그 주검을 옮겨다 장사지낸 뒤에 차기가 아버지에게 작별인사를 했다.

"어머니께서 아버님의 억울함을 풀려고 호소하다가 끝을 못 보시고 원한을 품으신 채 돌아가셨습니다. 또한 장성한 아들도 없으니, 비록 어리지만 제가 가지 않으면 누가 다시 아버님을 죽음에서 벗겨드리겠습니까."

아버지는 아직 그가 어린 것이 안쓰러워서 허락하지 않았지만 차기는 몸을 빼쳐내 아무도 모르게 길을 떠났다. 드디어 서울까지 걸어 들어가서 신문고申聞鼓를 두드렸다. 그 일이 안사按使에게까지 내려갔지만 이번에도 결과가 나지 않았다. 차기는 돌아가지 않고 서울에 머물렀다.

이듬해 여름에 마침 큰 가뭄이 들어, 임금님께서 전국에 무거운 형벌을 받는 죄수들을 다스리라고 명하셨다. 차기는 대궐 앞에 엎드려 조회에 나아가는 높은 벼슬아치들을 만날 때마다 아버지의 억울함을 풀어달라고 눈물로 호소했다. 이렇게 하기를 십여 일이나 하니 보는 사람치고 감동하지 않는 이가 없었다. 이따금 밥을 가지고 와서 먹이기도 했고 머리를 빗겨서 이를 없애주기도 했다.

홍인보의 억울함을 풀어준 형조판서
윤동섬의 초상.

　형조판서 윤동섬尹東暹[1]이 죄수들에 대해 논의하려고 임금님께 나아
갔다가 그 모습을 아뢰었다. 임금님께서는 측은히 여기시고 일을 맡은
신하에게 자세히 살펴서 아뢰라고 명하셨다. 안사가 "옥살이로 늙고 그
사건이 의혹스러워서 결단을 내리지 못하고 있습니다"라고 아뢰자, 임
금님께서 특별히 명하시어 "죽음을 용서하고 영남으로 보내라" 하고 일

..........................

1　호는 팔무당八無堂, 윤현교尹顯敎의 아들이다. 1754년(영조 30) 문과에 급제한 뒤 1771년
　에 호조참판으로 사신이 되어 청나라에 다녀오기도 했다. 글씨를 잘 써서 정조가 김홍도의
　그림에다가 글씨를 쓰게 했다. 충주의 임경업 충렬사비忠烈祠碑 등 여러 곳에 그의 글씨가
　남아 있다.

을 맡은 신하에게 비로소 명하셨다.

차기는 더운 날씨를 무릅쓰고 삼백 리 길을 달려서 관찰사에게 나아가 눈물을 흘리며 아버지의 목숨을 빌고, 갖추어 아뢰주십사고 청했다. 차기는 다시 빨리 달려서 역마를 앞질렀다. 서울에서 백 리를 못 미쳐 병이 났다. 종자가 잠시 머물렀다 가기를 권했지만 차기는 머물려고 하지 않았다. 여관에 이르러 병이 도졌지만 힘을 내어 다시 대궐 앞에 엎드렸다. 마마가 크게 일어나 나흘이 되자 벌써 의식을 잃었다. 꿈을 꾸면서도 "우리 아버님이 살아나셨느냐?"라고 중얼거렸다.

임금님의 특사령이 내리자 곁에 있던 사람이 그에게 소리쳐서 알려주었다. 차기가 놀라 깨면서 "정말이냐? 어찌 나를 용서하셨을까?"라고 말했다.

그래서 판결문을 보여주었더니, 차기가 곧 눈을 열고 보면서 손을 들고 하늘에 감사하기를 세 번이나 했다. 뛰는 듯이 일어나 춤추면서 "아버님이 살아나셨다, 아버님이 살아나셨다" 하더니 드디어 땅에 엎어지고는 말을 못했다.

이날 밤에 차기는 끝내 죽었는데 그때 나이 열넷이었다. 멀리서 또는 가까이서 이야기를 들은 자 가운데 그를 위해 눈물 흘리지 않는 사람이 없었다. 아버지가 감옥에 들어가던 해에 태어나서 아버지가 감옥을 나오던 날에 죽었으니, 하늘이 그를 태어나게 하신 것도 아마 우연이 아니었으리라. 옛날에 효를 하다 죽은 자 가운데도 이와 같은 이는 아직까지 없었으니 그 충직함이여, 슬프도다.

_홍양호《이계집》

⊙ 송규휘

송생朱生 규휘奎輝의 아버지 이름은 시성詩聖이라고 했는데, 효도를 하다가 죽었다. 당국에서 그 소식을 듣고는 한성좌윤漢城左尹의 벼슬을 내렸으며, 정려旌閭를 세워주었다.

송생은 어렸을 때부터 스스로 맹서하기를 "나의 아버님께서 효를 하다가 죽었으니, 내가 어머님께 효도를 하지 못한다면 무슨 면목으로 지하에 계신 아버님을 뵙겠는가?" 했다. 그래서 아버지의 나이가 되었을 때는 벌써 지극한 효자라고 알려져 있었다.

아버지가 일찍이 병에 걸렸는데 그는 걱정스런 빛이 얼굴에 가득했다. 아버지가 약을 마신 뒤에라야 물러나와서 밥을 먹었으며, 깨끗이 목욕하고는 '나의 몸으로 아비의 병을 대신하게 해주십사'고 하늘에 빌었다. 그러나 병세가 돌이킬 수 없게 되자 칼로 손가락을 베어 피를 내었다. 그 피를 아버지의 입에 흘려넣어 하루를 끌었다. 이미 상을 당하게 되자 어머니가 눈물을 흘리며 울므로 너무 슬퍼하시지 말라고 권했다. 자신도 소리 내어 크게 울 수가 없었기에 매일 한밤중에 일어나서 아버지 잃은 슬픔을 울었다.

상복을 다 입은 뒤에는 아버지를 섬기던 그대로 어머니를 섬겼다. 부드러운 얼굴과 즐거운 빛이 하루도 떠난 적이 없었다. 일어나고 앉을 때마다 마치 어린아이처럼 곁에서 붙잡아주어 어머니가 자기의 늙음을 잊도록 해드렸다. 아내에게도 감추는 돈이 없도록 타일렀으며, 집이 비록 가난했지만 늘 맛있는 음식을 올리게 했으니 어머니가 가난함을 잊게 하기 위함이었다. 삼십여 년 동안 이렇게 하기를 마치 하루처럼 했다.

어느 날 저녁에 어머니가 갑자기 병에 걸렸는데 매우 위급했다. 미처 의원을 불러오지 못하고 또 손가락을 베어 피를 흘려넣었지만 효험이 없었다. 상을 치르는데 아버지가 죽었을 때와 똑같이 했다. 무덤 곁에 오두막을 짓고 머물며 아침저녁으로 반드시 곡을 했다. 문상하러 왔던 조객들 가운데 이를 보고 눈물을 흘리며 돌아가지 않은 사람이 없었다.

그때 벌써 그의 몸은 쇠약해졌고 드디어 병이 났다. 의원은 그에게 슬픔을 절제하라고 충고했지만 그는 더욱 슬퍼했으며 몸도 더욱 약해졌다. 한 해를 넘기지 못하고 끝내 죽었다.

아아, 이 세상에서 예禮가 사라진 지 오래되었다. 오늘날 사대부들이 상을 당하면 벼슬과 잔치, 여색을 그만두는 것만으로도 스스로 효를 한다고 여긴다. 그 부모가 살아계실 적과 죽어 장사지낼 때, 또 제사지낼 때의 예를 능히 다하는 사람이 그 얼마나 되겠는가. 송생과 같은 자라면 예를 안다고 할 수 있겠다.

행동이 독실한 사람을 칭찬하고 치켜세우는 까닭은 세상의 가르침과 백성의 풍속을 도탑게 해서 후세 사람들에게 인류의 근본이 있음을 알게 하고자 함이다. 송생이 한 행실을 법에 살펴보니 그 효를 표창하는 것이 마땅하다.

_남공철《금릉집》

⊙ 김중진

동자 김중진金重鎮은 여염집의 아들인데, 아버지는 학만學萬이다.

태어난 뒤로 가정이나 서당의 가르침이 없었건만 다섯 살에 글 읽을 줄을 알았고 눈을 스치기만 해도 외웠다. 늘 부모 옆에 있으면서 음식을 드실 때는 반드시 시중을 들며 맛있게 배불리 드셨는지를 눈여겨보았다. 주무실 때도 잠자리가 추운지 더운지 어루만져보았다. 조상을 제사 지내는 날이면 어른들과 함께 목욕재계를 하고 참례했다. 하루는 그가 어렴풋이 잠든 틈을 타서 일부러 알려주지 않았더니 그날이 다하도록 밥을 먹지도 않았다.

여러 책 가운데 나타난 '효성스럽게 공경하는 도리나 집 안을 쓸고 닦는 예절' 등은 모두 사모해 행했다. 부지런히 힘쓰기를 마치 따라가지 못할까봐 걱정이나 하듯 했다. 시를 배운 것이 크게 나아져서 글을 짓는 것마다 뛰어나게 기발했다. 늙은 선비들까지 모두 뒤로 움찔 물러나며 탄복했고 일시에 신동이라 불렸다.

어머니가 염병에 걸리자 돌보기 위해서 몇 날 동안 눈을 붙이지 못했다. 상을 당하자 곡소리가 그치지 않았으며 물 한 잔도 입에 대지 않았다. 상을 치르며 예를 지키는 것이 어른과 꼭 같았다. 상을 치르고 나서 아버지에게 아뢰기를 "제가 평일에 잠시라도 어머니 곁을 떠난 적이 없었습니다. 이제 와서 그 몸을 차마 버리지 못하겠사오니 바라건대 무덤 곁에서 삼 년간 머물게 해주소서"라고 했다.

아버지가 매우 괴이하게 여기고는 듣지를 않았다. 이때부터 때때로 눈물을 흘리며 간절하게 호소했다. 아버지가 불쌍하게 여기면서 "네가 만약 무덤 곁을 지킨다면 나는 누구와 함께 살란 말이냐? 또 열두 살에 무덤 곁을 지켰단 얘기는 여지껏 들어본 적이 없다"라고 말했다. 중진이 다시 말했다.

"무덤 곁에서 모시는 것은 불과 삼 년이고 아버님을 봉양하는 것은 그 날이 끝없습니다. 예전에 유촌은(劉村隱, 유희경)이 열세 살에 아버지 무덤 곁에서 삼 년 모셨단 얘길 듣고 마음속으로 늘 사모해왔습니다. 나이가 어리다고 해서 어찌 지극한 정성을 폐하겠습니까?"

아버지가 마지못해 허락했다. 이에 무덤 아래서 머물면서 하루에 세 차례씩 곡했다. 성묘와 소분掃墳도 게을리하지 않았다. 이렇게 반년을 하다가 병이 나서 들것에 실려 집으로 돌아갔다. 의사가 치료했지만 효험이 없었다. 임종을 하면서 "어린 것이 이제 죽으니 불효가 너무나 큽니다. 다만 어머님을 낮은 곳에 묻고 한 해를 넘겼으니 이것이 더욱 가슴 아픕니다. 바라건대 빨리 길한 곳을 찾아 영장해주소서"라는 말을 마치고는 죽었다.

　나이가 겨우 열셋이었다. 길을 가던 사람들이 이 이야기를 듣고는 눈물을 흘리지 않은 사람이 없었다.

_고시언《성재집》

⊙ 김익춘

　김익춘金益春의 성품은 고요해서 글 읽기를 좋아했다. 어려서부터 기이한 뜻이 있어서 성현도 배워 이를 수 있다고 스스로 생각했으며, 잘되는 것이 귀천에 달려 있지 않다고 생각했다. 드디어 학문에 종사하니 아버지와 형이 모두 하라고 하지 않았지만 익춘은 그럴수록 책을 더욱 힘써 읽었다.

　열여덟 살에 사재감 서원書員이 되었는데 늘 당번이 될 때마다 《논어》를 품고 들어가서 읽기를 조금도 쉬지 않았다. 여러 사람들이 모여서 비웃으며 또한 그 웅얼거리는 소리를 싫어해서 꾸짖는 사람까지도 있었지만 그 뜻이 꺾이지 않고 태연자약했다.

　무신년(1788) 여름에 익춘이 나를 찾아와서 함께 머물며 글 배우기를 청했다. 내가 그 모습을 보고 말을 들어보니 참으로 배움에 뜻이 있는 자였다. 그 뒤로도 자주 찾아왔다. 번번이 품속에서 책을 꺼내 뜻이 의심스러운 곳을 짚었는데 어려운 질문이 매우 많았다. 그때 익춘은 관례를 치렀지만 아직 장가는 가지 못한 채로 어머니의 상을 입고 있었다. 하루는 내가 마침 책상 위에다 《격몽요결擊蒙要訣》을 놓고 있다가 그에게 들고서 읽게 했다. 익춘이 읽다가 〈사친장事親章〉의 "세월이 물같이 흐르는데 어버이를 섬기는 것은 오랠 수가 없다"라는 구절에 이르러서는 눈물을 줄줄 흘렸다.

이의승李義勝 군이 익춘과 가장 가깝게 사귀었다. 일찍이 그 종복의 집에 빌려다 보는 《근사록近思錄》이 있는 것을 보고서 초저녁부터 등불 밑에 무릎을 꿇고 앉아서 읽고 또 보며 닭이 울 때까지 잠을 못 들기도 했다. 황치온黃稚溫이 사재감 직장直長[1]이었을 때 "아랫것들 가운데서는 학문을 한 사람이다"라고 칭찬했다.

익춘이 스스로 생각하기를 '관청에서 일을 하다 보니 글 읽기에 너무나 방해가 되는구나. 그럴 바에야 차라리 굶는 것이 낫지 봉급 때문에 내 뜻을 굽힐 수는 없다'면서 관청에 아뢰고 스스로 물러나려 했다.

그러나 아버지와 형들이 오면 꾸짖고 말렸으므로 언제나 불만스러웠다.

어머니의 상복을 마치기도 전에 아버지가 또한 죽었으므로 익춘은 통곡을 하면서 더이상 살고 싶어 하지 않았다. 합장合葬을 지내려고 하면서 그러한 상례喪禮가 있는지 나에게 물어보러 왔다. 이미 장례를 치른 뒤에 그 슬픔을 이기지 못하고 죽었으니 나이 스물 남짓 되었다.

........................
1 종7품의 실무자다.

지금의 임금 정조 18년 갑인(1794) 여름에 큰 가뭄이 들었으므로, 효절孝節이 있지만 포상받지 못한 자들을 찾게 했다. 그래서 익춘에게도 정려를 세우라는 어명이 내려졌다.

_박윤원朴胤源《근재집近齋集》

윤명상尹明相은 파평坡平 사람이다. 나면서부터 성품이 지극했고 부모를 섬기는 데 자기 몸을 다했다. 그가 어렸을 때 하루는 아버지가 그를 때리려고 했다. 마침 날씨가 추웠는데 명상은 회초리를 화로 위에 올려놓았다가 아버지께 바쳤다. 그가 자란 뒤에도 부모에게 바친 사랑은 깊었으니 이로 미루어서도 알 만하다. 그러므로 그는 효를 하면서도 끝내 아쉬움이 없었다고 한다.

그 뒤에 어머니가 아우를 낳아 젖을 먹이다가 죽었다. 명상 또한 아들을 낳아 젖을 먹이고 있었는데, 자기 아내에게 아우를 젖 먹이게 하고는 늙은 계집종을 시켜 자기 아들을 젖 먹이게 했다. 그 뒤에 아우는 온전하게 자랐지만 자기 아들은 젖이 떨어져 죽기에 이르렀다. 그러나 그의 아내도 아무 말을 하지 않았다. 우리 집은 명상의 집 이웃에 있었는데, 내가 어렸을 적에 그 골목을 지나려니 곡하는 소리가 매우 슬프게 들려왔다. 어떤 사람이 길을 가다가 탄식하면서 말했다.

"이건 윤 효자의 울음소리지."

그러나 명상은 고집이 세고 융통성이 없어서 남의 잘못을 받아들이지 못했다. 남의 의롭지 못한 짓을 보면 곧 입을 열어 맞대놓고 꾸짖고야 말았다. 조금도 참지 못했으므로 많은 사람들이 그를 꺼리고 미워했다. 그러나 그가 효자라는 사실에 대해서는 비록 그를 미워하는 사람들도 덮어버릴 수가 없었다.

그의 아내가 젖 먹여 기른 아우의 이름은 명기明耆인데 그 또한 행실이 올발랐다. 명상은 끝내 아들도 없이 죽었는데, 명기는 자기의 아들을 그에게 보내 형의 후사를 잇게 했다. 그리고 자기는 집안사람의 아들을 데려다 후사를 이으면서 형의 은덕을 갚았다고 한다.

_남유용南有容《뇌연집雷淵集》

⊙ 장석규

　장석규張錫奎의 자는 사운師雲이고 호는 연미정戀美亭이며 인동 사람이
다. 그의 아버지 시호時嘷는 성질이 곧아서 남들이 옳지 못한 일을 하는
것을 보면 꾸짖으면서 조금도 받아들이지 않았다.

　경신년(1800) 6월에 정조 임금이 승하하자 시호의 부자, 형제가 모두
고기반찬 없는 식사를 하고 삭망朔望에는 곡을 했다. 그때 고을 사또 이
갑회李甲會가 자기 아버지의 생일을 맞아 잔치를 베풀고 손님을 청했다.
그러나 시호만은 가지 않았다. 그뿐 아니라 사또가 술과 고기를 보내자
"선왕께서 아직 빈궁殯宮에 계신데 잔치 음식을 받는 건 예가 아니오"라
고 말했다.

　사또가 부끄럽게 여기면서도 분해서 팔월 보름에 도리어 '시호가 몰
래 소를 잡아 금지령을 어겼다'라고 모함하며 혐의를 두려고 했다. 시호
의 형이 분함을 참지 못해 머슴 서넛을 거느리고 밤중에 관청 문을 두드

렸다. 그러자 사또가 "어허, 너희가 죄를 지었으니 어찌 벗어날 수 있겠느냐?"라고 말했다.

그때 서리 박 아무개가 또한 시호 집안에게 일찍이 죄를 지은 일이 있어서 마음속으로 늘 못마땅하게 여겨오다가, 이 일을 기회로 없는 죄를 얽어서 안찰사按察使에게 아뢰었다. 안찰사 신기申耆는 자세히 알아보지도 않고 조정에 아뢰었다.

당시 재상이 마침 영남 사람들을 미워했으므로 큰 옥사獄事를 꾸몄다.

시호도 결국은 횡액을 만나 처자식과 헤어져 유배를 가게 되었다. 정순왕비(貞純王妃, 1745~1805)가 가엾게 여기고 특명을 내려 강진 앞바다 섬으로 함께 귀양 가도록 해주었다.

이때 석규의 어머니 배씨는 이미 임신을 하고 있었는데, 옥중에서 아들을 낳으니 바로 석규였다. 태어난 지 한 달도 채 못 된 석규를 배씨가 강보에 싸 업고 남해안 외딴섬으로 귀양 갔다. 온갖 위험한 고초를 다 겪었으니 살아 있다고 말할 수 없는 지경이었다. 살아남은 것만도 천행이 아니겠는가.

석규는 어려서부터 성품이 남달랐는데, 차츰 자라면서는 자기 집안이 당한 괴로움을 들을 때마다 흐느껴 울며 원수들의 이름을 기억했다.

이곳 섬사람들은 인심이 사나워 고아와 과부를 능욕하고 괴롭히려 했다. 배씨가 큰딸과 함께 바다에 빠져 죽으니, 석규 나이 겨우 아홉 살이었다. 더욱 외로워지고 의지할 데가 없어지자 마음속으로 맹서하길 '내가 죽으면 누가 원수를 갚으랴? 문자가 아니면 이 일을 밝히기 어렵고, 금전이 아니면 이 일을 이루지 못하리라' 했다.

힘써 품을 팔면서도 틈나는 대로 마을 사람들에게서 글을 배우려 했는데, 사람들은 화가 자기에게까지 미칠까 걱정되어 가르치려 하지 않았다. 할 수 없이 창밖에서 남의 집 아이들이 글 배우는 소리를 훔쳐 듣거나 또는 책을 끼고 길거리에 나가 지나가는 사람들에게 글자를 물어 끝내는 경전과 역사에 통달했다.

알뜰히 속셈을 차리고 여러 가지로 부지런히 일하니 재산이 차츰 늘어났다. 이웃에 한 젊은 과부가 있어 석규의 사람됨을 흠모하고 중신할미를 보내 짝이 될 뜻을 비쳤다. 그러나 석규는 이를 거절하고 양반집 딸을 맞아들였다.

석규는 살아서 아버지 얼굴을 보지 못한 것을 늘 한스러워하며 뒤늦게나마 삼년상을 지냈다. 군자들이 이르기를 "예법에는 없는 일이지만 또한 정에서 나왔도다"라고 했다.

늘 잘 때도 이부자리를 깔지 않았으며 식사 때도 고기를 먹지 않았다. 그러곤 "약간의 재산과 곡식은 장차 쓸 곳이 있으니 어찌 내 입과 배를 채우랴"라고 했다.

밤마다 산골짜기에 들어가서 목욕재계하고 하늘에 기도를 올렸는데, 비가 오거나 바람이 불거나 춥거나 덥거나 하루도 거르지 않았다. 높은 관리가 귀양 왔다 하면 반드시 찾아가 뵙고 아버지와 할아버지의 원통한 사연을 이야기하며 눈물을 흘렸다.

한번은 학질에 걸렸는데 의관을 바로 하고 단정히 앉은 채로 떼냈다. 또 한번은 옴이 올랐는데 석 달 동안이나 손으로 긁지 않았더니 저절로 나았다. 그의 마음씀이 이처럼 단단했다.

아들 기원其遠이 태어나자 석규가 기뻐하며 "내 발이 이 섬을 떠나지 못해 누명을 씻을 길이 없더니 이제야 네가 태어나 내 소원을 풀어주겠구나"라고 했다.

기원이 열다섯 살이 되자 짐을 꾸려 서울로 보냈다. 임금이 거둥하시는 길 위에 자주 엎드려 무죄를 호소했는데, 전날 섬에서 알게 된 높은 관리가 귀양에서 풀려 조정에 있다가 많은 도움을 주었다.

임금의 장인 김문근(金汶根, 1801~1863)이 보고서 가엾게 여겨 임금께 아뢰어 마침내 누명을 벗겨주었다. 그러나 석규는 벌써 병이 깊어졌다. 시체를 고향 선영으로 옮겨 장사지내려고 어머니와 누이 무덤에다 글을 지어 아뢰는데, 그 글이 매우 구슬퍼서 보는 사람들이 모두 눈물을 흘렸다.

병이 위독해지자 아내 차씨가 손가락을 끊어 입에다 피를 흘려넣으려고 했다. 석규가 눈을 뜨고 보더니 "죽고 사는 것은 천명이오. 남자는 부인의 손가락을 끊게 하지 않는다오" 하며 물리치고는 마침내 죽으니 철종 신유년(1861) 3월이었다.

그가 일찍이 "옛말에 '이 일을 이루지 않고는 이 사람이 죽지 않으리라' 했는데, 바로 나를 두고 한 말이다. 만약 이 일이 이뤄지면 내 마음과 힘이 다 지쳐서 반드시 죽을 것이다"라고 말했는데, 정말 그렇게 되었다. 아내 차씨는 남은 아들과 함께 상복을 입고 영구를 받들어 바다를 건너 고향으로 돌아가 선산에 장사지냈다.

_장지연《일사유사》

⊙ 한용

　한용<sup>韓龍</sup>은 청주 사람이다. 그의 아버지는 일찍이 운봉 땅 산덕촌<sup>山德村</sup>에 살았는데, 평소 이름난 산에 기도하러 가서 때때로 한 해가 넘도록 돌아오지 않기도 했다.

　고종 병인년(1866) 봄에 조정에서 과거를 베풀었다. 한용의 아버지가 집사람에게 "내 서울에 올라가서 과거를 보고 그 길로 서북 지방에 놀러 갔다가 겨울에나 돌아오겠소"라고 말했다.

　그러나 겨울이 지나도 돌아오지 않았다. 무진년(1868) 봄에 용의 나이 열여섯이 되었는데 어머니에게 "겨울이 벌써 두 번이나 지나도 아버님께서 돌아오시지 않으니 제가 이제 아버님을 찾으러 가야겠습니다. 해마다 봄에는 나갔다가 섣달에는 돌아와 끝까지 이 다짐을 저버리지 않을 테니 어머님께선 저를 위해 삼가 염려하지 마세요. 또 저에겐 한 형과 두 아우가 있으니 어머님께서 사시기에는 넉넉할 것입니다"라고 말하고는 그날로 봇짐장수 차림을 하고 영남으로 떠났다.

그러다 얼마 안 되어 탄식을 하며 "봇짐장수는 시장만을 돌기 때문에 살살이 찾아볼 수가 없구나. 놋그릇 장사를 해야겠다" 하더니, 밥그릇 수저 따위로 짐을 바꿔 지고 집집마다 찾아다니며 놋그릇 사라고 소리질렀다.

나지막한 산의 외진 마을과 거친 숲속 넓은 들판, 외딴섬 낡은 절간에서부터 승냥이와 호랑이, 도깨비굴에 이르기까지, 차디찬 밥을 먹고 이슬 맞아 자면서도 찾아가보지 않은 곳이 없었다. 동으로는 동래와 부산, 남으로는 제주도 바다에까지, 서로는 압록강, 대동강, 청천강을 거슬러 올라가 백두산까지 둘러봤지만 아버지의 발자취를 알 수 없었다.

갑술년(1874) 정월에 용이 또 집을 나섰다. 어머니에게 절하고 울며 하직했다.

"해마다 헛걸음만 하고 이룬 게 없었습니다. 맹세코 이번 길에는 돌아오고 안 오고 간에 아버님과 함께 하겠습니다."

마을의 모든 노인들이 밥을 지어 전송해주었다. 그해 7월에 용이 금강산에 이르러 표훈사에 들어갔다가 관서 지방에 사는 김씨를 만났다. 자기의 사정을 말하니 김씨가 "칠 년 전에 내가 묘향산에 있을 적에 호남에서 왔다는 한씨가 있었는데, 그의 나이와 얼굴 모습이 자네가 말한 것과 비슷하네. 그때 마침 병에 지쳐 있었는데 나중에 들으니 죽었다는 말도 전해지더군. 아마도 그대의 아버지가 아니신지?"라고 말했다.

용이 울다가 기절하니 김씨가 용에게 깨우쳐 말했다.

"여기서 묘향산이 천 리나 떨어졌는데 자네가 스스로 몸을 돌보지 않으면 누가 자네의 아버지를 찾아가겠나? 하물며 반드시 죽은 것도 아니지 않겠는가? 예전에 연봉蓮峰, 취봉翠峰 두 노승이 자네 아버지를 재워주고 밥 먹였는데, 내 편지를 가지고 가보게."

편지를 써주어 용이 묘향산에 이르니 팔월 중이었다. 아버지는 벌써 병인년(1866) 아무 달에 죽어 보현사普賢寺 동구 밖에다 거적을 덮어 장사지냈다 한다. 용이 발버둥 치며 울부짖으니, 연봉이 가엾게 여겨 유해를 거둬주고 노자까지 마련해주었다. 용은 유해 보따리를 짊어지고 스무 날 만에야 집으로 돌아왔다. 그러곤 형제들과 함께 삼년상을 뒤늦게나마 지냈다.

_장지연《일사유사》

【효녀】

동래 노파는 본디 동래의 사창私娼이었다. 소경왕(선조) 25년(1592)에 왜구들이 보화와 아낙네들을 크게 약탈해간 적이 있다. 노파도 그때 서른 남짓의 나이로 왜국에 잡혀가 십여 년을 지냈다.

그 뒤 39년(1606) 봄에 우리나라 사신이 돌아오는데, 왜놈들도 이미 화친했으므로 지난날에 잡아온 사람들을 그 편에 돌려보냈다. 노파 또한 돌아오게 되었다.

노파에게는 늙은 어머니가 있었는데 난리를 당한 통에 서로 잃어버렸다. 돌아와서 어머니가 있는 곳을 물으니 모두들 "난리통에 역시 잡혀가서 돌아오지 않았다"라고 말했다.

어머니와 딸이 같이 왜국에 있으면서도 십 년 동안 서로 모르고 지낸 것이다. 노파는 사사로이 친족들과 작별했다. '어머니를 보지 못하면 돌아오지 않겠다'고 맹세하고 다시 바다를 건너 왜국에 이르렀다.

길에서 걸식해가며 왜국에서 온갖 고생을 다했다. 온 나라 안을 두루 누벼 어머니를 찾았다. 어머니와 딸이 다 늙었지만, 어머니는 일흔 남짓 되었는데도 아직 정정했다. 왜놈들도 매우 놀라 감탄하며 칭찬하지 않는 자가 없었다. 모두들 눈물을 흘렸다. 이 얘기가 전해져서 온 나라에 들리자, 그 추장이 어머니와 함께 보내주겠다고 허락했다.

노파는 어머니를 모시고 다시 고향으로 돌아왔지만 재산과 직업을 모두 잃어서 살아갈 길이 없었다. 그래서 노파는 언니와 함께 어머니를 업고 낙동강 오른쪽으로 가서 함안 방목리에 머물러 살았다.

어머니가 천명을 누리고 죽자 언니와 동생이 서로 의지하고 살았다. 날마다 품팔이를 해서 살림을 꾸렸는데, 옷 한 가지 음식 한 가지라도 생기면 먼저 언니에게 주고 자신은 나중에 가졌다.

노파는 여든이 넘어 죽었는데 마을 사람들이 모두 '동래 노파'라고 불러서 그대로 이름이 되었다고 한다. 아, 여자의 몸으로 능히 바다를 건너 만리타국의 험난한 바닷길에서 모녀가 서로 만나게 된 것은 하늘의 도우심이다. 예부터 남자도 하지 못한 일을 능히 해서 세상에 뛰어난 행실을 세워 섬 오랑캐로 하여금 감화하게 했으니, 아아, 어질진저.

_허목《미수기언》

⊙ 김취매

충청도 공산현公山縣[1]에 김성달金聲達이란 아전이 있었는데 산성에서 창고를 지켰다. 장부를 고쳐서 쌀 사백 석을 훔쳤다가 그 일이 들통났다. 관찰사 홍공이 장차 법에 따라 그를 죽이려고 장계를 지어 문서를 봉한 뒤에 그날로 역마를 달려 보내려고 했다.

밤중에 한 계집애가 막부에 찾아와서 문을 두드리며 매우 슬프게 울부짖었다. 비장裨將이 괴이하게 여기고 물어보니 바로 성달의 딸이었다. 손에는 호소장 하나를 들고와서 "우리 아비를 살려주소서"라고 울며 말했다.

그 문장이 간절하고도 슬퍼서 차마 읽을 수가 없었다. 그러나 일은 벌

---

**1** 공주公州는 원래 정3품 목사가 다스리던 큰 고을이지만, 유탁柳濯의 변란 때문에 인조 24년(1646)에 공산현으로 강등되었다. 그 뒤에도 세 차례나 현으로 강등되었다.

써 어쩔 수 없게 돼버렸다. 그래서 임기응변으로 그를 달래 보냈다.

이튿날 홍공이 관청 앞을 보니, 남녀 수백 명의 민중들이 문을 메우고 들어와서 뜰에까지 시끌벅적하게 가득 찼다. 한 계집애가 머리를 풀어 헤치고 앞장섰는데 바로 막부에서 봤던 아이였다. 그가 곧장 들어와 섬돌까지 올라서 크게 울부짖었다.

"저는 바로 감옥에 갇힌 김성달의 딸입니다. 비옵건대 사또님 은혜를 입어 우리 아비를 살려주소서, 우리 아비를 살려주소서."

공이 그를 위해 얼굴빛을 고치고 그 호소를 듣다가 또한 물었다.

"저 민중은 어찌 된 거냐?"

민중들은 대답했다.

"성달이 나라 곡식을 훔친 죄는 죽어도 아까울 게 없습니다. 저희들이 친척붙이는 아니지만, 딸의 정황이 너무도 불쌍해서 사람마다 곡식 한 가마씩 내었더니 모두 수백 가마나 되었습니다. 바라건대 이것으로 그의 죽음을 용서해주소서."

공이 잠자코 한참 있다가 말했다.

"내 장차 생각해서 처리하겠다."

민중들이 그제서야 물러갔지만 딸은 여전히 땅바닥에 엎드려서 눈물을 흘리며 나가려고 하지 않았다. 옆에 섰던 부하들이 또한 어젯밤의 일을 자세히 아뢰었다. 공이 가엾게 여겨 장계를 멈추고 조정에 올리지 않았다. 나는 그때 마침 감영에 손님으로 있었기에 그러한 일을 눈으로 봤다. 또 동네 사람들에게 듣고서 내용을 자세히 알았다.

딸은 아비가 처음 옥에 갇힐 때부터 아침저녁마다 몸소 음식을 가지고 옥으로 찾아가 드렸다. 몇 년 동안을 마치 하루같이 그렇게 했다. 드디어 죽게 되었다는 소식을 아비가 듣고는 그날로 입을 딱 닫고 먹지 않았다. 딸이 머리를 옥문에 부딪치며 말했다.

"만약 음식을 드시지 않으시려면 저부터 먼저 죽게 해주세요."

별말을 다 하며 달랬지만 음식을 보기만 할 뿐 곧 내놓았다. 취매翠梅는 백성들에게서 밥을 얻으려고 밤낮 미친 듯이 돌아다녔다. 수백 집을 두루 찾아다니며 애걸해 사람들의 마음을 감동시켰다. 아아, 어찌 그리도 기이한가.

그 옛날 제영緹縈[2]은 편지 한 장으로 아비를 형벌에서 용서받게 했고 조아曹娥[3]는 강물에 빠져 죽음으로써 자기 아비의 시체를 껴안고 나와 역사에서 칭찬했다. 그러나 이 여자는 한마디 말로 능히 수백 명의 백성을 감동시켰고 하루아침에 곡식 수백 가마를 얻어 아비의 죄를 벗게 했다. 제영, 조아와 견주더라도 우열을 가리기가 어려울 것이다. 아아, 어떻게 하면 훌륭한 역사가를 만나 그의 사적을 모아 전함으로써 세상에 밝히 드러낼 수 있을까?

여자의 이름은 취매인데, 그때 나이 열일곱이었다.

_정내교《완암집》

............................

2 한나라 문제文帝 때의 효녀. 아비 순우의淳于意가 죄를 저질렀는데, 그 죄를 대신해 노예가 되기를 원했다. 문제가 효성에 감동해 아비의 죄를 용서했다.
3 한나라 효녀. 아비 우盱가 5월 3일에 익사했는데, 시체를 찾지 못했다. 조아가 17일 동안이나 밤낮으로 강가에서 울다가 드디어 자기도 강에 빠져 죽었다. 닷새 만에 그의 시체가 아비의 시체를 껴안고 떠올랐다.

⊙ 이씨

    효녀 이씨는 평양에 사는 화지華之의 딸이다. 도광道光 갑신년(1824) 봄
에 화지가 토포영討捕營 장교로 있으면서 도둑을 잡다가 일을 잘못해 옥
에 갇혀 죽게 되었다. 딸은 그때 열두 살이었는데 관청을 찾아가 울면서
호소했다. 집이 가난해 길에서 음식을 빌어다 아비에게 바치기를 팔 년
이나 했는데 조금도 게으름이 없었다.
   밥을 빌어가지고 감옥으로 들어가선 일부러 즐거운 빛을 띠었고 아
비가 우울해서 먹지 않으면 거짓으로 "아무개가 힘을 내어 도와주니 걱
정 마세요"라고 말했다.
    화지는 그 말이 거짓임을 알기에 쓴웃음이 나왔지만 딸을 위해 억지
로 배불리 먹었다.
    이씨는 아침에 구걸을 나가면 한낮이 되어야 가져다 바쳤고, 저녁에
구걸을 나가면 어두워져서야 가져다 바쳤다. 반드시 새 음식을 구해 왔

고 남이 먹다 남긴 찌꺼기는 올리지 않았다.

그해 가을에 이씨는 부르튼 발로 서울에 올라왔다. 임금께서 거둥하시는 길에 바라를 올렸지만, 서리들만이 그 정성에 감동해 간곡하게 인도해주었을 뿐 아뢸 수가 없었다. 이와 같은 일을 모두 세 차례나 했다. 신묘년(1831)에야 호소가 받아들여져 무산으로 귀양을 갔다.

무산은 북쪽 끝 외진 곳에 있었는데 이씨는 걸어서 따라가 힘을 다해 봉양했다. 무산 사람들이 이씨의 효성을 듣고는 사모하지 않는 이가 없었다. 자기들의 아내나 딸이 그를 따라 노닐게 했고 이씨도 그들을 자애롭게 대했다. 그래서 이씨의 아비 봉양할 물건들을 아무리 먼 곳에서라도 가지고들 왔다.

귀양 생활 오 년 만에 용서를 받고 돌아오게 되자 무주 사람들이 눈물을 흘리면서 배웅했다. 이씨 역시 남은 재산을 다 흩어서 이웃 사람들에게 두루 나눠주었다.

이 십삼 년 동안에 이씨는 육천여 리를 걸어다녔다. 고향에 돌아와서는 대동관大同館 아래에 살았는데 옛 살림은 더욱 썰렁해졌다. 이씨가 정성껏 남의 일을 맡아 하니 몇 년 사이에 살림 밑천도 제법 넉넉해지고 몸가짐에도 법도가 있게 되었다.

그러자 그에게 장가들려는 자들이 날마다 모여들었다. 화지도 장차 사위를 골라서 시집보내려 했는데 딸이 말했다.

"아버님껜 아들이 없고 오직 딸 하나뿐입니다. 제가 만약 시집간다면 누가 우리 아버님을 봉양하겠습니까? 제가 저잣거리에서 구걸할 때 처음엔 잘 아는 사람을 찾아갔지만 나중엔 가서 구걸하지 않은 집이 없었습니다. 처음엔 친절히 맞아주지만 다시 가면 콧등을 찌푸리며 보태주었습니다. 즐거울 땐 형제지만 어려우면 원수가 돼버리는 것은 제가 실컷 겪어봤습니다. 지금 하늘의 도우심을 입었으니 백 년을 다 누리시면 하루아침에 신선이 되실 것입니다. 제가 만약 남에게 몸을 내맡긴다면, 지아비를 따르자니 효를 상케 될 것이고 아버님을 따르자니 도리에 어긋날 것입니다. 두 가지를 하려다간 하나도 제대로 안 됩니다. 천하의 어떤 남자가 장인 보기를 제 아비처럼 하겠습니까?"

끝내 아비의 말을 듣지 않았다. 이 때문에 원근에서 그를 더욱 현명하게 여겼다. 이 고을에 벼슬 오는 자들이 이따금 안부를 묻고 선물이라도 줄라치면 딸은 사양하면서 말했다.

"제가 어찌 다른 사람보다 뛰어나겠습니까? 다만 불행을 만났기 때문이지요. 처지를 바꿔 생각한다면 다 저처럼 할 테지요. 저라고 어찌 다른 점이 있겠습니까?"

임인년(1842) 가을에 직지어사直指御史 김익문金益文이 조정에 장계를 올리자, 예조에서 아뢰었다.

"네 차례나 원통함을 호소하고 천 리 귀양길까지도 따라가 모셨으니 지극한 정성이 아니라면 어찌 그처럼 했겠습니까? 세금을 면제해주는 은전을 베풀어 모든 사람들이 우러러보도록 장려하는 것이 마땅합니다. 그러나 부친의 봉양을 위해 시집을 안 가겠다고 맹세했다니 비록 지극한 정에서 나온 생각이라지만 인륜을 폐한 잘못은 벗어날 수 없습니다. 무릇 '혼인의 때를 넘긴 자는 엄히 찾아 신칙하라'는 것이 법전에 있으니, 각 도의 수령들에게 분부해 이를 백성들에게 밝히 알리는 것이 어떻겠습니까?"

임금께서 그렇게 하라고 하셨다. 그래서 평안도 관찰사 아무개와 평양부 서윤庶尹[1] 아무개가 임금의 유시를 가지고 잘 타일렀지만 딸은 또 앞서의 말을 거듭하면서 듣지 않았다.

내 일찍이 화지의 딸을 불러서 봤는데 지금 나이는 서른두 살이다. 품성이 가냘프고 말씨나 모습도 남들과 다름이 없었다. 성격이 차근하고도 조용했으며 꽃 가꾸기를 좋아했다. 늘 물을 끌어 대며 부지런히 일했다. 자기에게 쓰는 것은 매우 검소했지만 아비에게 해드리는 것은 자못 사치스러웠다. 그러면서도 오히려 비단 보석으로 아비를 입히지 못해 한스러워했다. 어떤 사람이 "저 효녀의 행실이 제영緹縈보다 못할 게 없지만, 남에게 시집가지 않은 건 잘못이 아닐까요?"라고 묻기에 내가 말했다.

"그렇지 않네. 무릇 사람마다 각기 제 뜻대로 행하면 될 뿐이라네. 나라의 법도에서 이른바 '빈궁해 때를 넘긴 자에겐 유사有司가 신칙해 도와준다'라고 한 거야 어찌 저 효녀와 같은 사람을 가리킨 말이겠나?"

남녀의 큰 욕정은 감정을 억누르고 명예나 구하는 자가 아니라면 다 지니는 것이다. 하물며 이 여자의 말에 감동시키는 바가 있어 욕정을 잊은 자와는 다른 것 같으니, 사람들이 그의 뜻을 슬퍼하면서도 그의 행동을 높이 여기는 것이다. 옛날 서중거徐仲車 선생은 나이가 서른을 지나서도 장가들지 않았는데 "꼭 알맞은 아내를 데려오지 못한다면 장차 어머

---

1 한성부, 평양부에만 있었던 종4품 벼슬. 판윤, 좌·우윤을 보좌했으며 정원은 한 명이다.

님께 병통이 될 것이다"라고 말했다.

　아아, 이 효녀의 뜻도 바로 중거 선생의 뜻이다. 후손이 없는 잘못이 여자의 책임은 아니다. 그래서 나는 이렇게 말한다.

　"부모를 섬기는 데 애쓰는 자는 이 효녀의 뜻을 알 수 있을 것이다."

_장지완《비연상초》

【절부·열녀】

⊙ 향랑

향랑香娘의 성씨는 모르는데,[1] 선산군 상형곡上荊谷 양갓집 딸이다. 어려서부터 성품이 정숙해 계모를 매우 효성껏 섬겼다. 그러나 계모는 어질지 못해서 학대가 심하고 걸핏하면 회초리를 들었다. 옷과 밥도 제때 주지 않았지만 향랑은 그럴수록 그 뜻을 받들어 순종했다.

시집을 가서도 남편이 어질지를 못해서 마치 원수처럼 미워했다. 시어미 또한 아들에 못지않았다. 향랑이 이미 계모에게서 미움을 받은 데다 또한 남편에게서도 버림을 받으니 외톨이가 되어 돌아갈 곳이 없게 되었다.

그의 숙부와 시아버지가 불쌍히 여겨 다른 곳으로 시집가기를 권했지만 향랑이 울면서 말했다.

..........................

1  이옥이 지은 〈상랑전尙娘傳〉에는 상랑(향랑)의 성이 박씨라고 나와 있다.

"제가 약가藥哥[2]의 정절을 듣고서 늘 그 사람됨을 사모했으니 맹세코 죽어도 더럽히지 않겠습니다. 원컨대 남편 집의 곁에라도 몸을 맡겨서 일생을 마치고 싶습니다."

시아버지가 허락하지 않고 억지로 친정에 쫓아 보냈다. 향랑은 할 수 없이 친정으로 돌아갔다. 그러나 계모가 또한 내쫓았다. 향랑은 받아 줄 곳이 없어 마침내 죽기를 결심하고 오태강吳泰江 위에 지주비砥柱碑[3]가 있는 곳으로 갔다.

고사리 캐는 여자를 만나 자기 머리쓰개와 치마를 벗어주며 "이것을 가져다가 내 부모님께 드려서 내 죽은 증거를 삼아주소"라고 말했다.

그러고는 꽃을 꺾어 머리에 꽂고는 〈산유화〉 한 곡을 창하며 그 여자에게 노래 부르게 했다. 그 노래는 이렇다.

하늘은 어찌 저리 높고도 멀며
땅은 어찌 저리 넓고도 아득한가.
하늘과 땅이 비록 크다지만
내 한 몸 맡길 곳이 없구나.

..........................

2 역시 선산 사람이다. 남편이 난리통에 잡혀갔지만 절개를 지켜 시집가지 않고 팔 년이나 홀로 지냈다. 나중에 남편이 살아 돌아와서 첫 살림 때처럼 다시 부부가 되었다. 정문이 지금도 상주군 봉계촌에 있다.[原註]
3 지주비는 야은冶隱 길재吉再 선생의 오산서원 곁에 있는데 '지주중류砥柱中流' 넉 자가 새겨져 있다.[原註]
지주산은 산서성 평륙현 동남쪽 황하 중류에 있다. 거센 물결 속에서도 쓸려내려가지 않으므로 '난세에 절개를 지키는 사람'의 비유로 많이 쓰였다.

야은 길재를 모신 금산 청풍사의 지주중류비.

차라리 이 몸을 강물에 던져

물고기 배 속에다 장사나 지내리라.


　향랑은 노래를 마치고 한마디 길게 울부짖은 뒤에 드디어 강물에 빠
져 죽었다. 나이 겨우 스물이었다. 나중에 사람들이 그 연못의 이름을
향랑연香娘淵이라 불렀다. 그때 부사 조구상趙龜祥이 이 말을 듣고 전기를
지어 그 일을 기록했다. 또 조정에도 아뢰어 정문을 내려 표창했으니 숙
종 때 일이다.(한시 줄임)

당시 여러 사람들이 듣고서 슬퍼해 그 일을 시로 지은 자들이 매우 많았다.[4] 그 가운데 〈속악부俗樂府〉의 〈산유화곡〉은 이렇다.

산 위에 꽃이 있고 꽃 아래 산이 있어
낙동강 물은 다할 날이 없어라.
창자가 끊어지려 눈물은 강이 되어

..........................
**4** 이안중李安中이 지은 〈산유화〉만 들어본다.

산에 꽃이 피었으나
나는 홀로 집이 없다네.
그래 집 없는 이 몸이란
꽃보다도 못하다오.
山有花. 我無家.
我無家. 不如花.

산에 꽃이 피었네.
그 꽃은 오얏과 복사라네.
복사와 오얏이 섞여 피었다지만
복사나무엔 결코 오얏이 피지 않으리라.
山有花. 李與桃花.
桃李雖相雜, 桃樹不開李花.

오얏은 흰 꽃,
복사는 붉은 꽃.
희붉은 것 같지 않으니
떨어진들 복사꽃이 아니랴.
李白花. 桃紅花.
紅白自不同, 落花亦桃花.

푸른 한은 유유히 가고 아니 오는구나.


외사씨는 말한다.

"지금 향랑의 연못이 메워져 모래밭이 되었건만 마을 사람들은 아직도 그 땅을 가리키며 그 일을 이야기한다. 지금도 나무꾼이나 소 치는 아이들이 마치 〈상포湘浦〉[5]나 〈죽지竹枝〉[6]처럼 〈산유화가〉를 부르는데 그 소리가 매우 구슬프다. 아아, 슬프다. 한낱 시골 여인으로서 여러 전기로 지어져 퍼지며 여러 시가에 오른 것이 저처럼 많았으니, 그 깨끗한 정절이 어찌 옛날의 열녀들처럼 슬프고 원통하지 않겠는가."

_장지연《일사유사》

..........................

5 순임금이 남쪽을 순수하다가 창오 들판에서 죽자 아내인 아황. 여영 자매가 찾아오다가 상강에 빠져 죽었다. 그때 두 아내가 슬픔에 못 이겨 흘린 피눈물이 대나무에 얼룩져 반죽斑竹이 되었다고 한다. 상포는 상강의 포구인데, 후세인들이 이 전설을 가지고 많은 노래를 지었다.
6 남녀의 정사 또는 각 지방의 풍속 따위를 읊은 가사체. 당나라 유우석이 처음 지었다.

⊙ 김씨

　열부 김씨의 본적은 화개현인데, 차상민車尙敏에게 시집가서 세 딸을 낳았다. 상민이 한번은 장사를 하러 안동 고을에 나갔다가 도둑 떼에 붙들려서 죽임을 당했다.

　그때 김씨는 방 안에서 바느질을 하고 있었는데, 문득 파랑새 한 마리가 날아와 팔 위에 앉았다. 쫓으면 다시 날아왔다. 이렇게 사흘을 거듭하다가 흉한 소식이 들려왔다. 김씨는 원통해서 자살을 하려다가 그만두면서 '남편의 원수를 갚지 못하면 내가 비록 죽더라도 헛일일 뿐이다'라고 생각했다.

　김씨에게 섬㸔이란 아우가 있었는데 그때 나이 열여덟로 용감하고도 강건했다. 김씨가 아우에게 "네가 나와 함께 도둑을 죽일 수 있겠느냐?"라고 물었더니 "네"라고 승낙했다.

　김씨는 곧 칼 한 자루를 아우에게 주고 또 한 자루는 자기 몸에다 찼다. 남자의 옷차림을 하고 함께 안동으로 가는데, 한 주막에 이르렀더니 어떤 사람이 죽은 남편의 옷을 입고 있었다. 이는 차상민을 죽이고 그 옷을 빼앗아 입은 자였다.

김씨는 드디어 그 옷을 증거로 도둑을 잡아다 관가에 소송했다. 관가에서는 일곱 달 만에 그 도당 일곱 사람을 모조리 잡아들였다. 도둑들을 사형하던 날, 김씨는 섬과 더불어 제 손으로 때려죽이고 그 살을 씹어 먹었다. 처음 김씨가 안동으로 떠날 때 파랑새가 늘 앞서거니 뒤서거니 따랐는데 원수를 갚자 사라지고 다시는 보이지 않았다.

김씨는 남편의 시체를 찾아 고향으로 옮겨 장사지냈다. 거적자리만 깔고 지내기를 칠 년이나 하다가 큰딸을 시집보냈다. 일을 끝내고는 스스로 탄식하다가 "두 어린 딸은 맡길 수가 있겠구나. 내가 이젠 그 애들이 자랄 때까지 기다릴 수는 없겠다"라고 말하더니 드디어 스스로 목매달았다.

이 일이 조정에 알려져 그 고을에 정문을 세우니 숙종 때 사람이었다.

_장지연《일사유사》

⊙ 김씨

현석기玄錫棋의 아내 김씨는 본래 김해 사람이었다. 석기가 호남에서
객사한 뒤에 상여가 돌아왔는데, 김씨가 염한 수의를 하나하나 열어 살
펴봤다. 그러고는 죽기를 맹세하고 먹지 않았다. 시부모가 눈물을 흘리
면서 "네가 죽으면 우리도 너의 아들과 함께 장차 얼어 죽고 굶어 죽게
될 것이다. 이 어찌 네가 남편을 생각하는 뜻이겠느냐?"라고 말했다.

김씨가 깨닫고서 곧 밥을 먹었다. 이로부터 집안 살림을 더욱 돌보는
데 낮에는 남의 일, 밤에는 베를 짰다. 날마다 시부모께는 맛있는 음식
을 올리고 자기는 술지게미나 보릿겨를 먹을 뿐이었다.

오랜 뒤에 시어머니가 죽고 시아버지는 중풍에 걸려 오른손을 쓰지
못하게 되었다. 끼니 때마다 김씨가 숟가락으로 밥을 먹여줘야 했다. 이
러기를 몇 년 만에 시아버지도 끝내는 죽었다. 수의며 관이며 모두 가장
깨끗하게 했다. 삼년상까지 마치고 나니 남편이 죽은 지 십육 년이나 되

었다. 김씨가 크게 탄식했다.

"아아, 슬프다. 내가 남의 집 며느리 되어 부지런히 하느라곤 했다. 먼저 죽은 남편을 생각하니, 혼이 벌써 멀리 떠나 뒤쫓아가기도 어렵겠구나."

목욕을 한 뒤 사당에 참배하고는 남몰래 약을 먹고 자살했다. 집안사람들은 이튿날 아침에야 비로소 알고 급히 구해보려고 했지만 약가루만 베개 밑에 남아 있고 몸은 벌써 싸늘해졌다. 이 일이 조정에 알려져 정문을 내리니, 정조 때였다.

_장지연《일사유사》

⊙ 하씨

하씨는 덕천에 살았다. 그의 할아버지 항렬은 개성 사람인데, 아버지 천일千一이 가산嘉山으로 집을 옮겼다.

가경 신미년(1811) 겨울에 토적 홍경래가 가산을 함락시키니 천일이 적을 피해 덕천까지 떠돌아 들어왔다. 적이 평정되자 천일이 다시 가산으로 돌아가면서 딸을 덕천의 선비 김여황金麗璜에게 시집보냈다.

여황 역시 외롭고 가난했는데 아들 하나만 낳고는 그만 죽었다. 부모는 그의 뜻을 꺾으려고 했지만 하씨는 따르지 않고 시아버지를 정성껏 받들었다. 그러나 시아버지마저 세상을 떠났다.

남편이 죽을 때부터 집안이 더욱 기울어서 심곡리深谷里에다 장사지냈다. 덕천이 본래 깊은 산골인 데다 심곡리는 또한 공동묘지여서 무덤들이 잇달아 쌓였고 여우와 살쾡이가 낮에도 흘겨봤다. 하씨는 어린 아들을 데리고 나무로 움막을 얽어 무덤 옆에서 살았다.

바느질을 해서 그 품값으로 제사를 차리고 남은 돈을 모아 남편의 옷을 만들었다. 남편의 생일이 되면 무덤에서 태우기를 해마다 항상 했으니 남편이 살아 있을 때 가난해서 옷을 갖출 수 없었기 때문이었다.

그러자 덕천 사람들이 하씨의 고생과 절개를 불쌍히 여겨서 지관에게 부탁해 그 무덤의 풍수가 불길하다고 핑계대면서 한적하고 넓은 곳으로 무덤을 옮겨주었다. 무덤 곁에는 따뜻한 방도 하나 지어주어 살게 했다. 그러나 얼마 안 되어 어린 아들마저 죽자 더욱 의지할 데가 없어졌다.

부모가 또 억지로 개가시키려 하자 하씨는 독약을 마셨다. 그러나 뜻을 이루진 못했다. 하씨는 무덤 곁에서 삼십 년을 살면서 때 낀 얼굴과 다 떨어진 옷으로 방문 바깥을 나가지 않았다. 바느질을 하느라고 남의 집에 갔다 오는 것도 반드시 깊은 밤중에만 다녔는데 늑대나 범이 감히 다가오지 않았다. 길 가던 사람들도 모두 백 걸음 밖으로 비켜주었다.

하씨는 정조 병진년(1796)에 태어났으니 올해 나이가 마흔아홉이다. 사또나 이 고을을 지나던 사신들이 자주 위문하고 구제하거나 선물을 주어도 모두 물리쳤다.

기해년(1839)에 심한 흉년이 들었는데 어떤 사람이 하씨의 이름으로 문서를 위조해 구호미를 청했다. 군수 정헌용鄭憲容이 그의 절개를 높이 여겨 쌀과 콩 열댓 자루를 주었다. 그러나 하씨는 이 사실을 알지 못했다. 나중에야 촌 아낙네의 축하를 받고 매우 놀라 관가에 가서 그 문서가 거짓임을 밝혔다.

군수가 "참인지 거짓인지 따질 것 없이 그대에게 먹을거리를 도와주겠노라"라고 말했지만, 하씨는 "아이구, 죽지 못해 사는 실낱같은 목숨이 무어 그리 대단하다고 관가에까지 누를 끼치겠습니까?"라면서 굳이 사양하고 받지 않았다.

경자년(1840) 봄에 내가 평양에 나그네 되었다가 하씨의 행적을 듣고 덕천까지 갔다. 마을 사람들이 말없이 하씨의 거처를 가리켜주었는데 커다란 산이 가파르게 솟았고 긴 강물이 물결을 일으키고 있었다. 목을 늘이고 서성거리면서 그를 생각하자 몸이 떨려왔다.

평양에 사는 김지경金志卿은 옛일을 좋아하는 선비다. 덕천에 머물면서 나에게 세 차례나 편지를 보내주어 비로소 그 상세한 이야기를 듣고 이 글을 기록한다.

_장지완《비연상초》

◉ 영동 열녀

영동嶺東 사람 남녀가 서울 어느 벼슬아치의 집에서 고용살이를 했다. 주인집 아들이 《사기》를 배우는데 "충신은 두 임금을 섬기지 않고, 열녀는 두 지아비를 바꾸지 않는다"라는 왕촉王蠋의 말을 선생이 그때 설명했다.

여인이 밥을 하다가 그 말을 듣고 저녁에 선생에게 말했다.

"아까 설명하셨던 글을 쇤네는 아직 들어보지 못했습니다. 다시 자세히 배우고 싶습니다."

선생이 말해주자 여인이 눈물을 흘리면서 "사람답게 사는 도리를 이제야 비로소 들었습니다"라고 말했다.

나가서 남편에게 "제가 여지껏 여자의 도리를 배우지 못하다가 오늘에야 처음으로 들었습니다. 이제부터 헤어집시다"라고 말했다.

이 남편은 다시 시집와서 만난 사람인데 지금 젖을 먹이는 아들까지 있었다. 남편이 어이없어 눈을 휘둥그레 뜨고는 그 까닭을 물었다. 여인이 말했다.

"예전에 제가 당신께 시집온 까닭은, 남들에겐 모두 남편이 있다는 사실만 알았기 때문입니다. 그러다가 오늘에야 남편을 바꾸지 않는 의리가 있다는 것을 알게 되었습니다. 이제부터는 마땅히 몸을 깨끗이 하고 죽은 남편에게 뒤늦게라도 보답하겠습니다. 당신의 아들은 어려서 떼어놓을 수가 없으니 몇 년 더 데리고 기르다가 데려가시면 당신에게도 갚음이 되지 않겠습니까?"

남편이 노해서 때리고 욕했다. 그러나 여인은 굳이 사양하면서 돌아서지 않고 주인집으로 달려가 숨었다. 주인집에서 그 말을 듣고는 역시 기이하게 여겼다. 그 뒤부터는 드나들 때도 남편과 길에서 만나기를 피하는데 마치 얼음처럼 차가왔다.

아아, 이 아낙네가 어찌 곧지 아니한가? 아직 몰랐을 때는 정절을 잃었지만 방금 듣고는 뉘우쳤다. 안아서 젖 먹이던 아기까지도 돌아보지 않으니 이것이 더욱 곧은 것이다.

_신광현申匡絢《위항쇄문委巷瑣聞》

⊙ 황씨

　열부 황씨는 박석주朴碩柱의 아내다. 남편 석주가 평강에 갔다가 도둑
들에게 죽었다. 황씨는 원수를 갚겠다고 맹세하고서 초상을 발표하지
도 않았다. 아들을 데리고 평강으로 가서 거지 노릇을 하며 삼 년이나
떠돌아다녔다.

　하루는 어느 술집에 이르렀다가 남편이 평일에 지니고 다니던 됫박
을 봤다. 도둑 여섯 명의 증거를 얻어 관가에서 다스려 자복을 받았다.

　관에서 판결해 목을 베는데 황씨는 하늘을 우러러 남편을 세 번 불렀
다. 칼을 끌어다 하나하나 그 원수들의 배를 갈라서 간을 꺼내어 남편에
게 제사지냈다. 그러고는 남편의 시체를 거두었다. 처음 도둑들이 남편
석주를 죽여 시냇가 모래밭 속에 파묻어 흔적을 없앴는데 황씨가 손으
로 모래를 파냈다. 위아래로 몇 리를 그렇게 파다가 결국은 남편의 시체
를 찾아 다시 장사지냈다.

끝까지 음식을 먹지 않고 죽으니, 그 일이 조정에 알려져 그 고을에 정문을 내렸다.

_장지연《일사유사》

서울에 분 파는 할미가 있었는데 젊었을 때 얼굴이 예뻤다. 이웃집 아들이 좋아해 집적거렸더니 여인이 "담을 뛰어넘거나 개구멍으로 들어가는 짓은 제가 못하겠습니다. 부모님께서 계시니 만약 저를 버리지 않으시려거든 저의 부모님께 구하십시오. 부모님께서만 허락하시면 일이 잘될 것입니다" 했다.

그 아들이 물러나서 폐백을 갖춰 여인의 부모를 찾아갔지만 부모가 듣지 않았다. 그러자 마음속이 우울해져 그것이 병이 되어 죽었다. 여인이 그 소식을 듣고 울면서 말했다.

"나 때문에 저 사람이 죽었구나. 내가 비록 저 사람에게 몸을 팔지는 않았지만 내가 참으로 그에게 마음을 허락했다. 저 사람이 죽었다고 내 마음을 고칠 수 있으랴? 무릇 사람이 나를 그리워하다 죽기까지 했건만, 내가 그 사람의 즐거움을 저버리고 다른 사람의 즐거움을 꾀하려 한다면 이는 개나 돼지가 하는 짓이다."

　스스로 시집가지 않겠다고 맹세한 뒤에 분을 파는 것으로 일삼았다. 늙어 죽을 때까지 고치지 않았다.

_장지연《일사유사》

【기생·궁녀】

⊙ 황진이

　　가정嘉靖 초년(1522~1523) 송도에 황진이黃眞伊라는 이름난 기생이 있었다. 그는 여인들 가운데 남에게 매이기를 싫어하고 의협심이 있는 사람이었다.

　　일찍이 '화담처사 서경덕이 뜻이 높아서 벼슬하지 않을뿐더러 학문이 정하고도 깊다'는 말을 듣고는 그의 심지를 시험해보려고 실띠를 띠고《대학》을 옆에 끼고 찾아가 절했다.

　　"제가 들은즉《예기》에서 '사내는 가죽띠를 띠고 계집은 실띠를 띤다' 했기에 저 또한 배움의 뜻을 두고 실띠를 띠고 왔습니다."

　　화담 선생은 웃으며 받아들여 글을 가르쳤다. 진이는 밤을 타서 화담 선생에게 가까이 하기를 마치 마등摩登의 음녀가 아난阿難[1]을 어루만지듯 했다. 여러 날이나 그렇게 했지만 화담 선생은 끝내 조금도 흔들리지 않았다.

진이는 '금강산이 천하에 으뜸가는 명산이다'는 말을 들었다. 한번 가서 놀기를 바랐지만 같이 갈 사람이 없었다. 그때 마침 이생李生이란 자가 있었는데 그는 재상의 아들이었다. 사람됨이 호탕하고 물욕이 적어서 세상을 벗어난 놀이를 함께할 만했다. 그는 조용히 이생에게 말했다.

"제가 들으니 '중국 사람은 고려에 태어나서 금강산을 한번 보기 소원한다'고 하던데, 하물며 우리나라 사람으로서 이곳에 태어나 자랐으니 선산仙山이 멀지 않은 곳에 있는데도 그 참된 경치를 구경하지 못해서야 되겠습니까? 이제 제가 우연히 선랑仙郎의 짝이 되었으니 함께 신선놀이를 가시지요. 산사람과 들사람의 옷차림으로 그 그윽하고 아름다운 곳을 구경하고 돌아온다면 또한 즐겁지 않겠습니까?"

그래서 종들을 데리고 가지 않고 이생에게 베옷에 초립을 쓰고 쌀보따리와 옷보따리를 메게 했다. 진이는 스스로 송낙을 쓰고 칡베적삼을 입었다. 베치마에 짚신을 끌며 대지팡이를 짚고 금강산으로 따라 들어갔다. 아무리 깊은 곳이라도 못 가본 데가 없었다.

그는 여러 집에서 밥을 빌어먹었으며, 때로는 제 몸을 스스로 팔아서 양식을 얻었다. 그러나 이생은 그를 나무라지 않았다. 두 사람이 멀리 숲속으로 걸어다니느라고 배고프고 목마른 데다 아주 지쳤다. 그래서 옛날의 얼굴이 아니었다.

어느 날 길을 가다가 한 곳에 이르니 시골 선비 열댓 명이 시냇가 솔

......................

1 옛날 인도에서 마등가 종족의 한 음녀가 아난을 음실淫室로 유혹했을 때, 석가가 구출해 불계佛界로 돌아오게 했다.

숲에 모여 잔치를 벌이고 있었다. 진이가 지나가다가 그들에 절했다. 한 선비가 "여사장女舍長도 역시 술을 마실 줄 아시오?"라며 술을 권했다.

그는 사양하지 않았다. 드디어 술잔을 받고 노래를 불렀다. 노랫소리가 맑아서 그 소리가 숲과 골짜기를 울렸다. 여러 선비들이 마음속으로 기이하게 여기며 술잔과 안주를 주었다. 진이가 "저에게 남종 하나가 있는데 몹시 굶주렸습니다. 남은 음식을 먹게 해주시길 청합니다"라고 말하곤, 이생을 불러 술과 고기를 주었다.

이때 이생과 진이네 두 집에서는 그들이 간 곳을 알지 못해 그들의 그림자조차 찾을 수 없었다. 한 해가 넘어서야 그들은 다 떨어진 옷에 검게 탄 얼굴을 하고 집으로 돌아왔다. 이웃 사람들이 그 꼴을 보고 깜짝 놀랐다.

선전관宣傳官 이사종李士宗은 노래를 잘 불렀다. 한번은 사신으로 나가며 송도를 지나게 되었다. 천수원天壽院 시냇가에 말안장을 풀고서 갓을 벗어 배 위에 얹고 누웠다. 노래 두세 가락을 드높이 불렀다. 때마침 진이도 길을 가다가 역시 천수원에서 말을 쉬게 하고 있었다. 귀를 기울여 그 노래를 듣더니 "이 노래의 곡조가 몹시 기이한 걸 보니 반드시 보통 촌사람의 속된 가락이 아닐 게다. 내 듣기에 '서울에 사는 풍류객 이사종이 당대의 절창이라' 하던데 반드시 이 사람이다"라고 말하며, 종을 시켜 가서 알아보게 했다.

그랬더니 과연 사종이었다. 이에 자리를 옮겨 서로 가까이했다. 자기의 마음속을 다 털어놓고 사종을 자기 집으로 이끌어 며칠 머물다가 "당신과 함께 여섯 해를 살아야겠습니다"라고 말했다.

이튿날이 되자 자기 살림살이 가운데 세 해 지낼 것을 사종의 집으로 옮겼다. 그 부모를 섬기고 처자를 돌보는 모든 비용을 진이가 자기 집에서 마련해 왔다. 일하기 편한 옷을 입고 첩며느리의 예를 극진히 차렸다. 그러나 사종의 집에서는 조금도 돕지 못하게 했다.

그런 지 세 해가 지나자 사종이 진이의 한 집안을 먹여 살렸다. 진이가 사종에게 한 것과 똑같이 갚았다. 그렇게 또 세 해가 지나자 진이가 "이제는 벌써 약속이 다 이뤄졌습니다. 기한이 찼군요"라고 말하며 하직하고 떠나갔다.

그 뒤에 진이가 병들어 죽게 되자 집안사람들에게 "내가 살았을 때 성품이 번화한 것을 좋아했으니, 죽은 뒤에도 나를 산골짜기에 묻지 말고 한길가에다 묻어주오"라고 말했다.

지금도 송도 큰길가에 진이의 무덤이 있다. 임제林悌가 평안도사가 되어 송도를 지나가다가 글을 지어[2] 그의 무덤 앞에서 제사지냈다. 그 때문에 그는 마침내 조정에서 탄핵받았다.

_유몽인柳夢寅《어우야담於于野談》


명종 때 이언방李彦邦이라는 선비가 노래를 잘했다. 가락이 맑고도 높아서 그와 감히 솜씨를 겨루는 사람이 없었다. 일찍이 〈최득비여자가崔

........................

2 청초 우거진 골에 자느냐 누웠느냐.
　홍안을 어디 두고 백골만 묻혔느냐.
　잔 잡아 권할 이 없으니 그를 슬퍼하노라.

得霏女子歌〉를 불렀는데, 자리에 있던 사람들이 모두 감동해서 눈물을 흘렸다.

그가 평양에 놀러가 보니 교방 기생이 거의 이백 명이나 되었다. 관찰사가 줄을 지어 앉힌 다음, 노래를 잘하거나 못하거나 가리지 않고 도상都上에서 동기童妓까지 한 사람이 창하면 언방이 곧 화답했는데, 소리가 모두 비슷했으며 막힘이 없었다.

송도 기생 진이가 언방이 창을 잘한다는 말을 듣고서 그의 집을 찾아갔다. 언방은 자기가 언방의 아우인 것처럼 속이면서 "형님은 없지만 나도 노래를 제법 한다오" 하고는 곧 한 곡조 불렀다.

진이가 그의 손을 잡으면서 말했다.

"나를 속이지 마시오. 세상에 이런 소리가 어찌 또 있겠소? 당신이 바로 정말 그 사람이오. 모르긴 하지만 면구綿駒와 진청秦靑[3]인들 이보다 더 잘하겠소?"

진이는 개성 장님의 딸이다. 성품이 남에게 얽매이지 않아서 남자 같았다. 거문고를 잘 탔고 노래도 잘 불렀다.

한번은 산수를 유람하면서 금강산에서 태백산과 지리산을 거쳐 나주까지 왔다. 고을 사또가 절도사와 함께 한창 잔치를 벌이는데 풍악과 기생이 자리에 가득했다. 진이는 다 떨어진 옷에다 때묻은 얼굴로 그 자리

............................

3 면구는 춘추시대 제나라 사람인데 노래를 잘 불렀다. 진청도 노래를 잘해 설담薛譚에게 가르쳤다.

황진이, 화담 선생과 함께 개성 삼절로 꼽혔던 박연폭포. 정선이 그렸다.

에 끼어 앉았다. 태연스레 이를 잡으며 노래하고 거문고를 탔지만 조금
도 부끄러운 빛이 없었다. 여러 기생들이 기가 죽었다.

그는 평생 화담 선생의 사람됨을 사모했다. 거문고와 술을 가지고 화
담의 농막에 가서 한껏 즐긴 다음에야 떠나갔다. 진이는 늘 "지족선사<sup>知</sup>
<sup>足禪師</sup>가 삼십 년이나 벽만 바라보고 수양했지만 내가 그의 지조를 꺾었
다. 오직 화담 선생만은 여러 해를 가깝게 지냈지만 끝내 관계하지 않았
으니 참으로 성인이다"라고 말했다.

죽을 무렵 집사람에게 "상여가 나갈 때 부디 곡하지 말고 풍악을 잡
혀서 인도하라"라고 부탁했다. 아직까지도 노래하는 사람들이 그가 지
은 노래를 부르고 있으니 또한 기이한 인물이었다.

진이가 일찍이 화담 선생께 가서 말했다.

"송도에 삼절三絶이 있습니다."

선생이 "무엇이냐?"고 묻자 "박연폭포와 선생과 쇤네입니다" 하니
선생이 웃었다.

비록 농담이긴 하지만 또한 그럴 듯한 말이다.

송도가 산수가 웅장하고 구불구불 돌아서 많은 인물이 나왔다. 화담의
이학理學은 우리나라에서 으뜸이고, 석봉의 필법은 나라 안팎에 이름을
떨쳤다. 요즘은 차씨 형제[4]가 또한 글로 이름이 났다. 진이 또한 여자 가
운데 빼어났으니, 이것으로써 그의 말이 망령되지 않음을 알 수가 있다.

_허균《성옹지소록》

.........................

4 차식車軾과 그의 아들인 천로天輅, 운로雲輅 형제.

◉ 춘절

춘절春節은 청주에서 이름난 기생이다. 얼굴이 아름다운 데다 노래와
춤도 잘해 재주와 용모가 아울러 뛰어났다.

그때 동주소선東洲笑仙 성제원(成悌元, 1506~1559)이 이름난 산들을 두
루 돌아다니다가 이 고을에 이르렀다. 청주 목사가 그의 외롭고 적막할
것을 염려해 춘절에게 명해서 성제원의 여행길에 따라나서게 했다. 목
사가 춘절에게 주의 주기를 "동주공은 당대의 문장 호걸이다. 성품이 얽
매이길 싫어하는 데다 돈과 여색을 가까이하지 않으니, 이번 길에 네가
만약 잠자리를 모실 수만 있다면 내가 너에게 많은 상을 주리라" 했다.

춘절이 드디어 여행길을 따라나서 멀고 가까운 곳을 두루 다니다 보
니 몇 달이나 되었다. 산수가 맑고 뛰어나 마음에 드는 곳을 만나면 동
주가 문득 즐거워하며 술잔을 따르라고 시켰다. 술이 거나해지면 반드
시 종이를 펼치고 붓을 꺼내 그 경치를 그렸다. 그 위에다는 시를 지어

서 쓰고 자기가 그린 그림폭을 춘절에게 주어 간직케 했다.

달 밝고 바람 맑은 밤이면 춘절에게 노래를 부르게 하고 노래에 맞춰 화답했다. 잠자리를 같이하며 사랑이 지극했지만 끝내 춘절의 몸만은 범하지 않았다. 산을 나서는 날이 되자 춘절에게 이르기를 "내가 너의 몸을 범하지는 않았건만, 남들은 반드시 네가 나에게 몸을 바쳤다고 말하면서 다시는 너를 돌아보지 않을 것이다. 너의 생계를 도와줄 거라곤 다만 이 그림폭밖에는 없구나"라고 말했다.

그러자 춘절도 비로소 사또가 자기에게 명했던 말을 이야기하고는 눈물을 흘리며 돌아갔다. 그때부터 춘절은 끝까지 절개를 지키며 "비록 한 번도 몸을 바치지는 못했지만 어찌 차마 그 은혜를 저버리랴"라고 말했다.

그러고는 그의 시와 그림으로 화첩을 만들었다. 명승지를 두루 다니며 사람들에게 보여주면 많은 값을 주지 않는 사람이 없었다. 그 돈을 받아서 살림을 했다.

나중에 그 형의 손자인 아무개 감찰이 청주를 지나가다 청주 목사가 그 일을 말해주어 춘절을 불러오게 했다. 춘절의 나이가 벌써 여든이 넘었다. 감찰이 바로 동주의 종손자라는 말을 듣고는 눈물을 흘리는 것도 깨닫지 못하면서 "뜻밖에도 오늘 동주공의 손자를 다시 뵙는군요"라고 말하더니 화첩을 꺼내서 보였다.

자리에 있던 손님들이 모두 감탄을 하면서 잘 대우했다.

그 뒤 난리 가운데 그 화첩을 잃어버렸다고 한다.

_장지연《일사유사》

⊙ 한보향

한숙원韓淑媛[1]의 이름은 보향保香이니, 서울 양가의 딸이다. 광해군 때 내전에 들어와 모셨다. 광해군이 여러 궁녀를 널리 사랑해 그들이 들어와 모실 적마다 수없이 비단을 상으로 내렸다. 그래서 내탕금[2]을 지탱할 수가 없었다. 숙원은 번번이 "길쌈하는 집에선 열흘 만에 베 한 필을 끊어낸답니다. 그들은 손발이 얼어터져도 오히려 제 마음대로 옷을 입지 못하는데 이제 제가 이것을 받아 무엇하겠습니까?"라며 사양했다.

계해년(癸亥年, 1623)에 반정군이 대궐로 들어와서 함춘원에 쌓아놓은 장작을 태웠다. 궁중에 불꽃이 하늘까지 뻗치고 외치는 소리가 물 끓듯 했다. 광해군은 그때 통명전에 있다가 김金, 임任 두 상궁과 함께 북소문

.........................

1 종4품 품계를 가진 후궁. 정5품 상궁尙宮 이하 종9품 주변궁奏變宮까지의 궁녀들은 각기 맡은 직무가 있었지만, 정1품 빈嬪부터 숙원까지의 후궁들은 왕의 잠자리만 모시면 되었다.
2 왕이 사사롭게 쓰던 돈. 천재지변이 있을 때 백성을 구제했고, 한 개인에게 내리기도 했다.

을 열고 달아났다.

왕비 유씨柳氏도 달아나 후원 어수당 속에 들어가 숨었다. 숙원과 궁녀 열댓 명이 따라왔다. 반정군이 몇 겹으로 에워쌌다. 사흘이 지나자 유씨가 "내 어찌 끝까지 숨어서 살기를 꾀하겠느냐?"라면서 궁녀들에게 나가서 알리게 했다.

모두들 무서워하는데 숙원이 스스로 나가기를 청했다. 그는 섬돌 위에 서서 "중전께서 여기 계시니 무례해선 아니 되오"라고 선언했다.

반정군은 조금 물러섰다. 대장 신경진申景禛이 호상에서 내려 두 손을 모으고 경의를 표했다. 숙원이 "주상께서 이미 사직을 잃었으니 새로 세우신 이가 누구신지요?"라고 물었다.

"소경왕昭敬王의 손자 능양군綾陽君[3]이십니다"라고 했다.

숙원이 "오늘의 이 일은 종묘사직을 위한 것입니까, 개인의 부귀를 위한 것입니까?" 물었더니 "먼젓번 임금이 올바른 윤리를 없애버려서 종묘와 사직이 거의 망하게 되었습니다. 우리들이 의병을 일으킨 까닭은 어지러움을 헤쳐 바른 곳으로 돌리고자 한 것이지 어찌 부귀를 뜻하겠소?"라고 했다.

숙원이 "의병이라는 이름을 가지고 전왕의 왕비를 핍박하는 까닭은 어째서요?"라고 말했더니 신경진은 곧 인조에게 달려가 아뢰고 그 에워싼 것을 풀었다.

...........................

3 소경은 선조宣祖의 시호. 능양군은 선조의 다섯 번째 아들인 정원군定遠君의 맏아들로 인조仁祖다. 이름은 종(倧, 1595~1649). 1623년 계해반정에 성공해 임금 자리에 올랐다.

사태가 다 안정되었지만 궁중에서 일 볼 사람이 드물었다. 창졸간에 인원을 갖출 수도 없어서 옛 궁녀 가운데 죄가 없는 자를 불러서 물 뿌리고 비로 쓰는 일을 맡겼다. 숙원 또한 그 가운데 뽑혔다.

숙원은 내전에 들어가 다시 궁녀가 되자 더욱 마음을 다해 일했다. 숙원의 얼굴은 단정하고도 고왔으며 성품이 순박하고도 공손했다. 인열왕후仁烈王后[4]가 몹시 사랑하자 새로 온 궁녀들이 많이 질투했다. 남몰래 왕후에게 "보향이 옛 주인을 생각하며 때때로 혼자서 슬피 울곤 합니다. 혹시 변을 저지를까 두렵습니다"라고 고자질했더니 왕후가 듣고 나서 "의인이로구나"라며 감탄했다.

숙원에게 매우 지극히 위로하며 "나라가 잘되고 못되는 것은 무상한 일이다. 우리 상감께서 하늘의 도우심을 입어 비록 오늘의 영광을 얻었지만 훗날의 일이 앞서 잃은 것보다 못할는지 어찌 알겠느냐? 네가 오늘 나를 섬기는 것이 전날 네 임금 섬기던 것처럼 해주길 나는 바란다" 하며 후추 세 근을 내렸다.

"후추를 주는 까닭은 그 매운 절개를 기리기 위함이다."

또 그를 보모로 삼으며 말했다.

"넌 마음가짐이 곧고 순결하니 나의 아들을 보살필 수 있겠다."

숙원은 나이 여든이 넘어 죽었다. 나는 동평위東平尉 정공鄭公[5]이 지은

---

4 인조의 왕비(1594~1635). 한준겸韓浚謙의 딸. 효종, 소현세자, 인평대군을 낳았다.

5 정재륜(鄭載崙, 1648~1723). 효종의 딸 숙정공주와 결혼해 동평위에 책봉되었다.《공사견문록公私見聞錄》을 지었다.

기록과 패사<sup>稗史</sup>를 읽다가 한숨을 내쉬며 탄식해 말했다.

"숙원은 옛적의 열<sup>烈</sup>을 지닌 여자다. 난리를 만나서도 조용히 한마디를 해서 정의로 삼군을 숙연케 했으니 비록 의연한 대장부라도 어찌 이에서 더하랴. 아아, 거룩할진저."

_김려<sup>金鑢</sup> 《단량패사<sup>丹良稗史</sup>》

⊙ 만덕

만덕萬德의 성은 김金이니, 제주의 양갓집 딸이었다. 어려서 어머니를 여의고는 의탁할 곳이 없어서 기생 노릇을 하며 살림을 했다. 조금 자라나자 관가에서 만덕의 이름을 기생명부에 올렸다. 만덕은 비록 머리를 숙이고 기생 노릇을 했지만 여느 기생들처럼 행동하지는 않았다.

나이가 스물 남짓 되자 그는 울면서 자기의 실정을 관청에 하소연했다. 관청에서도 불쌍히 여겨 기생명부에서 그의 이름을 뽑아 양민으로 돌려주었다. 만덕은 비록 살림을 차려 탐라의 사내들을 머슴으로 부렸지만 남편을 맞아들이진 않았다.

그는 재산 늘이는 데 재주가 뛰어났다. 물가의 높고 낮음을 때맞춰 내어놓기도 하고 사들이기도 했다. 그런 지 몇십 년이 되자 제법 부자라고 이름이 났다.

우리 임금 19년(1795) 을묘에 탐라에 큰 흉년이 들었다. 백성들의 시체가 더미로 쌓였다. 임금께서 곡식을 배에 싣고 가서 구제하라고 명하셨다. 팔백 리 바닷길을 바람에 돛 달고서 북처럼 빨리 달렸지만 오히려 제때 대지 못하는 느낌이 있었다.

이에 만덕이 천금을 내어 육지에서 쌀을 사들였다. 여러 고을의 사공들이 때맞춰 도착하면, 만덕은 그 가운데 십 분의 일을 가져다 자기 친족을 살리고 나머지는 모두 관청으로 보냈다. 얼굴이 누렇게 뜬 백성들이 그 소문을 듣고는 마치 구름처럼 관청 뜰에 모여들었다. 관청에서는 덜 급하고 더 급한 사정을 가려서 차이가 나게 나눠주었다. 남자와 여자들이 나와서 모두 만덕의 은혜를 칭송하며 "우리를 살려준 이는 만덕일세"라고 했다.

구제가 끝난 뒤에 목사가 그 일을 조정에 올렸다. 임금께서 몹시 기이하게 여기시어 "만덕에게 만약 소원이 있다면 어렵고 쉬움을 가리지 않고 특별히 베풀어주겠다"고 회유하셨다.

목사가 만덕을 불러서 임금의 말씀대로 "너에게 소원이 있느냐?"라고 물었다. 만덕이 대답했다.

"다른 소원은 없습니다. 원이라면 한번 서울에 들어가 상감께서 계신 곳을 바라보고 싶습니다. 그리고 금강산에 들어가 일만이천봉을 구경한다면 죽어도 한이 없겠습니다."

대개 탐라의 여인들이 바다를 건너 육지에 오르지 못하게 한 것이 국법이었다. 목사가 또 그 소원을 위에 아뢰었더니 임금께서 소원대로 해주라고 하셨다. 관가에서 역마를 내주고 음식도 번갈아 제공케 했다.

만덕은 돛단배 한 척으로 만경창파를 넘어 병진년(1796) 가을에 서울

기생 만덕의 전기를 지어준 채제공 초상.

에 들어왔다. 한두 번 채 정승蔡政丞(이 글의 작가 채제공)을 만났더니, 채 정승은 그 사실을 임금께 아뢰었다. 선혜청宣惠廳에 명령해 달마다 식량을 대주었다.

며칠 뒤에는 그를 내의원內醫院 의녀醫女로 삼아 모든 의녀의 우두머리가 되게 했다. 만덕은 전례에 따라 내궐內闕 문 안에 들어가 문안을 드렸다. 전殿과 궁宮에서 각기 나인으로 하여금 말씀을 내렸다.

"네가 한낱 여자의 몸으로 의기義氣를 내어 굶주린 백성 천백 명을 구제했으니 갸륵하구나."

상을 내린 것이 매우 많았다.

반년이 지난 정사년(1797) 3월에 금강산에 들어갔다. 만폭동, 중향성의 기이한 경치를 두루 구경하며 금부처를 만나면 반드시 절하고 공양

드려 그 정성을 다했다. 불법佛法이 탐라국에는 들어오지 않았기 때문에 만덕이 그때 나이 쉰여덟이었지만 처음으로 절과 부처를 본 것이다.

그는 마침내 안문재를 넘고 유점사를 거쳐 고성으로 내려갔다. 삼일포에서 배를 타고 통천 총석정에 올라 천하의 장관을 다 구경했다. 그러한 뒤에 서울로 다시 돌아와 며칠을 머물렀다. 장차 고국으로 돌아가려고 내원內院에 나아가서 돌아가겠다고 아뢰었다. 전과 궁에서 각기 앞서와 같이 상을 내렸다.

이때 만덕의 이름은 서울 안에 가득 퍼졌다. 공경사대부 가운데 만덕의 얼굴 한번 보기를 원하지 않는 사람이 없었다. 만덕이 떠날 때 채 정승에게 하직하며 목 멘 소리로 "이승에선 대감의 얼굴을 다시 뵙지 못하겠습니다" 하며 눈물을 줄줄 흘렸다. 채 정승이 말했다.

"진시황과 한 무제가 모두 '바다 밖에 삼신산三神山이 있다'라고 했다. 또 세상에서 이르기를 '우리나라의 한라산이 바로 그들이 말하는 영주산瀛州山이고 금강산이 바로 봉래산蓬萊山이다'라고도 한다. 너는 탐라에서 태어나고 자랐으며 한라산에 올라 백록담의 물을 떠올렸다. 이젠 또 금강산까지 두루 구경했으니 삼신산 가운데 그 둘은 너에게 정복된 것이다. 천하 수많은 남자 가운데 이러한 자가 있겠느냐? 그런데도 지금 헤어지는 마당에 아녀자의 가련한 태도를 보이는 것은 어찌 된 일이냐?"

그러고는 그의 사적을 서술해 〈만덕전〉을 짓고 웃으며 그에게 주었다.

성상 21년 정사(1797) 하지에 일흔여덟 된 번암 채 정승이 충간의담헌忠肝義膽軒에서 쓰다.

_채제공《번암집》

종이_표지_삼화카멜 210g/㎡ 본문_미색백상지 80g/㎡

# 조선평민열전

1판 1쇄 펴냄  2014년  8월 11일
1판 2쇄 펴냄  2014년 10월 25일

지은이        허경진
펴낸이        정혜인
편집주간      성한경
기획위원      고동균
편집          천경호 성기승 배은희
디자인        김수연 한승연
책임 마케팅    심규완
경영지원      박유리
제작처        영신사

펴낸곳        알마 출판사
출판등록      2006년 6월 22일 제406-2006-000044호
주소          (우)121-869 서울시 마포구 연남로 1길 8, 4~5층
전화          02) 324-3800(판매) 02) 324-2845(편집)
전송          02) 324-1144
전자우편      alma@almabook.com
트위터        @alma_books

ISBN          979-11-85430-30-0  93810

• 이 책의 내용을 이용하려면 반드시 저작권자와 알마 출판사의 동의를 받아야 합니다.
• 이 도서의 국립중앙도서관 출판시도서목록(CIP)은 서지정보유통지원시스템 홈페이지
  (http://seoji.nl.go.kr)와 국가자료공동목록시스템(http://www.nl.go.kr/kolisnet)에서
  이용하실 수 있습니다.(CIP제어번호: 2014022002)

**알마** 출판사는 아이쿱생협과 더불어 협동조합의 가치를 구현하기 위한 출판공동체입니다.
살아 숨 쉬는 인문 교양, 대안을 담은 교육 비평, 오늘 읽는 보람을 되살린 고전을 펴냅니다.